時空旅行者の砂時計

方丈貴恵

導か

れ、2018 ラベ

ルした加茂。瀕死の には、

彼女の祖先である竜泉家の人々が殺害され、さらにその後土砂崩れにより一族のほとんどが亡くなった『死野の惨劇』の真相を解明し、阻止しなくてはならないのだという。惨劇が幕を開けた竜泉家の別荘で加茂に立ちはだかるのは、飾られていた絵画『キマイラ』に見立てたかのような不可能殺人の数々だった。果たして彼は、竜泉家の一族を呪いから解き放つことができるのか。今最も注目される本格ミステリの書き手が放つ、鮮烈なデビュー作！　第29回鮎川哲也賞受賞作。

登場人物

竜泉太賀（83歳）……竜泉家の当主、部屋は辰の間
竜泉文香（13歳）……太賀の長男（瑛太郎）の孫、部屋は子の間
竜泉幻二（27歳）……瑛太郎の次男、部屋は丑の間
竜泉漱次朗（56歳）……太賀の次男、部屋は寅の間
竜泉月彦（21歳）……漱次朗の長男、部屋は巳の間
竜泉月恵（20歳）……漱次朗の長女、部屋は未の間
竜泉究一（34歳）……瑛太郎の長男、文香の父、部屋は申の間
都　光奇（31歳）……太賀の長女（翔子）の長男、部屋は戌の間
刀根川つぐみ（41歳）……竜泉家の使用人、部屋は酉の間
雨宮広夜（20歳）……竜泉家の居候、部屋は午の間
加茂冬馬（32歳）……時空旅行者、部屋は亥の間
加茂伶奈（27歳）……冬馬の妻、竜泉家の末裔
マイスター・ホラ（不明）……時空旅行者の案内人

時空旅行者の砂時計

方 丈 貴 恵

創元推理文庫

THE TIME AND SPACE TRAVELER'S SANDGLASS

by

Kie Hojo

2019

時空旅行者の砂時計

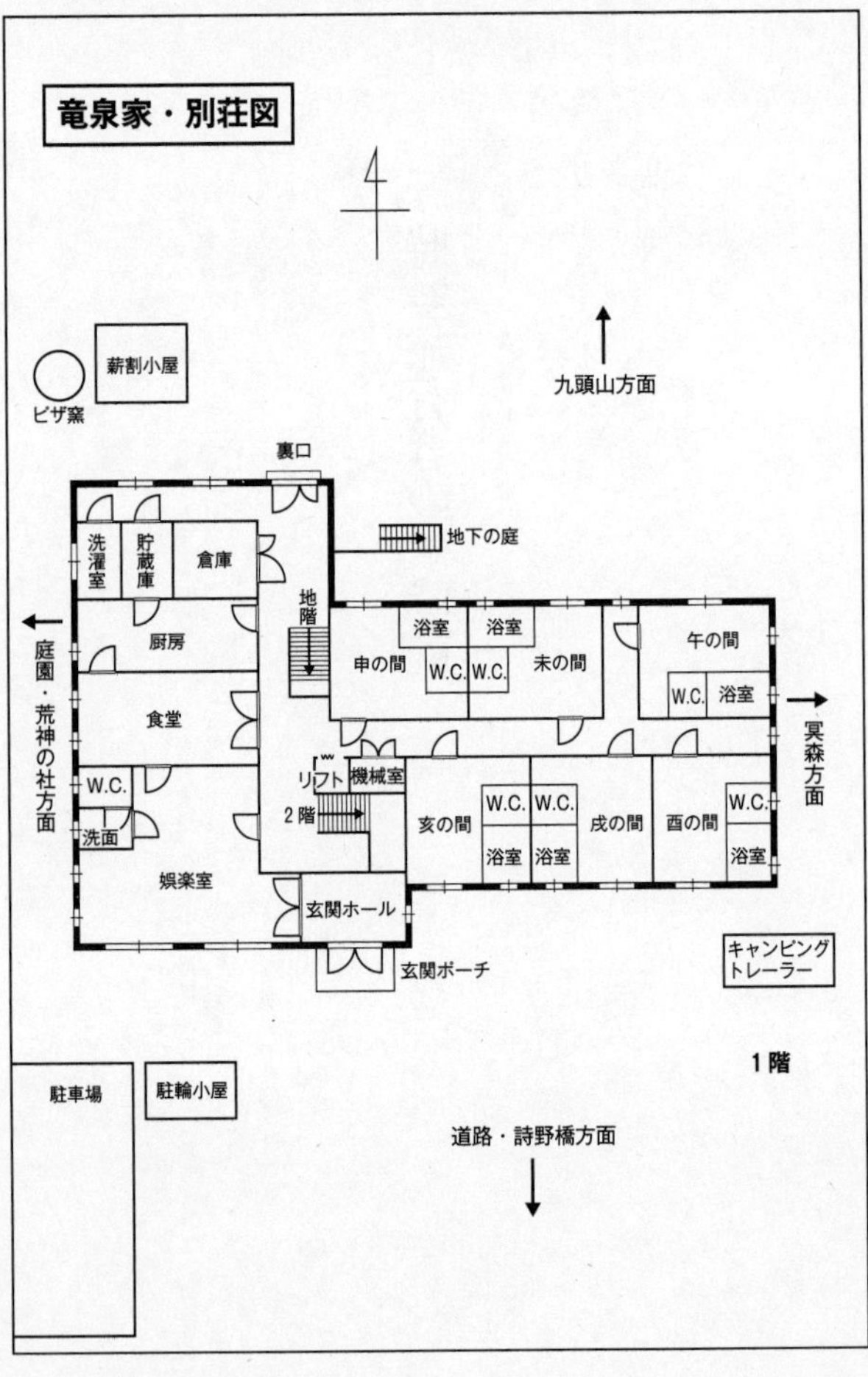
竜泉家・別荘図
北
薪割小屋
ピザ窯
九頭山方面
裏口
地下の庭
洗濯室
貯蔵庫
倉庫
地階
厨房
庭園・荒神の社方面
食堂
浴室
浴室
申の間
W.C.
W.C.
未の間
午の間
W.C.
浴室
冥森方面
リフト
機械室
W.C.
洗面
2階
亥の間
W.C.
W.C.
浴室
浴室
戌の間
酉の間
W.C.
浴室
娯楽室
玄関ホール
玄関ポーチ
キャンピングトレーラー
1階
駐車場
駐輪小屋
道路・詩野橋方面

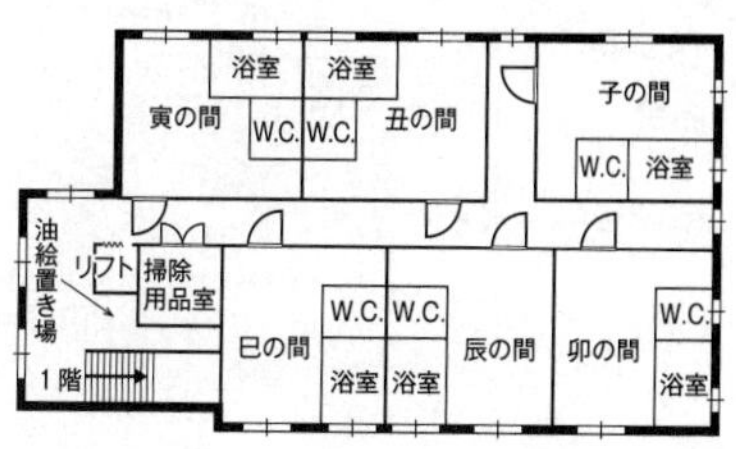
浴室
浴室
寅の間
W.C.
W.C.
丑の間
子の間
W.C.
浴室
油絵置き場
リフト
掃除用品室
W.C.
W.C.
W.C.
巳の間
辰の間
卯の間
浴室
浴室
浴室
1階

2階

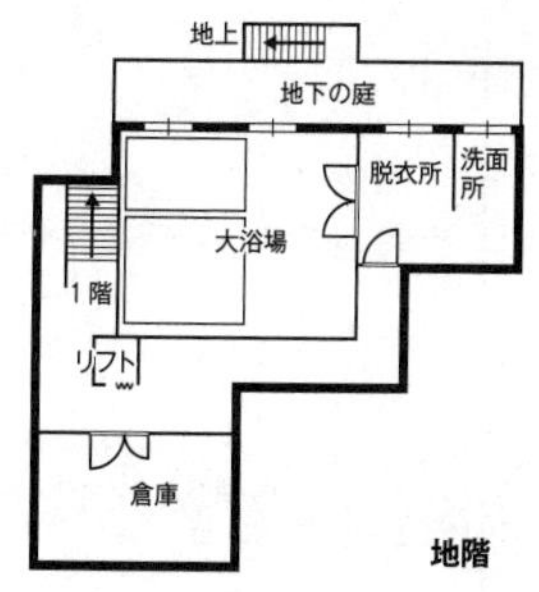
地上
地下の庭
脱衣所
洗面所
大浴場
1階
リフト
倉庫

地階

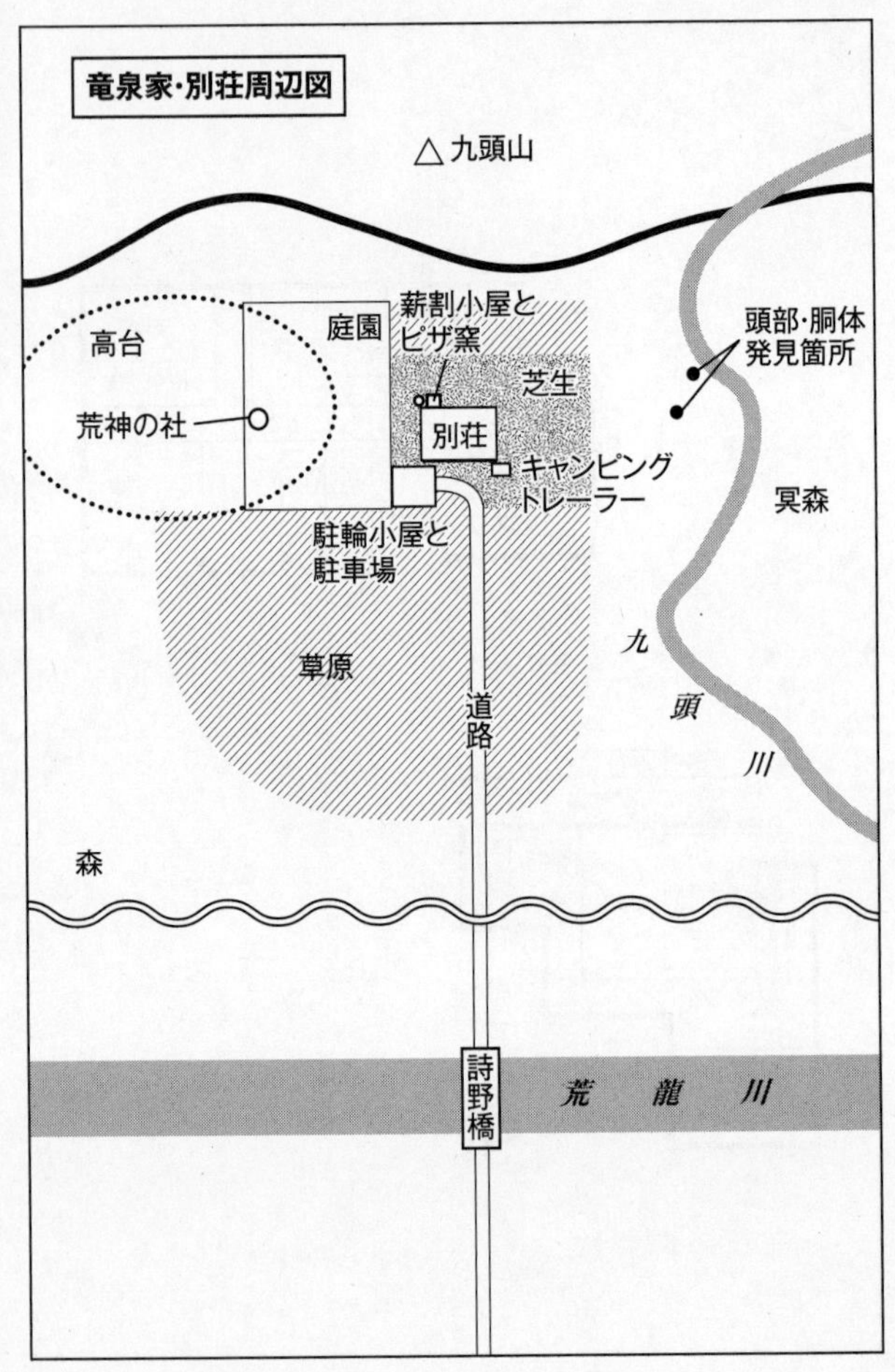
竜泉家・別荘周辺図
△九頭山
庭園
薪割小屋と
ピザ窯
高台
芝生
頭部・胴体
発見箇所
荒神の社
別荘
キャンピング
トレーラー
冥森
駐輪小屋と
駐車場
九
頭
川
草原
道
路
森
詩
野
橋
荒　龍　川

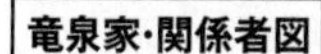

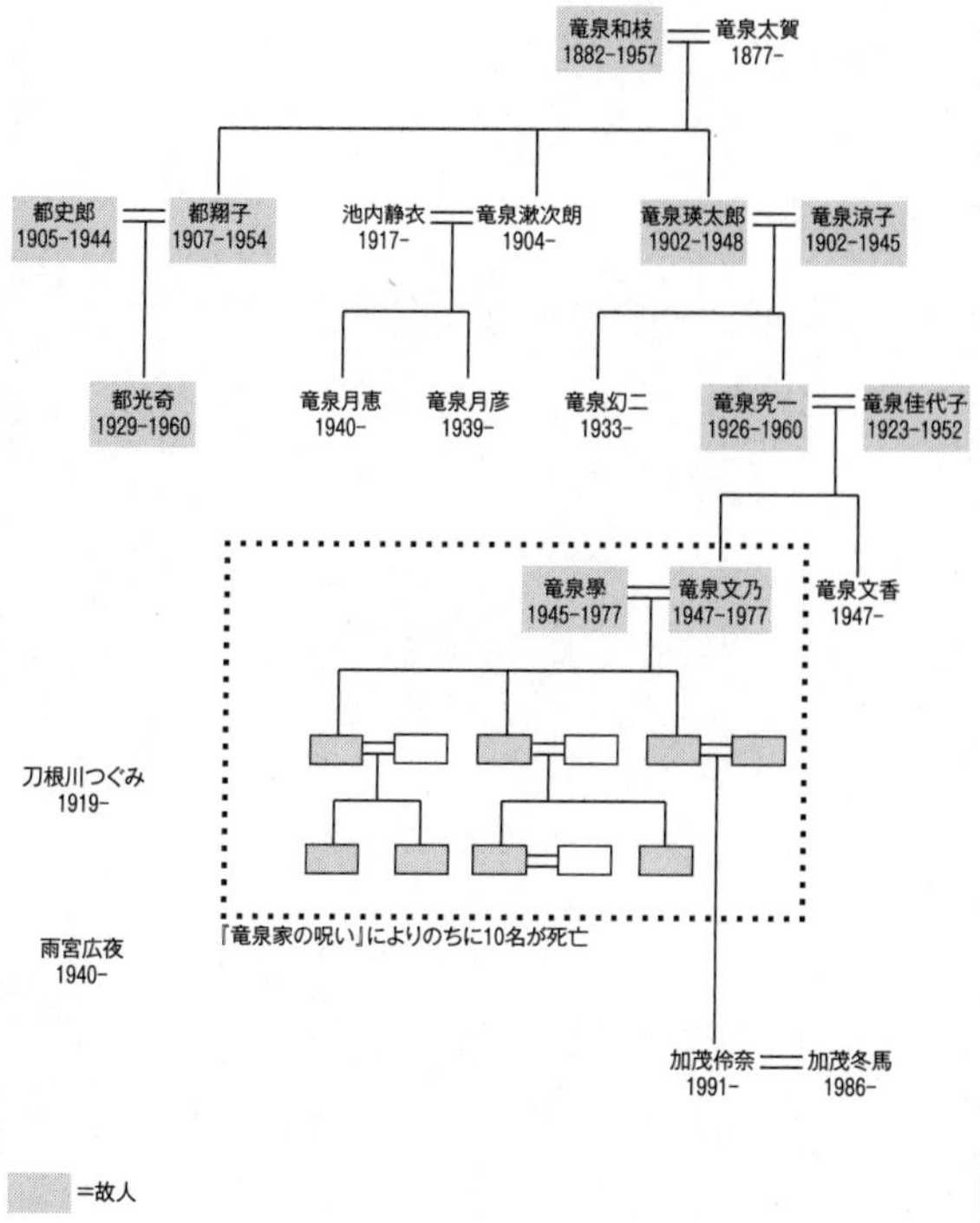

竜泉和枝 1882-1957 ＝ 竜泉太賀 1877-

都史郎 1905-1944 ＝ 都翔子 1907-1954

池内静衣 1917- ＝ 竜泉漱次朗 1904-

竜泉瑛太郎 1902-1948 ＝ 竜泉涼子 1902-1945

都光奇 1929-1960

竜泉月恵 1940-

竜泉月彦 1939-

竜泉幻二 1933-

竜泉究一 1926-1960 ＝ 竜泉佳代子 1923-1952

竜泉學 1945-1977 ＝ 竜泉文乃 1947-1977

竜泉文香 1947-

刀根川つぐみ 1919-

「竜泉家の呪い」によりのちに10名が死亡

雨宮広夜 1940-

加茂伶奈 1991- ＝ 加茂冬馬 1986-

■＝故人

マイスター・ホラによる序文

これから語られるのは『呪い』と『奇跡』の物語です。

主人公である加茂冬馬(かもとうま)が旅に出て、不可解な事件に遭遇し謎に挑むという意味では、これは紛れもない本格推理小説といえるでしょう。

かく言う私は、この物語のワトソン役でもなければ語り手でもありません。私は主人公にとっての案内人であり傍観者であり……疫病神であり福の神でした。矛盾しているように聞こえたとしても、全て本当のことなのです。

今では加茂冬馬の旅も終わり、私は役目を終えました。けれど、この話を読んで下さる皆さまの為に、また物語の案内人を務めることにいたしましょう。本格推理小説と銘うったからには、私はフェアでなければなりませんね?

あらかじめ宣言しておきますが、私が物語の中で嘘をつくことはありませんし、読者の皆さまに嘘をつくこともいたしません。私が話す内容が突拍子のないモノに思われたとしても、そんなことに臆する必要はないのです。

もしかすると、こんな疑いを抱いた人がいるかも知れません。……物語中で『マイスター・ホラ』と名乗るのが偽者で、そこに叙述トリックが仕掛けられているのではないか?

そんな心配はご無用です。物語に登場するマイスター・ホラは、間違いなく私なのですから。

では、また『読者への挑戦』でお会いしましょう。

プロローグ

加茂冬馬は妻の左手を握り締めた。ただの風邪だと思い込んで、病院に連れて行くのが遅れたことが、今更のように悔やまれた。

「俺がもっとしっかりしていれば……」

ベッドに横たわる伶奈(れな)の目は消耗しきっていたけれど、彼女は加茂に微笑(ほほえ)みかける。

「あなたは何も悪くない」

たったそれだけ喋っただけだというのに、彼女は背中を丸めて激しく咳き込み始めた。少し遅れて伶奈の指に繋がれたパルスオキシメーターが警告音を発する。血中の酸素濃度が危険なレベルに下がっていることを示していたが、加茂に出来るのは妻の背中をそっと擦(さす)ってあげることだけだった。

伶奈の鼻には太いチューブがつけられている。酸素を送り込む為の高流量鼻カニュラと呼ばれるものだ。彼女の肺機能の低下は著しく、普通の酸素マスクでは対応がしきれなくなっていた。酸素をより安定的に供給することが出来る高流量のシステムに切り替えても……血中酸素濃度は下がって行くばかりだった。

これ以上は体力が持たないという主治医の判断により、伶奈は集中治療室(ICU)に移動し、気管内挿管をして人工呼吸器を装着することが決まっていた。

咳に苦しみながらも伶奈がなおも喋ろうとするのを見かねて、彼女の右手にマジックペンを握らせてあげた。伶奈は震える手で加茂が差し出したノートに記し始める。

——こうなることは分かっていた。ずっとずっと前から。

酷(ひど)く乱れた文字だった。室内にはフロージェネレーターが空気を送り出す音だけが虚しく響いている。加茂は奥歯を食いしばって無理やり微笑んだ。

「大丈夫、すぐに良くなるよ」

そう言いながらも、彼はこれが最後の会話になるかも知れないと覚悟をしていた。気管内挿管の際に麻酔を行うと説明を受けていたし、病状によっては、伶奈は喋ることも筆談をすることも出来なくなってしまうかも知れなかったからだ。

彼女は熱で潤んだ目で彼を見上げて、なおも書きつづった。

——竜泉(りゅうぜん)家の呪いからは絶対に逃れられない。

加茂はとっさにそれを否定しようとした。だが、伶奈の目に暗い絶望が宿っているのに気付いて、言葉が出て来なくなってしまう。

「ごめんな……守ってあげられなくて」

出て来たのは自分でも聞き取れないくらいの弱々しい声だった。

第一章

「痰と血液の検査結果を見る限り、感染症が原因の肺炎ではないでしょう」

主治医は加茂にそう告げた。人工呼吸器の管に繋がれ、モニターと大きな機械に囲まれて眠り続ける伶奈との、短い面会を終えた後のことだった。

「やはり、間質性肺炎なんでしょうか？」

彼が問い返すと、医師は重々しく頷いた。

「ＣＴの結果と症状の進行の速さから察するに、特発性間質性肺炎、中でも急性間質性肺炎の可能性が高いでしょうね」

間質性肺炎……伶奈が入院するまで、彼はそんな病気が存在することすら知らなかった。肺炎と言えば、細菌やウイルスに感染してなるもので、抗生物質や抗ウイルス薬を投与すれば比較的簡単に治る病気だと思っていたから。

伶奈が発症したのは、通常の肺炎とは違う部分が炎症を起こす特殊なものだった。医師は彼女の免疫が暴走し、自らの肺の間質を攻撃していると説明した。しかし、発症の引き金になったモノが何なのかは医者にも分からなかった。

この病魔は驚くべきスピードで彼女の身体を蝕んだ。

最初に風邪に似た症状が出てから数日のうちに咳が酷くなり、一週間後には呼吸困難を起こして歩くことすらままならなくなってしまった。彼女を病院に連れて行くと、レントゲン撮影で両肺の下部が真っ白になっているのが判明した。

その日のうちに入院となったものの、それから僅か五日後の五月十九日には人工呼吸器が必要になるほど病状は悪化していた。

「奥さんの場合、ステロイドパルスでも症状の改善は見られません。これから免疫抑制剤のパルス療法を開始しますが、このまま進行が抑えられなければ、命の危険があります。……ここ三日がヤマになる、と考えて頂いた方がいいでしょう」

医師が苦しげに続けた言葉を聞いて、加茂は眩暈を感じた。

彼もインターネットで情報をかき集めていたので、急性間質性肺炎の致死率が六割以上だということも、ステロイド難治性の場合は更に治療が難しくなるということも、最後の頼みの綱である免疫抑制剤でさえ効く保証がないことも、全て理解していた。

今後の治療方針について説明を受け、伶奈のICUでの身体拘束に関する同意書に署名をして、加茂は主治医と別れて駐車場へと向かった。

神奈川県の山あいに建つH医療センターの駐車場は広く、土曜日で外来が休みだったこともあって閑散としていた。傍の石垣の上にある雑木林から聞こえて来る鳥の鳴き声が煩い。

ICUの面会時間には制限があった。彼は次の面会時間である十四時三十分までに、ICU

で必要なものを買い揃えて戻って来るつもりだった。スマホの時計では今は十時五十分だったから、まだ四時間近くもあることになる。

　頭ではそう計画を立てても、車の運転席に座り込んだまま動く気力が起きなかった。加茂は助手席に置いてある鞄から覗いている資料にぼんやりと視線をやる。

　それは、伶奈が入院する直前まで彼が担当していた雑誌の企画で、『幸せを呼ぶ都市伝説〜奇跡の砂時計〜（仮）』と銘うたれていた。

「……奇跡の砂時計、か」

　二年ほど前から、ＳＮＳ上では『奇跡の砂時計』に関する都市伝説が話題になっていた。これは都市伝説としては捻りのないモノで、砂時計のペンダントを拾うと、その砂時計が願いを一つだけ叶えてくれる、という内容だった。

　そんな砂時計が本当に存在しているとしたら、伶奈の病気も治すことが出来るのだろうか？加茂は現実逃避めいたことを考えながら、車の窓越しにＩＣＵのある病棟の二階を見上げた。

　母を早くに亡くし父親と絶縁している彼にとって、伶奈はたった一人の家族だった。それは彼女も同じだったけれど、伶奈が天涯孤独の身になった理由は特別なもので……。

「いや、呪いなんてある訳がない」

　誰に言うでもなくそう呟いて、加茂は車のキーに手を伸ばした。

　その時、スマホの着信音が鳴り響いたので彼はビクリとした。病院から伶奈の容態が急変したという連絡が来たのかと思ったからだ。しかし、スマホに『非通知着信』と表示されているのを見て安堵の息をついて、悪戯かセールスの可能性が高そうだったが、仕事関連の電話かも知れないと思って、彼はすぐに通話ボタンを押す。

『ありますよ』

耳元から抑揚のない男の声が流れ出て来た。その内容の意味不明さに、加茂は驚くよりも先にウンザリしてしまった。

「迷惑電話なら、他所でやってくれないかな」

『言い方が悪かったですね。……竜泉家の呪いは確かに存在しています』

思わず加茂は息を呑み、それが無差別的な悪戯電話ではないと確信した。

「どういう意味だ?」

『謎かけをしている訳ではありません。あなたの奥さんである伶奈さん、旧姓で言うところの竜泉伶奈さんが恐れていたように、竜泉家の血を継ぐ人は呪われているのです』

加茂は喉の奥で笑い声を立てた。

「斬新な取材のやり方だな。どこの雑誌だ」

『質問の意味が分かりかねます』

「三流オカルト誌の記者が他人の不幸を面白がって記事に仕立てようとしている、そんなところだろう。普通にコンタクトをしても、断られると思ったのか」

『失礼ですが、それは過去のあなた自身のことでは?』

加茂は眉をひそめる。

「そんなことまで調べ上げたのか。お前、かなりの暇人だな」

『……五年前、あなたはいかがわしいオカルト誌のライターをしていました。「呪われた竜泉家」の記事の為に竜泉伶奈に強引に取材をした挙句、警察に通報されたのはどこの誰でしたか？』

「当てこすりかよ。出会いとしては、最悪の部類に入るのは認めるけど」

『そんな二人が夫婦になっているのですから、何がどう転ぶか分からないモノです』

「お前にだけは言われたくない」

そう言い捨てて、加茂は通話を終了させようとした。

『竜泉家といえば戦前は製薬業界で名を馳せ、戦後はＧＨＱとのコネクションを確立して食品の製造にまで幅広く手を広げた、大富豪の一族でした。けれど、一九六〇年八月に彼らに最初の不幸が降りかかります』

もちろん加茂も黙って相手の話を聞いていた訳ではなかった。何度も通話を終了させようとしたのだが、スマホはフリーズしてしまったのか言うことを聞かなくなっていた。

『Ｎ県に詩野（しの）という場所があります。当時、竜泉家の親類と関係者が十名、詩野の別荘に集まっていました。当主である竜泉太賀（たいが）の誕生日を祝う為だったのですが……陸の孤島に閉じ込められた彼らは殺意ある者に殺されていきました』

加茂は凍りついたスマホの画面を忌々（いまいま）しげに見下ろす。

「その話なら俺の方が詳しいよ。スマホの不調はお前の仕業（しわざ）か？」

声はそれには答えずに一方的に話を続けた。

『そのうちの何人かは殺意ある者から逃げ延びることに成功したようです。けれど、運命は非情でした。……続けて発生した土砂崩れに巻き込まれて、彼らは全滅してしまったとされているのですから。この不幸な出来事に対し、地方新聞や雑誌は〝poetry〟の「詩野」ではなく、より古い土地の名という〝death〟の「死野」という名称を好んで使いました』

「そして、一連の出来事が『死野の惨劇』と呼ばれるようになった、って言うつもりなんだろう？」

加茂は何とか通話を終了させる方法がないものか探しながら、そう言葉を挟んだ。

『おっしゃる通りです。全滅したかに思われた竜泉家でしたが、弁護士の調査の結果、太賀のひ孫の文乃（あやの）が密かに太賀の知人に預けられて育てられていたことが分かりました。まだ十三歳だった彼女は遺産の全てを受け継ぎましたが……竜泉家に取り憑（つ）いていた不運までも継いでしまったようですね。十年も経たないうちに、彼女は受け継いだ資産のほとんどを騙し取られてしまいましたから』

「文乃は俺の妻の祖母にあたる女性だ。それも全部知っているよ」

『七七年に文乃夫妻は強盗に襲われて殺されてしまいました。これが皮切りになったように、その後も竜泉家の血を受け継ぐ人間は、次々と不幸に見舞われて命を落としていきました。原因は殺人・事故・自殺と多岐にわたり……今では、あなたの奥さんが最後の一人です』

いつしか加茂はスマホを睨（にら）みつけていた。相手の無感情で淡々とした口調が、余計に彼の神経を逆なでした。

「それらの全てが、竜泉家の呪いによるものだって言うつもりなのか」

『だって、文乃と子孫およびその配偶者は合わせて十六人ですよ？　そのうち十二人が三十五歳になる前に死亡するのですが、これは統計学的にも異常な数字です』

動揺していることを気取られれば付け込まれることになる……加茂はそう考えて、少なくともうわべだけは冷静に言い返した。

「お前、間違っているぞ。犠牲になったのは十人だ」

『私が間違うことなどありませんよ。正確無比ですから』

「何を言ってるんだか」

『まず文乃夫妻は強盗に殺害されました。そして、あなたの奥さんの両親が交通事故で、叔父・叔母にあたる二名のうち一名が自殺、もう一名がスキー事故で亡くなり……いとこ四名のうち、一名が転落事故、二名が交通事故で死亡、残りの一名は通り魔により命を落としたとされています』

「やっぱり十人……まさか、お前？」

加茂が血相を変えて叫ぶと、相手は声に笑いを滲ませた。

『そう、私はごく最近の犠牲者もカウントしているのですよ。四か月前に流産したあなたの子供と、もうすぐ死ぬ運命になっている加茂伶奈の二人をね』

「ふざけるな！」

彼は力任せにスマホをフロントガラスに叩きつけていた。そして、両手で頭を抱え込んで喉の奥で唸る。

「どうして、こんなことに……」

加茂が伶奈と出会ったのは二〇一三年の夏だった。

最初は彼が不法侵入の疑いで警察に連れて行かれるという最悪の展開となったけれど、この出会いは二人の人生を大きく変えた。

当時の伶奈は、半年以上も家に引きこもっていた。きっかけは二人のいとこの交通事故死だった。その死から立ち直ることが出来ず、彼女は竜泉家の呪いに怯え、酷いパニック障害を患ってしまっていたのだ。

一方で、加茂は取材で最恐の心霊スポットに行こうが、現場でどんな罰当たりなことをしようが、平然としているタイプだった。そんな図太い人間が呪いなど信じるはずもなかった。

紆余曲折を経て交際をスタートさせた二人は、その二年後には結婚していた。

加茂は自分が伶奈と結婚出来たこと自体が、奇跡だと思っていた。伶奈は美しく、そして誰よりも優しい性格をした女性だったからだ。

それに対し、彼は欠点だらけだった。やることは大胆というよりもいい加減。高校の頃は喧嘩を繰り返し、警察の厄介になったことは数知れない。そもそもルールや法規を守るのが苦手で非常識で……。でも、彼女は彼の全てを受け入れてくれた。そんなところが好きだと言ってくれた。

二人の結婚生活は順調だった。

互いに真逆の性格をしているのが良かったのか、加茂と一緒にいるだけで、彼女のパニック障害は治ってしまった。彼も性格が丸くなって、別人としか思えないと驚かれるくらいになった。

二〇一七年九月には伶奈の妊娠が判明した。順調にいっていれば、今週が出産予定日になっていたことだろう。だが、運命は残酷だった。……妊娠二十一週を迎えた頃、伶奈が激しい腹痛を訴えたのだ。流産だった。

この不幸な出来事は伶奈の精神状態を再び悪化させて、彼女に呪いの存在を思い出させた。でも、それも無理のないことだった。呪いを信じていなかった加茂でさえ、理性では抑えきれない恐怖が自分の中に芽生えたほどだったからだ。

それからも二人で悲しみを乗り越えようと、前を向いて生きようと努力を続けた。やっと気持ちの整理がつき始めた矢先、伶奈が急性間質性肺炎を発症してしまった。

……遠くで声がしたような気がして、加茂は顔を上げた。

足元に転がっているスマホは角に小さなヒビは入っていたものの、完全には壊れていなかった。彼が拾い上げてみると、酷い雑音混じりの声が聞こえた。

『竜泉家の呪……在している限り、不幸は続……うね』

機能の一部が壊れかけているらしく、音は途切れ途切れにしか聞こえなかった。加茂は黒縁眼鏡を外すと、右の掌（てのひら）で目元を擦（こす）ってから顔を上げた。それから試しにスマホのスピーカー機能をオンにしてみる。

『私は未来を知っているのです』

幸か不幸か、スマホのスピーカーは無事だったらしく、相手の声がぐっと鮮明になった。加茂は眼鏡をかけ直して目を細める。

「まさか、お前が伶奈に毒を盛ったのか」

『とんでもない。私が彼女を殺すつもりだから未来が分かるという意味でもありませんよ。私には特別な力があるのです』

「まあ、俺たちのことを調べ上げて、スマホにハッキングした訳だからな、マトモじゃないってことは分かる」

感情の薄い変わった笑い声がスピーカーから響き、やがて声は続けた。

『ひとつ、竜泉家の呪いを解いてみませんか？　宜しければ、私が手を貸しましょう』

「お前に何が出来る。伶奈の病気は……」

『呪いを解くのは私ではなく、加茂さんご自身です。あなたに覚悟があるなら、どんなことでも不可能ではないかも知れませんよ』

「……お前は一体、何者だ」

『マイスター・ホラと申します』

思いがけない答えに困惑しつつも、すぐに加茂は言い返していた。

「ミヒャエル・エンデの『モモ』の登場人物の名前だな、それは。時間の番人だったか」

『そう、それが私です』

相手が平然と言い返したのを聞いて、加茂も問い詰めるのは諦めた。何を質問してもまともに答える気などないだろうと思ったからだ。

「俺の覚悟になんか何の意味もないと思うが、それで伶奈を助けられると言うのなら、どんなことだってやる。……これで満足か？」

これは彼の本心から出たものだった。同時に、このように返事することで相手がどのように出て来るか知りたいという思いもあった。

『では、私の言う通りに動いて頂く必要があります。車から降りて下さい』

加茂は少し躊躇ってから覚悟を決め、扉を開いて車の外に出た。それをどこかから見ているのか、マイスター・ホラから間髪を容れずに次の指示が飛んだ。

『車の下にあるものを拾い上げて頂けますか』

言われるままにアスファルトに膝をついた加茂は息を呑んだ。

車の前輪の傍に砂時計が転がっていた。非常に薄いガラスで作られたもので、中には煌めきを帯びた純白の砂が入っている。大きさは直径一センチ弱、高さは三センチくらいだ。銀色の長いチェーンで首に掛けられるようになっていた。

そして、それらの特徴は全て都市伝説の『奇跡の砂時計』と合致していた。

「これとそっくりな砂時計について噂に聞いたことがある」

『ご想像にお任せします。……それを首に掛けて周囲一・五メートルに何もない場所を探して移動して下さい』

精一杯の抵抗のつもりで加茂は肩を竦めると、ペンダントを首に掛けた。チェーンが長かったので、砂時計は鳩尾の辺りにぶら下がる。

その上で、彼はリモコンキーを使って車を施錠してから歩を進めた。車の中の鞄には財布が入ったままだったけれど、すぐに戻れるだろう……などと考えながら。リモコンキーはズボンのポケットに放り込んでおいた。

病棟から離れるほど駐車してある車の数も減ったので、数十メートルも歩かないうちに加茂は条件を満たす場所を見つけていた。それは苔むした石垣の傍で、石垣の上から見事な枝垂れ桜が枝を伸ばしている。新緑の葉が美しかった。

石垣から一・五メートル強くらいの距離を空けて立ち止まると、彼は周囲を見渡した。駐車場に人影は見当たらない。加茂は口の中で呟く。

「あの野郎、どこから監視してやがるんだ？」

駐車してある他の車に身を潜めている可能性もあったし、隠しカメラの映像を見て喋っているのかも知れなかった。

『結構です、それでは移動を始めましょうか』

「移動って、そんなの聞いてないぞ？」

『拒否しても無駄ですよ。私たちは全ての始まりに戻らなければならないのですから』

言葉の意味が分からなくて、加茂は戸惑ってスマホを見下ろした。いつの間にか、ホラとの通話は終了してしまっていた。

「……何だ、結局は手の込んだイタズラだったってことか」

奇跡の砂時計など存在するはずがないことは彼にも分かっていた。それなのに、砂時計が本当に奇跡を起こしてくれるんじゃないかと期待をしてしまったのも事実だった。悪質なイタズラにまんまと乗せられた自分がバカみたいだった。

車に戻ろうと思った瞬間、加茂は違和感を覚えた。見下ろしてみると、砂時計の中で真っ白な砂が流れるように動き始めていた。

「どう……なってるんだ？」

透明なガラスで出来た砂時計には電子的な部品や機械的な仕掛けが隠されているようには見えない。それなのに、砂時計は太陽のように強い光を放ち、中の砂粒は重力に逆らって上昇を始めていた。

《竜泉文香の日記》

昭和三十五年八月二十一日

明日のお祖父さまの誕生日のお祝いが待ち遠しくてしかたがない。

お祖父さまの素晴らしいところは、決して諦めないところ。長期間の入院の末に車椅子に乗るようになった時も、私たちには辛そうなご様子を見せなかった。今も足の具合は戻らないけれど、日常のことはほとんど何でもご自分でなさってしまう。

でも、今朝はネクタイをしている時はいつも着けている真珠のネクタイピンをなさっていなかった。どうなさったのかと思ったら、昨晩から見当たらなくなってしまったのだって。

午前中は、幻二叔父さまから頂いた原書の小説を読んだ。

Alfred Bester の *The Stars My Destination* という叔父さまが送って下さる物語は、どれも面白いから好き。でも、光奇さんは皮肉屋で時々意地悪だから、私がSF小説を読んでいるのを見つけると「女の子が読むものじゃない」っておっしゃるの。

いとこなのに、光奇さんはお父さまとも叔父さまとも似ていない。いや、それは正しくないか。お父さまと光奇さんは外見的には似ているもの。でも性格は正反対。光奇さんじゃなくて、いつも優しいお父さまの子供で本当に良かったと思う。

本を読み終わった後、刀根川さんのところに遊びに行ってみた。ちょうどお昼のサンドイッチを用意しているところだった。

刀根川さんは料理の天才。どんなお店にも負けない味のものを作ってしまう。私は密かに彼女にあこがれている。

お昼には、漱次朗大叔父さまのご家族が到着した。でも、今年は池内の大叔母さまはいらっしゃらない。オペラ歌手の大叔母さまは今頃ローマで『カルメン』の公演を行っているころだ。庭園で素敵な歌を披露して下さるのを楽しみにしていたのに、とても残念。

漱次朗大叔父さまはやせていらっしゃった。大叔母さまと離婚なさって十三年になるそうだけれど、久しぶりにお会いできないのがさみしいのかしら？　一方で、月彦さんは母親が来なくてせいせいするなんて言っている。（泥による汚損あり）

午後からは、探偵のまねごとをして真珠のネクタイピンを探したけれど、見つからなかった。どこに行ってしまったのかしら。

今日は日記はこのくらいにして、早く寝ることにしよう。

昭和三十五年八月二十二日

日記なんて書きたくない。でも、ベッドに入って目を閉じても頭に浮かぶのは恐ろしいことばかり。何もせずにいるのが、こんなに辛いことだなんて思わなかった。だから、これまでに起きたことを書きとめることにした。

六時には目が覚めていたけれど、頭が重くてたまらなかった。もう一度眠ろうとしても無理だったので、六時三十分には食堂に向かった。外は快晴でも、私の頭はぼんやりしていた。

一階に降りると、朝早いというのに娯楽室から声がしてびっくりした。お部屋をのぞいてみると、漱次朗大叔父さまと幻二叔父さまと雨宮さんがいらっしゃった。

三人ともお顔の色が優れなかったので……徹夜したのだろう。昨日の夕食時に大叔父さまと月彦さんはチェスをするという話をしていたし、後で聞いてみたところ、大叔父さまはその後も叔父さまたちとビリヤードをして一晩を過ごしたらしい。

刀根川さんのトーストと卵料理は今日も素晴らしかった。

ココアとフルーツの盛り合わせを頂いているところに、お祖父さまが食堂にいらっしゃった。今日はお祝いの日だったので、私もお祖父さまも自然に話がはずんだ。

食事を終えて食堂を出ると、玄関ホールが騒がしくなった。

私はいたずら心を起こして、盗み聞きをすることにした。……いつも大切なお話には交ぜていただけないんだもの、まだ子供だからって。

玄関の隣にある娯楽室からは大叔父さまたちの姿は消えていた。誰もいないのをいいことに、私は玄関ホールへと続く扉に耳を近づけた。

「信じられないって気持ちはわかる。……でも、本当に究一（きゅういち）さんが殺されていたんだ」

お父さまが殺された？　それを聞いた私は頭が真っ白になってしまった。

呼吸を乱しながら報告しているのは、声から月彦さんだとわかった。

「見たのは俺だけじゃない。月恵（つきえ）と雨宮も一緒に見たんだ。その、何と言うべきか……究一さんの頭部を」

私は悲鳴を上げていたんだと思う。気付くと、玄関ホール側の扉が開いて、幻二叔父さまと雨宮さんが顔をのぞかせていたから。

私は『これは悪夢、目が覚めれば何もかも大丈夫』って自分に言い聞かせた。でも、叔父さまの血の気を失った顔を見ているうちに現実なのだとわかった。

気付くと、私は自分の部屋の中にいた。

息が切れているのは一気に二階まで駆け上がったから。私は震える手で内側から鍵を掛けた。

廊下に叔父さまがやって来て『大丈夫か』と問うたけれど、今はそっとしておいて欲しかった。私は浴室に逃げて泣いた。叔父さまは部屋の鍵を絶対に開かないようにと言い残して去っていった。

多分、叔父さまは近くにお父さまの命を奪った犯人がいると警戒していたから、そんなことをおっしゃったんだと思う。（以下、泥による汚損あり）

お父さまが亡くなってしまわれたなんて、信じたくなかった。

昨日はお父さまとあまりお話ができなかった。冥森（くらもり）を散歩している時に鹿を見かけた話とか、叔父さまから頂いた本の話とか、お話ししようと思っていたことがたくさんあったのに……。もう一度、お父さまの声が聴きたい。お父さまへの感謝の気持ちをちゃんと言葉にしたい。愛していると伝えたい。

色々な思いが胸にこみ上げて、息ができなくなった。

どのくらい時間が経ったのだろう。幻二叔父さまが部屋の前に戻って来て、出て来れそうかと聞いた。私はとてもそんな気分にはなれなかった。

叔父さまはおっしゃった。

「これから言うことを、落ち着いて聞いて欲しい。亡くなったのは兄さんだけではなかった。……光奇も殺されていたんだ」

私は怖くなって部屋の扉を開き、叔父さまに飛びついて泣きじゃくった。叔父さまは私を優しく抱きしめて下さった。

「文香はまだ十三歳だ。お祖父さまも文香には何も知らせない方がいいとおっしゃっている。でも、そうすることもやっぱり僕には残酷だとしか思えなくてね」

私はしゃくり上げながらもうなずいていた。

「私、全てを知りたい」

幻二叔父さまによると、私が部屋に閉じこもっている間に、漱次朗大叔父さまが冥森に行って、お父さまの死を確認したそうだ。そして、小川の傍で胴体を見つけた。

その時は大叔父さまもお父さまのものとばかり思ったそうだ。……でも時を同じくして、幻二叔父さまがお父さまの部屋を調べて首なしの遺体を見つけていた。

冥森にあった胴体は光奇さんのものだった。光奇さんのそれ以外の部分、頭部と手と足は別荘の地下の浴場で見つかったらしい。

誰かが、お父さまと光奇さんに文字にすることすらおぞましいことをやった。

「何者かが僕らを狙っている。その証拠に外部へ通じる電話線が切られてしまっていた」

叔父さまがそう続けたのを聞いて、私は心の底からぞっとした。叔父さまは私を安心させようとほほえむ。

「でも大丈夫。これから僕は漱次朗さんと一緒に警察を呼びに行く。警察が来れば犯人もすぐに捕まるだろう」

それから、私は部屋に戻って鍵を閉めた。また涙があふれて来たから、浴室に戻ることにした。ここならいくら涙を落としても誰にもわからない。私にとっては一番、泣きやすい場所だった。

叔父さまと大叔父さまが別荘に戻って来たのは、それから一時間もしないうちだった。ちょうど、お昼になるころだったと思う。私はその時はまだ部屋にいたのだけれど、何があったのかを聞いて、震えた。

誰かがつり橋に細工をしていて、車が橋に差し掛かったところで橋が落ちてしまったそうだ。叔父さまたちは何とか逃げ出せたものの、車はだめだった。……これもきっと、お父さまの命を奪った犯人がやったことに決まっている。あの橋さえ壊してしまえば、私たちを閉じ込めることができるのだから。

犯人は今もわかっていないし、その手がかりも見つかっていない。お祖父さまは『今夜は自分の部屋にこもって、鍵を掛けて一夜を明かすように』とおっしゃった。一人でいるのは怖くてたまらなかったけれど、刀根川さんにはげまして頂いて勇気が出た。

日記を書いていくうちに、少しずつ自分の心が定まってきた気がする。今日は泣いてばかりで何もできなかったけれど、お父さまと光奇さんの命を奪った犯人を見つけ出さなければならない。

明日からは泣かない。お父さまのためにも強い人間にならなくちゃ。

第二章

「どこだ、ここは？」

加茂は身体を屈めて肩で息をしていた。手足が痺れているように感じるのは、パニックを起こしかけているからだろう。

ついさっきまで、彼はH医療センターの駐車場にいたはずだ。それなのに瞬き（まばた）をするよりも早く、見知らぬ場所に移動していた。目の前には駐車場のアスファルトとは似ても似つかない、手入れされた芝生が広がっている。

芝生の奥は森だった。森といってもグリム童話に出て来るような異国情緒漂う森ではなく、日本にならどこにでもありそうな雰囲気のものだ。遠方に広がる山も同じで、既視感を呼び覚ます山肌が続いている。

空は抜けるような青色、芝生を照らす日差しはジリジリと強く、ジャケット姿の加茂は早くも汗ばみ始めていた。ザワザワと木々を揺らす音に混ざって、加茂が握り締めているスマホに非通知設定の着信があった。

彼はすぐに応答して、スピーカー機能をオンにする。

『ここが目的地付近です』

「……まさか、俺をクスリで眠らせてここまで運んだのか」

加茂は砂時計を割れんばかりに強く握り締めた。今では砂時計は光を失って、何の変哲もない姿に戻っていた。あれほど光を放っていたのに、少しも熱を帯びていない。

『言いがかりは止めて頂きたいですね。私が教えるまでもなく、あなたならここがどこか分かるはずですが？』

ホラの挑発的な言葉に困惑しつつ、加茂は周囲を見渡した。

何故か彼の周囲の芝生にだけは、アスファルトの薄い破片らしきものが散乱していたが、その理由がどうしても分からない。また前方には、何か鋭利なもので切断された様子の桜の枝が落ちていた。新緑が美しく葉っぱが瑞々しいところからも切られたばかりと思われたけれど、近くには桜の木はない。

右手に八メートルほど離れた場所にはキャンピングトレーラーが停められていた。デザインがレトロなのに車体が真新しく見えるのは、復刻版だからかも知れない。

背後を振り返ってみると、一〇メートルも離れていないところに、豪奢(ごうしゃ)な洋風の建物が建っていた。壁面は黒っぽい石がレンガ風に貼られていて、雰囲気は都立旧古河(ふるかわ)庭園内の洋館に似ている。

その建物を見上げた瞬間、加茂は驚いて目を丸くした。彼は一度開きかけた口を閉ざして、改めて建物全体を見渡す。

「俺はこの建物にそっくりな別荘の写真を見たことがある。竜泉家の呪いの記事を書く下調べをした時に……」

彼がそう口ごもると、ホラは面白がるように言った。

『ご想像になっている通りです。これは詩野の別荘ですよ』

加茂は思わず悲鳴混じりの声になる。

「そんなバカな！　あの別荘は五十八年前の土砂崩れに巻き込まれて崩壊したんだ。これは別の建物に違いない」

『少しは柔軟に考えてはどうでしょう。私たちがいるのは土砂崩れが起きる前なんだと』

相手が少しも慌てずにそう返すものだから、加茂は何だかおかしくなって笑い出してしまった。それは自暴自棄になった訳でもなく、混乱や怒りを誤魔化そうとした訳でもなかった。

『どうして笑うんですか』

「前向きな開き直りってヤツかな？　……俺は頭のおかしいヤツに捕まって、竜泉家の別荘の複製の前に連れて来られたらしい。あるいは、奇跡の砂時計の力でタイムトラベルをしたのかも知れない」

『いずれにせよ、あなたが自力でここから抜け出すことは出来ません。私の話を聞いてみては如何（いかが）でしょう』

加茂はため息混じりに言った。

「お前の言い分によると、俺は一九六〇年にいることになりそうだな」

ゲる。

『その通りです』

「前に言っていた、お前が持っている『特別な力』っていうのも？」

『もちろん、時空を越える力です。「奇跡」と表現して頂いても構いませんが』

額に浮かんだ汗を拭って、加茂はジャケットを脱いだ。そして、燦々と降り注ぐ太陽を見上げる。

「与太話だとしか思えないが、どうやら本当のことらしいね」

『……随分、あっさりとお認めになるんですね？』

ホラが訝しそうにそう言い、加茂は手にしているスマホに視線を落とした。そこには五月十九日十一時十四分と表示されている。

「俺がさっきまでいたのは神奈川県だった。春らしい穏やかな日だったのに……ここの気候はまるで真夏だ。日差しがこんなに焼け付くようで蒸し暑いことなんて、五月にはまずないだろう。となると、本州よりも赤道に近いところに移動したんじゃないかと考えるのが普通だ」

『かも知れませんね』

「そのはずなのに、そこに見えている山も森もいかにも日本だって感じだ。場所を移動したんじゃないとすると、俺は時間的に遠く離れたところに移動したってことになるよな？　俺を薬で何か月も眠らせたにせよ、本当にタイムトラベルしたにせよ……お前は常識的には考えられない滅茶苦茶なことをやってのけた。それが分かった以上、諦めて全てを受け入れることにするよ」

他にもこの結論に至った根拠がない訳ではなかったけれど、彼はそれを敢えてホラには説明しなかった。

『どうやら……あなたを選んだのは正解だったようです』

突然ホラがそんなことを言い出したので、加茂はキョトンとしてしまった。

「初耳だな、俺は選ばれていたのか？」

『ええ、呪いを解くことが出来る人間でなければ、時空を越える旅にご招待したところで意味がありませんから。どんな状況にでも対応が出来るだけの柔軟さがなければ、私としても困ります』

「俺の場合、適当な性格をしているだけだと思うけど」

彼がそう呟くと、ホラは穏やかに言葉を継いだ。

『もちろん、あなたを選んだ理由はそれだけではありませんよ。……加茂さんは警察関係者でこそありませんが、過去の事件を調べることに長けています』

これはある意味、事実だった。

伶奈と出会ってから、加茂はオカルト雑誌の仕事を辞めた。自分の記事によって傷つく人がいるのを目の当たりにして、心の底から嫌になったからだった。

その後、知人が編集長を務めている月刊誌『アンソルヴド』で新しい連載を引き受けることになった。テーマは冤罪事件。これまで彼が扱っていたのとは全く異なる路線のモノだった。

加茂は冤罪を訴えている受刑者に手紙で取材を行い、その事件について洗い直した。もちろん、一般人である彼が手に入れられる情報は限られていた。……それでも、可能な範囲で調べ直して切れ味のある新解釈を導き出し、受刑者の冤罪の可能性を訴え続けた。

この企画は、連載当初から好評だった。

回を重ねるうちに、受刑者の弁護士が行動を起こし、裁判所が再審を認める決定を下した事件も出て来た。これは日本の司法制度においては奇跡的なことだった。

再審についてネットで話題になってからは、『アンソルヴド』編集部には加茂を名指しで、受刑者の無罪を信じる家族から問い合わせが来るようになった。

とはいえ再審が決定したのは、担当の弁護士に熱意があったからと、いくつかの幸運が重なっただけのことだった。加茂自身は事件調査のプロでもなければ、警察の捜査に関して特別な知識を持っている訳でもなかったのだから。

「俺にそんな才能があるかは別にして、それが伶奈を助けることにどう繋がるんだ」

『まだお分かりになりませんか？「死野の惨劇」こそ、五十八年もの長きに渡って竜泉家を苦しめることになる呪いの根源なのですよ。……竜泉家の呪いを解くには、この事件を解決するしかありません』

ホラから出た衝撃的な言葉に、彼は頭を抱えるしかなかった。

「何で、そういう話になるんだ」

『あなたが信じようと信じまいと、これから竜泉家の人々は殺人者に命を狙われます。もちろん、最終的には土砂崩れに巻き込まれてしまう訳ですが……あなたが犯行を阻止して竜泉家の人々を救えば、過去は大きく変わるでしょう』

「未来も変わって呪いも存在しなくなるってことだな？　理屈は分からないでもない。……いや、やっぱり理屈も分からない」

『ここから先は加茂さんの行動によって全てが決まります。慎重に行動することをお勧めしますよ。それでは、私はそろそろ……』

ホラがしれっと通話を終了させそうになったので、加茂は思わず叫んでいた。

「おい、俺をここに放置するつもりか！」

『そのつもりでしたが、何か？』

「滅茶苦茶じゃないか、事件を解決しろと言われてもどうすりゃいいんだよ」

『私はあなたにチャンスを与えて、ここにお連れしました。仮に片道切符だったとしても文句が言える立場にはないと思いますが？』

その不穏な言葉に加茂は顔色を失った。

「……俺はもう二〇一八年には戻れないのか」

『モノの例えですよ。事件を解決した暁には、元の時代にお連れすることが出来ます』

電話の相手はそう断言したが、加茂はそれを信じる気にはなれなかった。やがて彼は諦め半分に口を歪めた。

「いずれにせよ、逃げたところで無駄そうだな」

『ええ、あなたには私に従う以外の選択肢はないのです』

「別に逃げ出そうと思っていた訳じゃない。『死野の惨劇』を阻止すればいいんだろ？　それで伶奈が助かるのなら、何だってやるよ」

『賢明なご判断です。加茂さんのご健闘をお祈り申し上げます』

言葉とは裏腹に、相手の声には僅かな温かみもなかった。彼はホラの腹の内を探るのを諦めて力なく笑った。

「そう言えば、気になったことが一つあったんだった。……タイムトラベルもののお定まりとして、俺は未来からやって来たことを知られてはならないし、過去の人間に未来に何が起きるかをバラしてもいけないんだよな？」

『ええ、過去の人間に未来に関する情報を与えるのは非常に危険なことです。どのように歴史が書き換わってしまうか予想もつかなくなりますから』

それを聞いた加茂は大きく頷(うなず)いた。

「やっぱり『ネタバレ』は厳禁か。そうだろうと思ったよ」

その上で、彼は詩野の別荘を見上げて言葉を続ける。

「でも、もう手遅れじゃないか？」

＊

加茂が見つめていたのは、別荘の二階の右側にある窓だった。

彼の声に応えるように、開かれた窓辺に少女の姿が現れた。目鼻立ちのハッキリとしたおかっぱ頭の可愛らしい子だ。窓に取りつけられた黒い格子越しだったこともあって細かい表情までは分からなかった。

最初に建物を見上げた時から、加茂はこの少女の存在に気付いていた。……もっとも、彼女は彼と目が合うなり、逃げるように隠れてしまったけれど。

その彼女の驚愕しきった顔を見た瞬間から、加茂は自分が本当にタイムトラベルをしたのかも知れないと考えるようになっていた。というのも、彼女は彼が資料調べの時に見た、竜泉家の少女にそっくりだった為だ。彼があっさりとホラの話を受け入れることに決めたのも、この少女の存在が大きかった。

「どうやら、俺たちの話は全て聞かれてしまっていたみたいだな」

『随分と可愛らしい盗聴者ですね。……これは想定外です』

ホラが可愛らしいという言葉を使ったのを聞いて、加茂は今もホラが自分たちのことを見ているのを知った。彼がつけている砂時計のペンダントに何か仕掛けがあるのかも知れない。やがて、少女は消え入りそうな震え声で問う。

「今のは、jaunting？　貴方は瞬間移動をしてここに現れたのでしょう？」

聞き覚えのない単語に加茂は戸惑った。

『彼女はジョウント効果について話しているようですね』

ホラの補足説明もやっぱり意味不明だったので、加茂は顔を顰めた。

「何だよ、それ」

『アルフレッド・ベスターのSF小説に出て来る一種の超能力ですよ。作中では人々は当たり前のように瞬間移動が出来るんです』

「実は、私は *The Stars My Destination* を読んだばかりなの」

『邦訳ではなく原書でお読みに？』

「ええ……その白い板はきっと未来の無線機なのね」

すっかり落ち着いた様子になった少女はまじまじと加茂のスマホを見つめた。一応、彼が腹話術で独り言を喋っているのではないと信じてくれているようだった。瞬間移動をしようとも、板がペラペラ喋ろうとも、少女が平然と受け入れているのは、子供ならではの素直さと空想力を発揮したからに違いなかった。

加茂はこの不思議な少女を見上げて、咳払いをした。

「盛り上がっているところ悪いけど、俺は他の人たちに見つからないうちに退散することにするよ」

「それなら大丈夫。私以外は食堂に集まって皆で話し合いをしているから。あ、叔父さまたちは出掛けているけれど、すぐには戻って来ないし。……お願い、そこで待っていて」

少女は勢いよく窓を閉めると、部屋の奥へと消えてしまった。

加茂が逃げるべきか決心をつけかねている間に、息を切らした少女が駆け寄って来た。ノースリーブの茶色いチェック柄のワンピースを着ていて、年齢は中学生くらい、顔にはまだ幼さが残っていた。身長は一五〇センチないくらいだろう。

「さっきの話は本当？　土砂崩れが起き、竜泉家に呪いが降りかかるというのは」

この質問に加茂は返答することが出来なかった。間近で見ると、少女の顔は伶奈にどことなく似ていたからだ。その彼女の目が真っ赤に泣き腫(は)れているのを見ていると、言葉が出て来なくなってしまった。

彼に代わってホラが応じる。

『あなたの名前を教えて頂けますか。……私はマイスター・ホラ。そこの彼は加茂冬馬といいます』

少女はホラの名前には無反応だった。すぐに加茂は彼女が生きているのが『モモ』が書かれるよりも前の時代だと気付いた。元ネタなど分かるはずがなかった。

「私？　私は竜泉文香」

その名前を加茂は知っていた。少女が伶奈の祖母である文乃の双子の姉に当たるという理由だけではなかった。彼女は『死野の惨劇』において、ある重要な役割を果たしていたから。

……この少女は惨劇の記録者だった。

別荘で竜泉家の人々に何が起きたのか、後世の人間が知ることが出来たのは、彼女が事件を日記という形で記録に残していたからだった。

そもそも、この日記が発見されたこと自体が奇跡に近かった。

『死野の惨劇』の後、別荘の敷地は土砂に埋め尽くされてしまった。無事に残ったのは、荒神(こうじん)

の社と呼ばれる神社が一つだけだったという。そして、日記と少女の遺体は荒神の社からそう離れていない場所で土に埋もれているのが発見された。

これが加茂のいた未来でかつて起きたことだった。そして目の前のこの少女にも同じ運命が待ち受けているはずだ。

加茂はキッとスマホを睨みつけた。

「どういうことだ、ホラ。この子は目を泣き腫らしているし、竜泉家の人々が殺人者に狙われていることについては質問をしなかった。……お前は俺を何日に連れて来たんだ？」

『一九六〇年八月二十二日です。細かい時間は私にも分かりませんが』

文香が頷くのを見て、加茂は歯を食いしばった。

「それじゃあ遅すぎる、最初の犠牲者が出たのは八月二十一日の夜だったはず」

彼の言葉を引き継ぐように、目に涙を浮かべた文香が口ごもる。

「そうなの。お、お父さまと光奇さんはもう……」

『妙ですね。アーカイブでは最初の事件は八月二十三日の深夜に起きることになっていたのですが』

平然とそう返すホラに対し、加茂は再びスマホを睨みつけた。

「言うことはそれだけか？」

『そう言われましても……。何年も前に調べた資料の内容を覚えていらっしゃるとは、加茂さんの記憶力には驚きました。他に何か？』

「ふざけるな！　お前が到着する日時を間違わなければ、この子の父親を救うことが出来たかも知れないんだぞ」

『その可能性はあったかも知れません。しかしながら、殺人はまだまだ続きます。あなたが事件を解明するのに充分な時間はあるはずですが』

「サイコパスが！　お前こそ竜泉家を襲っている犯人じゃないだろうな」

加茂が吐き出すようにそう言うと、スピーカーから低く笑う声が返って来た。

『とんでもない、私は単なる案内人ですよ』

「思ったのだけど……加茂さんがもう一度タイムトラベルして昨日に戻れば、全て上手く行くのじゃないかしら？」

文香の呟きに、加茂は驚いて顔を上げた。彼女は目を泣き腫らしてはいたものの、彼が思っていた以上に冷静に状況を分析していたらしい。

加茂は考えをまとめるべく、ゆっくりと喋り始めた。

「確かにそうだ。タイムトラベルが可能なら、ここ数日の間を何度か行き来して犯人を突き止めればいい。そうすれば事件をまともに解決する必要なんてないし、ソイツが犯行に及ぶ前に捕まえることも出来る」

電話の向こう側では、ホラが深く深くため息をついた。

『人間はどうしてこうも愚かで不遜なのでしょうねぇ。奇跡が起きたと感動した次の瞬間には、「おかわり」を要求するのですから』

その言葉に文香は顔を赤らめたけれど、加茂は鼻で笑い飛ばした。

「奇跡とは都合のいい言葉だな。あいにく俺はそんなもの信じちゃいない。お前にやれたことなら、必ずもう一度同じことが出来るはずだ」

ホラはしばらく沈黙していたが、やがて諦めたように言った。

『ご期待に添えず申し訳ありませんが、私も万能ではありません。信じるか信じないかはあなた方次第ですが……時空移動をしてから二度目の移動をするのに、最低でも十二時間は空ける必要があるのです』

考え込むように唇を噛んでいた文香が再び口を開く。

「それでも、すぐにまたタイムトラベルが出来るようになる。それまで待って二十一日の朝に戻ればどう?」

『それも出来ません。……お二人には「時空移動の四つの制約」について話をする必要があるようですね。これ以上は時間を無駄にしない為にも』

「何だ、タイムトラベルには四つも欠点があるのか」

加茂が冷やかすように言っても、ホラはその挑発には乗らずに続けた。

『第一の制約は、先ほどお話ししたように十二時間以上を空けなければ能力が使えないことです』

「ご都合主義だな、俺たちにタイムトラベルをさせない為の方便としか思えない」

『これは純粋に技術的な問題なのです。時空移動に必要なエネルギーは膨大で、それをチャージする為にはどうしても時間を要するのです』

「分かった分かった、信じた体で話を聞いてやる。二つ目は？」

『第二の制約は、そこの桜の枝がいいサンプルになります。……加茂さん、私は出発する前に何を指示しましたか？』

「確か、周囲一・五メートル以内に何もない場所を探して移動しろって言っていたな」

『どうやら、あなたは上方にまで気を配らなかったようですね。こうやって木の枝が一緒に時空移動をしてしまったのが、その証拠です』

加茂は芝生の上に落ちている枝を右手で拾い上げた。新緑の葉で覆われた枝垂れ桜だ。明るい緑色は五月ならではのものだったし、真夏の気候には合っていなかった。この枝も彼と同じように、ここに本来あるべき存在ではない。

ほとんど同時に、加茂はH医療センターの駐車場に向かって枝垂れ桜が伸びていたことを思い出していた。

「もしかして、移動させる対象から半径一・五メートル以内にあるモノは一緒にタイムトラベルしてしまうってことなのか？」

『それは正確ではありません。実際は、私が時空移動をさせられる最小の単位が一辺三メートルの立方体なのです。……今回の場合、私は加茂さんの靴の真下が三メートルの立方体の底辺の中心となるように設定して移動をしました。その結果、あなたの頭上付近で三メートル以内の高さにあった枝も一緒に来てしまったという訳なのですよ』

「つまり、俺の足元にアスファルトの薄片が散らばっているのも、駐車場の一部が削り取られてタイムトラベルをしてしまったからということか」

「その通りです。……第三の制約は、時空移動の到着地点に生じる誤差についてです』

「思ったところにピンポイントで移動出来る訳じゃないのか」

『残念ながら、時間と空間は不確定性の関係にあるものですから』

加茂は文香と顔を見合わせたけれど、互いに理解が出来ていないという共通認識が確認出来ただけだった。彼はげんなりとして呟く。

「何だよ。奇跡の砂時計っていうくらいだから、タイムトラベルについてもファンタジックな説明がされるかと思っていたのに」

『あいにく、私は理屈っぽい性質に生まれついていますから……。時空移動はその特質上、不確かで確率的な性格を持っています。場所を厳密に定めて移動しようとすると時間の誤差が大きくなってしまい、時間を正確に定めて移動しようとすると場所の誤差が大きくなってしまうのです』

文香はこの話の流れについて来られなかった様子で目をパチクリとさせた。一方で、加茂は口元に苦笑いを浮かべて言う。

「ディスカバリーチャンネルでやってた、量子力学の特集を思い出したよ。確か、素粒子もそういう性質を持っていた気がする」

『不確定性原理のことですね？　素粒子の場合、位置と運動量を同時に測定しようとすると、その測定値にどうしても不確定さが生じてしまいます。……しかし、一度テレビで見ただけのことを覚えていらっしゃるとは、本当に素晴らしい記憶力をお持ちだ』

「ああ、俺は一度見聞きしたことは大体覚えてしまうからな」

『その気になれば、過去に調べた資料の内容も正確に思い出すことが出来るということですね？　それなら、少しは期待出来るかも知れません』

褒めているんだかバカにしているんだか分からないホラの言葉に、加茂は顔を顰めた。そんな彼の反応を無視してホラは一方的に話を続ける。

『三つ目の制約について説明する為にも、質問を一つ……。時空移動をする上で、最も正確性が求められるのは何だと思いますか？』

加茂は腕を組んで考え込んだが、やがて口を開いた。

「世界は三次元空間プラス時間で、四次元の時空と考えることが出来る。分かりやすく言うと、左右と前後と上下と時間の四つだ。これらのそれぞれをx軸、y軸、z軸、t軸として座標で表せば、この世界の一点を示せるはず」

『移動先が地球の場合は、緯度と経度と標高と組み合わせて考える必要がありますがね』

「となると、答えは標高だ。……タイムトラベルをした先が上空一〇〇メートルだったり、地下一〇〇メートルだったりしたらオシマイだから。墜落死するか生き埋めになるか、移動先の土と一体化するかするんだろう」

それを聞いたホラはくすりと笑い声を立てた。

『ちなみに、私が時空移動をさせられるのは人間だけではありませんよ。最大で一辺が六メートルの立方体のサイズまでなら、人間と一緒に移動の対象とすることが出来ますから』

「へえ、小型飛行機でもタイムトラベルさせられるってことか」

『中に人が乗っていれば可能です。それでも、地中深くに移動してしまった場合は厄介なことになりますがね。……正解です。標高には特に正確性が求められます』

文香が小首を傾げるようにして言う。

「今までの話を要約すると、標高を厳密にしようとすると、それと引き換えにそれ以外が不確定になってしまうということ？」

『そう、緯度と経度と時間は目的地に定めたところから一定の範囲内で揺れ動いてしまいます。どの程度の誤差が生じるかは確率に支配されることになり、事前に結果を知ることは不可能です』

「その誤差は、どの程度のものなの？」

『緯度と経度はメートルで表すと±五メートル以内、時間は±二時間以内です』

それを聞いた加茂は黒縁眼鏡の奥の目を細めた。

「微妙なとこだな。誤差が大きいのか小さいのか」

文香はキョトンとして彼を見返す。

「たった五メートル、二時間なのに？」

「コイツの話によると、タイムトラベルは安全な移動法じゃないらしい。そうなると、その程度の誤差でも小さいとは言い切れなくなる」

加茂は何の事前通知もなく彼を過去に飛ばすという危険行為をやったホラをスマホ越しに睨みつけたが、相手はしれっと言い返した。

『おっしゃる通りです。……時空移動は屋外への移動も想定して、移動先に空気や雨粒がある程度なら影響が出ないようになっています。ですが、移動した先が壁の中だったり土の中だったり別の人間がいる上だったりすると、話は全く変わってきます。その場合はもう大変なことになり、細胞レベルで融合が起きて内臓が……』

「それ以上はいい、聞きたくないから」

『最後の四番目の制約は、タイムパラドックスと世界の安定性に関わるものです』

それを聞いた加茂は思わずニヤッと笑った。

「タイムトラベルといえば、やっぱタイムパラドックスか。自分が生まれる以前の過去に戻って親を殺した時に生じるという、有名なアレだね？」

『今おっしゃったタイプのタイムパラドックスは、気をつけていれば避けることが出来ます。それよりも問題になるのは、同じ時間に同一人物が二人以上存在することが出来ないという、大原則があることです』

文香が戸惑ったように呟く。

「どういうこと、私は過去には戻れないの？」

『いいところを突いてらっしゃいました。……意外にお思いになるかも知れませんが、タイムトラベルは未来へ移動する方がずっと容易なのです』

「うん、現在の私がタイムトラベルをしてしまえば、そこから続く未来に私はいないということになるものね？　もう一人の自分が存在する未来はあり得ない」

『それに対し、過去への移動は時の流れを逆行させる不自然な行為です。世界の安定性を崩し、タイムパラドックスも起きやすくなります』

　加茂は半信半疑の気持ちになってスマホを見やった。

「俺はちゃんと過去に移動出来たみたいだけど、これはどうなってるんだ？」

『加茂さんはご自身が生まれるより前に移動しましたから、直接的なタイムパラドックスは回避出来ました。しかしながら、直近の過去への移動は非常に危険なのですよ』

　文香はごくりと唾を呑み込みながら問うた。

「もしも私が三時間前の世界に戻ったら？」

『三時間前の世界には「お嬢さん」と「三時間前のお嬢さん」の二人が存在することになります。ですが、同じ人間が二人同時に存在することは許されません。必ずタイムパラドックスが生じます。……これはテレビゲームにおける、深刻なフリーズを引き起こすバグのようなモノだとイメージして頂ければ分かりやすいでしょうね』

　文香には何のことか分からなかっただろうけれど、加茂はそれを聞いて頷いた。

「ああ、ゲームが完全にフリーズしてしまって、ストーリーを進行することすら出来なくなるようなバグのことだな。ゲーム機の場合は再起動すれば大抵はどうにかなるけど、現実世界の場合は違うだろう?」

『再起動など必要はありませんよ。「彼女」には自浄作用がありますから、すぐにパラドックスの解消が行われることになります』

思わず加茂と文香は顔を見合わせた。

「『彼女』って誰?」

『この世界のことですよ。比喩的にそう申し上げました』

「びっくりした、何で急に擬人化するかな」

加茂のツッコミにホラは心外そうな声になった。

『世界を人格として扱うことが、そんなに変でしょうか?』

「かなり変だよ、自覚ないみたいだけど」

『……いずれにせよ、この世界は「お嬢さん」と出会ってしまう直前の「三時間前のお嬢さん」を消滅させてしまいます。そうすれば、時空移動をする未来の「お嬢さん」も消えてしまいますから、タイムパラドックスも起きないことになります。これがこの世界の自浄作用です』

文香は唇を真っ青にして言った。

「じゃあ、世界の全てが三時間前に戻って正常に動き出すのと引き換えに、私はこの世界から消えてしまうの?」

『ええ、あなただけがいない世界が続くことになります』

しばらく沈黙が続いた。どこかで人の話し声が聞こえた気もしたが、微(かす)かなものだったので加茂にも空耳なのか判断がつかなかった。やがて加茂は口を開いた。

「文香さんが昨日に戻れないのは分かった。でも、俺は違うだろう」

『加茂さんは昨日の世界には存在していない人間ですから、一日前の過去に戻っても、今言ったタイプのタイムパラドックスは発生しません。……でも、そうすることで世界は均衡を失ってしまうでしょう』

「どういう意味だ」

『あなたが「ここ」にやって来た影響により、未来は大きく変わろうとしています。この世界が不安定な状態になっていることはご理解を頂けるはずです。これに加えて、直近の過去に戻って再び影響を与えるとなると、世界の均衡は危険なレベルにまで崩れてしまうでしょう』

「たった二回、過去に干渉するだけなのに？」

その問いかけに対し、ホラは返答を躊躇ったようだったけれど、やがて言った。

『現在の状況を全て考慮に入れて、シミュレーションをしてみました。計算上……あなたが昨日に戻って再び過去を変えようとした場合、この世界は自浄作用が及ばないほどに均衡を失います。そのまま世界が崩壊してしまいかねないほどに』

文香が目に涙を滲ませる。

「それじゃあ、お父さまを救う方法はもうないということなの？」

『ええ、二人の命の為だけに世界を危険に曝(さら)すことは私には出来ません』

残酷な答えに、彼女は両手で顔を覆って泣き始めた。その小さな肩が震えるのを見て、加茂はいたたまれなくなった。

加茂とホラに出会ったことは彼女の運命を変え、少女は胸に希望を抱いた。時空を越えてやって来た彼らなら、父親を救うことが出来るに違いないと……。しかしながら、それは無惨にも打ち砕かれ、彼女は二度目の絶望を味わうことになった。

その姿を目の当たりにした加茂は気付かされた。彼が文香たちの運命に介入することで、未来を悪い方向に変えてしまう可能性もあることを。彼がこれから起きる事件の阻止に更に失敗すれば、もっともっと大きな不幸と絶望がまき散らされることになるのだろう。

それでも、ここで立ち止まる訳にはいかなかった。

小さく息を吸い込んでから加茂は口を開く。

「こんな話をするには最悪のタイミングだと思うけど……聞いて欲しい。何者かが竜泉家の人人の命を狙っているのは事実だ。これからも殺人は続き、二十五日には土砂崩れが起きて全員が命を落とす。その後も、竜泉家の呪いにより多くの人が犠牲になるんだ」

文香は顔を上げずに泣き続けていた。本当はこんな話は止めにして彼女に慰めの言葉をかけてあげたかった。だが、彼は敢えて話を続けた。

「未来から来たのなら犯人が誰かくらい分からないのかって、そう思っているかも知れないね。でも、この事件は犯人不明のまま幕を閉じる運命になっている。……俺たちが行動を起こして未来を変えない限りは」

やがて、彼女はゆっくりと顔を上げた。

「加茂さん……貴方は私たちを救う為にここに来て下さったの？」

涙に濡れた彼女の目があまりに真っ直ぐだったので、加茂はたじろいでしまった。

「成り行き的にはそういうことになるかな。でも、俺は君が期待しているような人間じゃない」

文香はじっと加茂を見つめた。この無言の問いかけに対し、彼は言葉を選ぶように答えた。

「俺は自分がどうやって過去に来たのかも分かっていないし、君たちを助ける策がある訳でもない。それどころか、それに見合う能力があるかも怪しい……いや、多分ないな」

急にホラが皮肉っぽい声を出す。

『これは意外です、加茂さんは随分と謙虚なことをおっしゃいますね』

彼はそれを無視して言葉を続けた。

「でも、怖気づいている訳にもいかない。俺は妻を、伶奈を助けなければならないから」

「奥さんを？」

「実は、君には赤ちゃんの頃に生き別れた双子の妹がいるんだ」

それを聞いた文香はただでさえ大きな目を丸くした。加茂はなおも言葉を続ける。

「事情は知らないが、君の妹の文乃さんは他家に預けられているんだ。だから、この惨劇にも巻き込まれずに済む運命にある。そして、伶奈はその孫で竜泉家の呪いに苦しんでいるんだ。

……ホラによると、彼女を助ける為にはこの事件を解決するしかないらしい。俺に何が出来るかは分からないけど、力の及ぶ限り、君と君の家族を守ると約束する。……だから、これ以上の事件が起きるのを阻止する為に協力してもらえないか？」

文香は両手をぎゅっと握り締めて加茂の目を見つめた。今度は彼も目を逸らさなかった。十秒ほどの沈黙の後、彼女は頷く。

「分かった。私も家族を、皆を助けたい」

ここで再びホラが言葉を挟む。

『本当に宜しいのですか？　加茂さんは詩野に現れた不審者です。まずは、彼こそ殺人者ではないかと疑うのが普通ではありませんか』

「お前は誰の味方なんだよ、ホラ！」

そう言い返しながらも加茂は諦めの気持ちが強くなっていた。少女が彼のことを信じると言ったのも、この可能性に思い当たっていなかった為に違いないと思ったからだ。そのはずなのに、文香は加茂を見上げてこう続けた。

「私は加茂さんが瞬間移動をするのを見たから、未来から来たことは疑っていない」

スマホの向こう側でホラはなおも捲し立てる。

『それなら尚更です。彼が私の能力を使って犯行に及んだのではないと、どうして言い切れます？』

「だって、加茂さんは嘘をついているようには見えないもの」

『直感を信じるなど愚か者のすることですよ、お嬢さん』

「私はそうは思わない。……お父さまが殺されたと聞いた時、私は犯人が私たち竜泉家の中にいるかも知れないと思った。今も心のどこかでそうじゃないかと疑っている」

加茂はぎょっとした。中学生の女の子が考えることとは思えなかったからだ。

「そう考えた根拠でもあるのか？」

彼がそう問い返すと、文香は慌てたように首を横に振った。

「具体的な理由がある訳じゃないけれど、そう思えて仕方がないの。……だから、手遅れになってしまう前に、決めてしまわないといけないと思った」

『何をですか』

ホラの幾分冷たい問いかけにも、彼女は即答していた。

「加茂さんを容疑者として監禁してしまうか、加茂さんを信じて一緒に更なる事件を阻止するか、どちらかを……。そして、私は加茂さんを信じることに決めたの」

スマホの向こう側から小さな笑い声が聞こえて来た。

『それほど決心が固いのなら結構です。……加茂さん、良い協力者を得ましたね？』

ホラはそう言ったが、加茂は何の意図でホラが文香に揺さぶりをかけたのかが気になった。彼がそれを問いただそうと口を開いたところで、頭上から窓を開く音が聞こえて来た。加茂がスマホを胸ポケットに滑り込ませつつ建物を見上げると、さっきまで文香がいた部屋に男の姿があった。

「文香、どこにいるんだ！」

そう呼びかけながら窓の格子に顔を近付けた若者は、建物の近くに加茂たちがいるのに気付いて目を丸くした。二階を見上げた文香も消え入りそうな声になって口ごもる。

「……どうしよう、幻二叔父さまだ」

彼女の叔父は加茂よりも五歳ほど若かった。恐らく二十代後半だろう。彼は文香を見つけて胸を撫で下ろした様子だったけれど、その傍に加茂という見知らぬ男がいるからか、すぐに尖(とが)った声になって言った。

「部屋から出てはいけないと、あれほど言ったのに。文香、すぐにその人から離れて建物に戻りなさい」

「でも」

彼女が言うことを聞く気がないのを見て取ったのか、若者は踵(きびす)を返して部屋の奥に戻ってしまった。加茂は苦笑いを浮かべる。

「他の人たちは食堂で話し合いをしているんじゃなかったのか?」

そう言いながらも、加茂は記憶を探って『死野の惨劇』の関係者の中に、竜泉幻二という名前があったのを思い出していた。

文香にとっても自分の部屋から叔父が出現したのは意外だったらしく、戸惑いを隠せない様子で懐中時計を取り出した。抽象化された龍が刻印された銀色の時計だ。

「まだ十二時？　叔父さまは警察を呼びにお出かけになったのだけど、最寄りの駐在所に行って事情を説明するのにも時間がかかるはず。どうしてこんなに早く戻っていらっしゃったのかしら？　ああ、せめて私が部屋の鍵を掛けてさえいれば、見つからずに済んだのに」

彼女はほとんど無意識と思われる動作で竜頭を回し始めた。手巻式の時計はジィージィーという賑やかな音を立てた。

「幻二さんが戻って来た理由なら、分かる気がする。……竜泉家の人間を詩野に閉じ込める為に、犯人が詩野橋を落としてしまったからだ。少なくとも、俺の知っている未来ではそういう記録が残っている」

彼の言葉を聞いた少女の目に恐怖が宿る。やがてどこかで扉が荒々しく開く音がして、細身の若者が彼らの方にやって来た。

加茂は同じ顔を竜泉家の集合写真で見たことがあった。目鼻立ちは整っているが、華のある文香の顔とはあまり似ていない。どちらかと言うと和風で地味な顔をしていた。

服装はグレーのポロシャツに黒っぽいジーンズというラフないでたち、癖のある髪の毛を無造作に後ろに撫でつけている。二〇一八年にいたとしてもあまり違和感がなさそうな恰好だった。

幻二はここまで走って来たらしく、息を切らしながら口を開いた。

「無事だろうね、文香」

「私は大丈夫。だって、この方は……」

彼女の傍に立つ加茂のことを、幻二は頭のてっぺんから足の先までジロジロと見つめた。一八〇センチ近い身長がある彼と比べると、幻二は一〇センチくらい背が低かった。それなのに、何故か加茂は見下ろされているような錯覚を覚えた。恐らく、幻二が若くして人の上に立つことに慣れているからだろう。

「文香の知り合いか？」

声は穏やかだったが、その目には返答次第では……という鬼気迫った色があった。姪の目の前に不審者がいたら、そうなるのも当然のことだったけれど。

どうやって切り抜けようか加茂が決めあぐねていると、文香が先に口を開いていた。

「この方は加茂冬馬さん。東京で高名な私立探偵なの」

彼女は大真面目だったが、それを聞いた加茂は思わず咽せてしまった。

「探偵だって？」

幻二は訝しそうにそう呟くと、咳が止まらない加茂と、嘘をつくのが下手すぎる文香を見比べた。それから、詰問するような口調になって言う。

「探偵さんが、この別荘に何のご用ですか」

その時、聞きなれない声が割り込んだ。

「……続きは、中でうかがうことにしよう」

建物の角から現れたのは、真夏だというのにベージュのスーツを完璧に着こなした紳士だった。年齢は五十代半ばくらい、身長は一七〇センチ以上あった。整えられた口髭には白いものが交じっている。

しかし、紳士然とした男の手に握られているモノを見て加茂はぎょっとした。彼が手にしていたのは猟銃だったからだ。幻二もこれには驚いた様子だった。

「どうなさったんですか、漱次朗さん？　猟銃まで持ち出して」

「君が慌ただしく外に駆け出して行くのが聞こえたものだから、用心の為に持って来た。……この付近には殺人鬼がうろついているからな」

紳士の目は、明らかに加茂をその殺人鬼だと決めつけているようだった。

＊

食堂に足を踏み入れるなり、加茂は猜疑（さいぎ）の視線の集中砲火を浴びることになった。

その部屋は白を基調とした純洋風の造りになっている。二十畳くらいの広さがあるものの、昔の建物によくあるように天井が低かったので、解放感はなかった。建物の築年数はかなりいっていそうだったが、内装はまだ新しい。最近、大規模な改装工事が行われたのに違いなかった。

真ん中にはアンティーク調の大テーブルが置かれていて、その周囲には十二脚の椅子が並べられている。いずれも、加茂が普段はお目にかかる機会のない高級そうな品ばかりだった。部屋に置かれているものを見る限り、竜泉家は完全に洋風化された生活を送っているようだった。

古びた大きな柱時計は十二時十二分を示している。

この部屋には八人の男女がいた。

テーブルの左側の一番手前に座っているのは文香だった。彼女は動揺を隠す術もなく周囲を見渡している。その隣では幻二が腕を組んで座っていた。

二人の横には漱次朗と呼ばれた紳士の姿があった。脅しの為なのか、猟銃を今も手放してはいない。しかし、万が一暴発しては危険だからだろう……建物に入る前に弾丸は抜き取ったようだった。

部屋の上座に座っているのは、白い開襟シャツを着た車椅子の老人だった。

八十歳を超えているのは確実で、えんじ色の膝掛けを掛けている。服を着ていても肩のあたりに筋肉がついているのがうかがえた。そして、その目にはこの部屋にいる誰よりも凄味がある。

加茂はこの老人が竜泉家の当主、竜泉太賀に違いないと見当をつけた。日記では文香に『お祖父さま』と呼ばれていたが、実際は彼女の曾祖父に当たる人物だった。資料で見た白黒写真と比べると、別人かと思うほどエネルギッシュに見える……。

老人の斜め後ろに立って、伏し目がちに加茂のことをうかがっているのは、竜泉家の使用人だった。彼女は白と黒を基調とした古風なメイド服を身にまとっている。

太賀の正規の使用人は刀根川つぐみ一人だけ……ということを思い出しながら、加茂は彼女をまじまじと見つめた。その名前は文香の日記に何度も登場していた。

美人だけれど化粧は濃く、年齢は四十歳くらい。何より、刀根川のスタイルの良さに驚かされた。もう若くはないのに、エプロンの腰紐を高い位置で絞ることによって、完璧なシルエットを生み出している。

おもむろに、太賀が口を開いてしわがれた声を出した。

「加茂さんとやら。どうして詩野にいるのか、その理由を説明して頂けますかな？」

彼がその質問に答えるよりも早く、文香が口を開いていた。

「お祖父さま。……私がこの方を別荘に招待したのです」

部屋の中がしんと静まり返り、太賀も困惑した様に彼女に視線を移す。

「どうしてそんなことを？」

腹をくくった様子の文香の目に宿る挑戦的な色を見て、加茂は嫌な予感がした。

「この方は難事件をいくつも解決している名探偵なの。警視庁からひっきりなしに協力要請が来るし、勲章(くんしょう)をもらったこともあります」

文香が自分に変な設定を追加してしまったのを聞いて、加茂は思わず窓ガラスを突き破ってその場から逃げ出したくなった。

言うまでもなく、名探偵はフィクションの中だけの存在だ。二〇一八年だろうが一九六〇年だろうが、それが変わるはずはない。

「名探偵ねぇ……」

そう呟いたのは、テーブルの右側に座っていた三人の若者のうちの一人だった。

彼ともう一人は顔が似ていたので、パッと見ただけで兄妹だと分かった。年齢は二人とも二十歳くらい、文香に匹敵するほど綺麗な顔立ちをしている。加茂は彼らの名前が竜泉月彦と月恵だと思い出していた。二人とも太賀老の孫に当たる。

兄の月彦は切れ長の目元が涼しげで女性受けが良さそうだった。ただし、薄い唇には内面の冷たさが浮かび上がっているようだ。襟を立てた青いアロハシャツの胸ポケットからはサングラスが覗いていて、この中で最もラフな恰好をしていた。

テーブルに視線を落としている月恵は濡れたような大きな目がハッとするほど美しい。彼女は若草色のノースリーブのブラウスを着ていた。

加茂を見つめる月彦の目には、小鳥をいたぶる蛇のような冷酷さがあった。それは文香の嘘を見抜いている証拠でもあった。とっさに加茂は身構えたけれど、次の言葉は思わぬ方向から飛んで来た。

「……有名な方と言うが、あいにく僕はそんな探偵は知らないな」

こう言ったのは幻二だった。文香は間髪を容れずに応じる。

「叔父さまは普段は海外にいらっしゃるから、国内の情報に疎くなっているのよ」

「それはあるかも知れないね。でも、どうして名探偵なんて招待しようと思ったんだ？」

文香は興奮気味に頬を赤くして言い訳を始めた。

「だって今日は八月二十二日、お祖父さまのお誕生日ですもの。私、驚かそうと思って秘密裏に加茂さんを招待していたの。……ほら、お祖父さまは探偵小説がとてもお好きでしょう？」

ひ孫の勢いに呑まれたのか、太賀は先ほどまでの威厳も何もかも失って、気まずそうな笑いを浮かべた。

「そればかりは否定が出来ないな」

「ごめんなさい、お祖父さまが喜んで下さると思ったの。中学の友達のお父さまが加茂さんの知り合いで、お願いして上手く取り計らってもらって。そうしたら、加茂さんの予定がちょうど空いていたものだから、それで」

文香の口数は不必要に増えてしまっていた。嘘をついている人間が示す典型的な反応だったが、太賀も幻二も意外と真剣に彼女の話を聞いている様子だ。

その説明が全て終わるのを待ってから、幻二は穏やかに問うた。

「今のは全て本当のことだね、文香？」

「もちろん」

彼女の目は真剣そのものだった。それを見た幻二の目に面白がっているような光がほんの一瞬だけ浮かんで消えた。彼は太賀に向かって言葉を継ぐ。

「知っての通り、この子は悪意のある嘘をつくような子ではありません。どうやらお祖父さまを驚かせたい一心で、やってしまったことのようです」

ひ孫にかなり甘い様子の太賀の目が揺らいだ。それでも、まだ考えを変えるには至らなかったようだった。

「そうかも知れんが、この男は儂（わし）らを狙っている殺人犯かも知れん」

正論だったけれど、幻二は小さく首を横に振っていた。

「その可能性は低いと思います。……状況からして、犯人は昨晩から今朝早くにかけて別荘の建物内にいた人間だと考えられます。その時間帯に外から屋内に何者かが侵入することは、不可能な状況でしたから」

このことは文香にとっても初耳だった様子で目を白黒させている。太賀はしばらく考え込んでいたが、やがて言った。

「それは知っている。だが、建物の外に遺体の一部を遺棄することが出来なかったはずなのに、実際は頭部と胴体が持ち出されていたのではなかったか」

「ええ、不可能犯罪としか言いようのない状況でした」

「ならば、そこの男に犯行が不可能かどうかも分からないということになるな？　犯人が頭部や胴体を持ち出す時に使ったのと同じ方法を使えば、誰にも見られずにこの建物に出入り出来たかも知れんのだから」

「おっしゃる通りです。……ですが、それはこの部屋にいる全員についても同じことが言えてしまいます」

太賀は白いものの交じった眉をひそめていたけれど、やがて頷いた。

「その通りだ」

「見ての通り、この方の服には皺も汚れもほとんどありませんし、ズック靴にも泥はほとんどついていないようです。昨晩から別荘の建物外に潜んでいて、雨上がりの森の中と屋内を行き来したのだとすれば、こんな風にはいかないでしょう」

「ズック靴？」

加茂は自分のスニーカーを見下ろして思わずそう呟いていた。詩野の別荘は土足でよかったので、彼は今も海外ブランドのスニーカーを履いたままだ。

「……しかし、見れば見るほど変わった服装だ」

太賀はそう言いながら、加茂をまじまじと見つめた。加茂のシャツもパンツも二〇一八年では平均的な細身のものだったが、この時代にマッチしているとはとても思えなかった。

竜泉家の男性陣のズボンのラインは明らかに太かったし、漱次朗の着ているスーツもやはり少し幅広のデザインをしていた。生地も見るからに違っていて……加茂の着ているシャツは化繊の形状記憶のものなのだが、この時代にそんなものはまだない。靴も皆が黒や茶色や白の革靴を履いているのに対し、スニーカーを履いているのは彼一人だ。

加茂は自分がとてつもなく変なモノを着ている気分になって、憂鬱になった。そんな彼を見て面白がっている様子の幻二が再び口を開く。

「さっきは流れでああ言ってしまいましたが……噂で聞いたことがあったのを思い出しました、東京に加茂という名前の探偵がいるという話を」

その言葉に文香は弾かれたように顔を上げ、加茂も危うく声を上げてしまいそうになった。そんな二人の反応にはお構いなしに、幻二はなおも言葉を継ぐ。

「この子は少しばかり誇張して説明をしたかも知れませんが、この方が私立探偵だということは間違いないと思います」

彼が嘘を見抜いているのは、その頬の隅に浮かんでいる悪戯っぽい表情を見れば分かった。

それなのに、幻二はそれを指摘せずに文香と加茂を擁護した。自ら『加茂という名前に聞き覚えがある』という嘘を重ねてまで……。

少女は叔父に感謝のこもった視線を向け、彼も小さく頷いた。

幻二の嘘には劇的な効果があり、すっかり食堂内の雰囲気が変わっていた。太賀も態度を軟化させて加茂に微笑み掛けたくらいだった。

「無礼をお許し頂きたい。……儂は竜泉太賀、この子の曾祖父です。こんな無茶なお願いをしていたと分かっていたら、何としてでも止めたのですが」

「とんでもない。私の方から喜んでお受けしたような次第ですから」

加茂はしどろもどろになりながら言葉を返した。そうしながらも、彼はむしろ幻二に視線を向けていた。……中学生の少女が語った胡散臭い話をサポートした彼の意図が全くつかめなかった。結果的に、加茂たちは救われたことになったものの、どんな裏があるのか分からないままでは、薄気味が悪くもあった。

一方で、警戒心が消えた太賀の目には今では悲しみが浮かび上がっていた。彼は低い声になって言う。

「お会いして早々このような話をしなければならんのは、心苦しくもあるのですが」

加茂は小さく頷いてから言葉を引き継いだ。

「別荘で起きた事件のことなら、文香さんから伺いました」

このまま事件の情報が聞き出せるのではないかと加茂も淡い期待を抱いたのだが、月彦がぶっきら棒に質問を放って来た。

「ここへは何で来たの、車で?」

彼はあからさまな嘘が受け入れられているのが気に入らない様子だ。

「月彦、客人に失礼だぞ」

太賀がたしなめても、月彦は言い止まなかった。

「俺たちは昨晩の行動を互いに報告し合いました。身内にさえ徹底してアリバイの調査を行ったんですから、客人に質問してはいけない訳もないでしょう。加茂さん、答えられますよね?」

加茂は考え込んだ。……月彦は彼を罠に掛けようとして、こんな質問をしているのに違いない。自分の言動が八月二十二日に起きた何かと矛盾していたのか? 加茂は五年前に読んだ『竜泉文香の日記』の内容を詳細に思い出そうとしていた。彼の記憶力なら不可能なことではなかったからだ。

「……歩きで来ました」

彼の出した答えに、月彦はハンサムさが台無しになるほどに顔を歪めた。相手の反応を見て加茂は自信を深め、微笑みを浮かべつつ続ける。

「私は秘密の招待客ですから、車で来てしまっては目立ちすぎます。知人に橋の手前まで車で送ってもらい、そこからは歩いて来ました」

この別荘にも駐車場はあるはずだった。当然のことながら、そこには加茂の乗って来た車はない。月彦はそれに気付いてカマを掛けてきた、と加茂は予測をつけていた。

月彦が黙り込んでしまったので、その隣に座っていた若者が見かねたように口を開いた。名前の判明していない最後の一人だ。

「詩野橋からここまで二・五キロ近くあります。歩いていらっしゃるのは大変でしたでしょう。……お嬢さま。もっと早く打ち明けて下されば、車で加茂さまを迎えに行って、秘密の片棒を担いだのに」

それは文香に対する要望というよりも、面白い話に加わり損ねて残念という気持ちが溢れた言葉のようだった。傍にいる月彦とは対照的に、この若者は人が好さそうな顔をしている。体型も女性である月恵と変わらないほどに細かった。年齢は二十代前半だろう。紺色のポロシャツを着ている。

文香を『お嬢さま』と呼んだことからも、竜泉家の人間ではないことは確かだった。しかしながら、刀根川と違って竜泉家の人間と同じテーブルを囲んでいる。加茂の記憶では、太賀の友人の子供か何かで中学生の頃に竜泉家に引き取られて以来、居候(いそうろう)している若者がいたはずだ。

確か名前は雨宮だった。

文香はこの若者と仲が良いらしく、おどけた様子を見せて彼に謝った。

「ごめんなさい。でも、雨宮さんに喋ったら他の皆に広がっちゃいそうだもの」

「失礼な、僕はそんなに口が軽くないですよ」

二人のやりとりで場が和んだことが気に入らないらしく、月彦が再び質問を挟んだ。

ことになる。

「で、何時にここに来たの？」

タイムトラベルをしてから、加茂の体感では一時間くらい経過しているように思われた。部屋の時計は十二時二十六分を指していたので、彼は十一時三十分ごろに『ここ』にやって来たことになる。

用心深く言葉を選びつつ、加茂はこう答えた。

「正確な時間は分かりかねます。特に文香さんに到着を知らせてからは、色々と話し込んでいましたから。ただ十一時よりは早かったんじゃないかと思いますね」

到着時間を実際よりも早めたのには理由があった。

加茂の記憶に間違いがなければ、文香の日記には次のようなことが書かれていた。

……幻二と漱次朗は警察を呼ぶ為に車で出発したけれど、一時間もしないうちに別荘に戻って来た。それはお昼になる頃だったと。

月彦は幻二たちが車で移動している間に、道路で加茂とすれ違わなかったことについて、追及するつもりだったのだろう。なら、加茂は幻二たちが出発するよりも前にここに来ていたことにするしかなかった。

彼がボロを出さなかったので、月彦は「ふぅん」と呟いたきり何も言わなくなってしまった。

「……ちなみに、詩野橋を渡った際に何か異状はありませんでしたか？」

こう問うたのは漱次朗だった。彼は今では散弾銃を二つに折って机の上に置いている。武装が解除されたのを見て加茂は心の底からほっとした。

彼の記憶では、漱次朗は太賀老の次男だった。月彦と月恵の父親に当たる人物でもある。整った顔をしているけれど、それよりも目立っているのは神経質そうな目と唇の細かな動きだった。

未来から来た加茂は橋が崩落したことも知っていたが、シラを切ることに決めた。

「特に記憶に残っていません。あの橋に何かあったんですか？」

「何者かが細工をして、橋のロープや板に切れ込みを入れていたのですよ。加茂さんが渡った時にも、既に細工があった可能性は高いでしょうな」

文香は息を呑んで口元を押さえたけれど、他の全員はもうそれを知っている様子だった。幻二が交代するように言葉を継いだ。

「実は、別荘の外線が不通になっていることが分かって、僕と漱次朗さんで警察を呼びに行くことにしたのですよ。出発したのは十一時ごろだったと思います。詩野橋に差し掛かったところで、橋のロープが傷つけられていることに気付いたのですが……間に合わず、橋は崩落して車も巻き込まれてしまいました」

とんでもない出来事が起きたばかりだというのに、幻二は平気そうな顔をしてそう言ってのけた。逆に、それを聞いた文香が顔色を失ってしまったくらいだった。

「大叔父さまも叔父さまも……本当にご無事で良かった」

「漱次朗さんが早めに異状に気付いて下さったからね、何とか逃げ出すことが出来たんだ」

加茂はここまでの皆の発言を思い返しながら、文香の日記と内容が一致しているのを確認した。その上で、首を小さく横に振りながら口を開く。

「俺の場合、歩きだったから良かったものの、運が悪ければ渡っている最中に橋が落ちてしまっていた可能性もあった訳ですね」

彼がゾッとしたという演技をしてみせると、太賀が重々しい口調で付け加えた。

「何者かが我々をここに閉じ込めようとしたのだと、儂はそう思っています」

「だとすると、橋に細工をした容疑者は俺ということになりそうですね。俺は最後に橋を渡った人間ですから」

後で誰かに指摘されるくらいなら、自分から言っておいた方がマシと思って放った言葉だった。どんな反応が返って来るかと彼は身構えたが、太賀老は老獪(ろうかい)な微笑みを浮かべる。

「ご安心下され。……漱次朗と幻二の話では、ロープや板の切断面は切ったばかりではなく、泥などの汚れがそこかしこにあったそうです。そうだな、二人とも？」

漱次朗と幻二が頷き、太賀老は更に言葉を続けた。

「昨日の二十一日の朝まで降り続いた雨と、夕方に降った夕立のせいで、あの川はかなり増水しておったのですよ。その増水時の汚れが付着していると考えれば、橋に細工がされたのは増水が落ち着く前のことになる。……つまり、漱次朗たちが無事に車で橋を渡ることができた昨日の昼よりも後、増水が落ち着いたと考えられる昨日の夜よりも前ということになるのですよ」

加茂はポカンと口を半開きにして太賀を見つめた。

探偵小説好きを自称するだけあると言うべきなのか、危機的状況にあるにも拘わらず、太賀は状況を冷静に分析していた。あるいは、このくらいの精神力がないと戦時中・戦後の混乱を切り抜けて、更に富を増やすことは出来ないのかも知れなかったが。

彼の反応に満足した様子で、老人はニヤリと笑いながらこう締めくくった。

「ゆえに、最後に橋を渡った人間が怪しいということにはならんのです」

「……ちなみに、橋が落ちたことで、この辺りは陸の孤島と化してしまったという認識で間違いありませんか？」

加茂が気を取り直して質問をすると、太賀は眉をひそめつつ頷いた。

「そうなりますな。電話線を切られてしまった以上、助けを呼ぶことも叶いません。それに、元より避暑も兼ねて皆であと四日ほど滞在する予定だったのです。会社の人間にも別荘には連絡して来んようにと釘を刺してしまいましたから、外からの助けも期待出来んでしょうな」

「森を抜けて、町に続く道を探すことは出来ないのかしら？」

と言葉を挟んだのは文香だった。雨宮が遠慮がちに口を開く。

「無理ですね。……川沿いに進んでも崖に邪魔されてしまいますし、九頭(くず)山の方向に進んだとしても別荘には登山の装備はおろか、周辺の山岳地図さえありません。これから天候はまた崩れそうですし、登山の知識もない者が我武者羅(がむしゃら)に飛び込んでも自殺行為になってしまうでしょう」

そう聞いても、文香は少しも落胆する様子を見せなかった。それどころか、曾祖父をじっと見つめて言う。

「お祖父さま、加茂さんに事件の調査を依頼しましょうよ」

「何、加茂さんに？」

「ええ。この方が関わった事件で、解決出来なかったものは一つもありませんから」

これは非常に大胆な提案だった。もっとも……この提案に一番驚いていたのは『最強の名探偵』ということになってしまった加茂自身だったけれど。

「拘束されずに済んだのが、奇跡としか思えないな」

加茂はそう呟いた。現在、食堂には彼と文香の二人しかいなかったので、遠慮なく本音を言うことが出来た。現在の時刻は十二時四十五分だ。

文香は不思議そうに彼を見つめ返す。

「そう? 私が前にマジシャンを皆に黙って本宅に招待した時も、同じように大騒ぎにはなったけれど……その時も皆を説得出来たもの」

我慢がならなくなって加茂は笑い出した。

「そんな前科があったのか。いずれにせよ、文香さんのお蔭で事件調査の依頼を受けられた。本当に感謝しているよ」

あの後、彼女の提案は太賀に受け入れられ、加茂は事件を調べる大義名分を得た。話の流れで、一昨日から行方不明になっているという、真珠のネクタイピンの捜索も引き受けることになっていた。

しかしながら太賀老も馬鹿ではなかったので、幻二と雨宮が調査に同行するという条件を付けた。文香も同行したいと言い出した時には、太賀もさすがに渋っていたけれど、本人の意志が固いのを見て譲歩した様子だった。

先ほど幻二が太賀の部屋に呼ばれ、今は雨宮一人が彼らの監視役を務めていた。だが、雨宮は他人を疑うことが苦手らしい。文香に探し物をお願いされただけで、自分を遠ざける為の策かも知れないと疑う様子もなく、二人を残して食堂を退出してしまっていたから。

その探し物に手間取っているのか、雨宮はなかなか戻って来なかった。待っているのにも飽きてきて、加茂は文香に質問を投げかけることにした。

「そう言えば、一つ気になったことがあったんだ。太賀氏は推理小説好きなんだね?」

「推理小説というのは探偵小説のこと? だとしたら、答えはYesね。お祖父さまは本宅に探偵小説ばかりを集めた図書室をお持ちなの。私もそこからよく本をお借りしているのだけど」

自分の直感が当たっていたことを知って、加茂はため息混じりになった。

「ということは、別荘に集まっている中で、他にも推理小説好きがいるのかな……」

文香は訝しそうに加茂を見返した。

「ええ、幻二叔父さまと月彦さんは探偵小説をよく読むわ。でも、こんなことは事件とは無関係でしょう?」

加茂は口をへの字に曲げつつ言った。

「偏見かも知れないが、推理小説好きの人は身近で事件が起きた時にじっとしていられないと思うんだ。特に、警察の介入がない状況が続くとしたら、独自に調査を行ったり推理を試みたりせずにはいられないはず」

それを聞いた文香はさっと顔を赤らめた。

「私は別に好奇心から事件の調査をしている訳じゃ……」

彼女が悲しそうな顔をしているのに気付き、彼は慌てて言葉を継いだ。

「悪い、そういうつもりじゃなかったんだ。太賀さんと幻二さんが事件に対して色々な分析を試みていたのも、月彦さんが俺に質問を連発したのも、全ては家族を守る為にやっていることだ。こんな状況でも三人とも冷静さを失っていなかったし、その分析も筋の通ったモノだった。でも、かえってそれが問題かも知れない」

「どうして？」

彼は更に声を低くして文香にだけ聞こえるように囁(ささや)いた。

「俺の知っている未来では、この三人ともが命を落としたことになっているからだ。あの三人なら、誰かが犯人を突き止めて犯行を未然に防ぐことが出来ていてもおかしくなかったはずなのに」

文香はハッとした様子で呟いた。

「それが出来なかったのは、犯人がそれだけ狡猾(こうかつ)に立ち回ったということ？」

「だと思う。……俺は『死野の惨劇』が未解決になっているのは、単に警察に渡った情報が少なかったからだと思い込んでいた」

土砂崩れの後、捜索隊が見つけたのは断片的な文香の日記と、瓦礫と化した別荘の残骸、土砂に押し潰された無惨な遺体の数々だった。それも、それらが掘り起こされたのは土砂崩れが起きてから一週間以上も後だったとされる。

発見された遺体の大半が他殺と分かるものだったので、警察は殺人事件として捜査を行った。しかしながら、残されていた証拠や遺体から分かることはほとんどなかったという。

加茂は更に声を小さくして続けた。

「殺人事件が起きれば誰だってパニックになる。犯人はそれに乗じて運任せに犯行を重ねていたに違いない……とも思っていた。でも、どうやらそうじゃないらしい」

文香は大きな目を丸くして話を聞いていたけれど、まだ加茂の話に納得はいっていない様子だった。

「調査も始めていないのに、どうしてそんなことが言えるの?」

「幻二さんはこれが不可能犯罪だって言っていただろう。殺人犯が故意に不可能犯罪を起こしているのだとしたら、俺たちが相手にしなければならないのは厄介な相手ということになる。自分に容疑が掛からないよう色々と策を講じているかも知れないから」

加茂はそう言いながら、いつもの癖でスマホを取り出した。文香がすかさず口を開く。

「その無線機は静かになってしまったのね。ホラはもういないの?」

電池がかなり減ってしまっているのを確認してから、加茂は肩を竦めた。

「どこかに行ってしまった。……でも、どうせコレに何か仕込んであるんだろう。用件がある時は向こうから連絡が来るよ」

彼が鎖の先についている砂時計を摘み上げると、文香が好奇心に目を輝かせる。

「とてもきれい」

「本当に……奇跡の砂時計、なのかも知れない」

加茂が口の中で呟いた言葉に、地獄耳の文香が喰いついた。

「奇跡の砂時計？」

ちょうどその時、廊下側の扉が勢いよく開いて雨宮が姿を現した。

「……遅くなって申し訳ありません」

彼の左手には虫メガネが握られていた。探偵っぽいからという理由だけで、文香が持って来るように頼んだものだ。彼はそれを文香に渡しながら、加茂に微笑みかけた。

「しかし、面白い名前ですね？　奇跡の砂時計というのは」

それを聞いた加茂は苦笑いを浮かべるしかなかった。この家には地獄耳の人間しかいないらしい。

「こんなの名前負けしているだけですよ……。それより、事件の調査を始めましょう。まずは冥森へ案内をお願い出来ますか？」

移動を開始した加茂たちは食堂の隣にある娯楽室に向かった。時刻は既に午後一時に近くなっている。

娯楽室には革張りのソファセットやビリヤード台などが設置してあった。部屋のサイズも食堂より一回り大きい。そして、その部屋を抜けると、幾何学模様のステンドグラスが張られた玄関ホールに出た。

加茂は玄関ホールが外と娯楽室にしか繋がっていないことに気付いて、意外に思った。……表玄関から外に出ようとする場合、娯楽室を必ず通らなければならない構造になっているらしい。この部屋は応接室としての役割も兼ねているのだろう。

玄関を出てみると、建物の周囲には芝生がきれいに植えられていた。空は相変わらず晴れ渡っていたが、吹き付ける風は強い。

右手に十数メートル離れたところには屋根つきの駐輪小屋があって、その隣は駐車場になっていた。そこには加茂の知らない車種が停められており、そのほとんどが外車のように見えた。

「駐車場には車が六台……違った、五台あります。幻二さんの車は詩野橋を渡ろうとした時に落下してしまったんでした。旦那さまの車、別荘の送迎用の車、究一さまの車、それから漱次朗さまの車、光奇さまの車の五台です」

雨宮が説明を始める。

「自転車は?」

「共用のものが三台あります」

駐輪小屋から視線をスライドさせた加茂は、その傍に立っているモノに目を留めた。

「電柱……ここには電気も来ているんですか?」

これは山奥の一軒家なのにインフラがきちんと整っていることに驚いたあまり出た一言だっ

た。彼の視界には、電信柱が橋へと続く道路沿いに規則正しく並んでいた。

雨宮はこともなげに頷く。

「旦那さまが電力会社と協議の上、投資して電線を引き込んだんですよ。……ちなみに、この奥は庭園になっています」

彼が示す方に視線をやると、そこには個人の庭園の域を超えた広大なモノが広がっていた。大きさは一〇〇メートル四方を軽く超え、高台になっている部分もあってかなりの高低差があった。たくさんの層になっている庭には、それぞれに趣向の違う植物が植えられており、それらが木製の階段で上手く繋がれている。見えるだけでも、果樹が植えられた層、日本庭園になっている層、イギリス風庭園になっている層……そのどれもが個性的で、不思議と全体では調和が取れていた。

肝心の冥森は、庭園とは反対の東側にあった。そちらに向かって進み始めてすぐ、幻二が追いついた。太賀との話が終わって彼らを探しに来たものらしい。

道すがら、彼は事件の説明を始めた。

「月彦くんと月恵さんと雨宮くんの三人が兄の頭部の発見者です。彼らは毎朝散歩するのを習慣にしていて、その最中に見つけました」

雨宮が説明したところによると、今朝の状況は以下のようなものだった。

午前七時ごろ、散歩中の三人が究一の頭部を発見、別荘に戻った。そして漱次朗と幻二に彼らが報告をしている最中に、文香が現れた。父親の死を知った彼女はショックのあまり自室に駆け込んでしまう。彼女の後を追った幻二と別れ、漱次朗は雨宮たちの案内に従って冥森に向かったそうだ。

そして今、加茂たちも同じ森の奥へと進んでいた。

森の中には遊歩道が設けられていて、何も知らなければのどかで気持ちのいい場所だ。五〇メートルほど進んだところで幻二が遊歩道を外れ、傍にあった一本の樟（くすのき）の根元を指した。

「兄の頭部が発見されたのはこの場所でした」

「ここで、お父さまが……？」

消え入りそうな声になって呟いたのは文香だった。木の根元には血で汚れた痕が残っている。出血の量から首の切断が行われたのは別の場所だと察せられた。

「究一さまのご遺体は旦那さまの指示で、別荘の地下倉庫に移しています」

そう補足したのは雨宮だった。幻二も頷きながら続ける。

「現場を保存しなければならないことは承知していたのですが、こんな場所に兄の遺体を放置することは出来ませんでしたから」

身内の人間なら、そうするのが普通だろう。文香の手前、誰も言葉にしなかったが、この場所では森の獣に荒らされる可能性もあったからだ。

早速、加茂は遺体発見現場の周囲を確認し始めた。

遊歩道は石畳になっていたし、その周辺は泥でベチャベチャになった落ち葉が降り積もっているせいで、犯人のものと思われる足跡はほとんど残っていなかった。

その間にも幻二が説明を続ける。

「雨宮くんが森に向かっている間に、僕は刀根川さんと一緒に申の間に向かいました。その時は、兄が殺されたなんて何かの間違いに決まっていると思っていました。けれど……部屋の中で、兄は首を切断された無惨な姿になっていたのです」

文香は唇を血が出んばかりに噛みしめていた。だが、その目には同情や慰めなど求めていない、強い決意の色が浮かんでいる。

「ちなみに、部屋には鍵はありましたか？　扉は施錠されていましたか？」

加茂が質問したのは、遺体の発見状況が不可能犯罪の定番である『密室』だったのでは……と疑ったからだった。しかし、幻二は首を横に振っていた。

「各部屋には鍵がありますし、兄は神経質なところがあったので、普段から鍵は掛けていたと思います。でも、僕らが向かった時には鍵は開いていました」

自分の思い違いを加茂は苦々しく思った。ちょっとでも推理小説めいたことが起きるのではないかと疑った自分がバカみたいだった。

やがて幻二が遊歩道から外れて進み始めたので、加茂も慌ててそれに続く。数十メートル進む間に雨宮が口を開いていた。

「冥森を調べていた僕らは、九頭川の傍で切断された胴体を見つけました。その時は究一さんの身体の一部を見つけたと思っていたんですが……まさか、光奇さんまで殺されていたとは思いもしませんでした」

木々がまばらになって小川が見えてきた。幻二が岩場の一角を指す。

「これが雨宮の話に出た九頭川です。光奇の胴体が発見されたのは、あの辺りの岩場でした」

小川の水は茶色っぽく濁っていたし、流れも急だった。雨の影響で増水していたのだろう、いつもなら流れの影響を受けなそうな岩場にまで水が溜まっていた。

幻二が指した辺りの水溜まりの色も、岩場の他の部分と大きな違いはない。遺体からの出血が少なかったのか、あるいは、昨晩はもう少し水位が高くて血が洗い流されてしまったのに違いなかった。

「ちなみに、発見されたのは胴体だけですか？」

「ええ、胴体以外の部分……具体的には頭部と手と足なのですが、それらは別荘の屋内で発見されました」

眉をひそめつつも幻二はそう答え、雨宮も青ざめた顔色のまま言った。

「別荘に帰るなり、僕らは中の間から究一さんのご遺体が見つかったと聞きました。それなら、冥森で見つかった胴体は誰のものだと大騒ぎになって……光奇さんがいらっしゃらないことに気付いたんです」

「皆で光奇の部屋に駆けつけたのですが、こちらは鍵が掛かっていました。外からいくら呼びかけても返事がなく、内線にも応答がなかったので扉を破ることにしたのです」

幻二が続けた説明に頷きつつも、加茂は再び質問を放っていた。

「別荘にはマスターキーはないんですか？」

「いいえ、そういったものは用意していなかったのです。それで、やむを得ず蝶番を壊したのですが、光奇は部屋にはいませんでした。……ここからは雨宮くんの方が詳しいだろうね」

雨宮は了解したというように頷いてから、すぐに言葉を継いだ。

「皆で手分けして建物内を探し、僕と刀根川さんは地下の確認に向かいました。……そして、大浴場で光奇さんの遺体の残りの部分を発見したんです」

すかさずフォローするように幻二が再び口を開く。

「別荘の地下には温泉が引き込んであって、それを大浴場と呼んでいるのですよ」

「そう言えば、そうでしたね」

竜泉家の記録にそんな記載があったことを思い出し、加茂はそう呟いた。幻二と雨宮が訝しそうに顔を見合わせ、失言に気付いた彼は慌てて話を逸らした。

「先ほど、申の間とおっしゃいましたね？　もしかして、各部屋には動物の名前がついているんですか」

これは答えを知りつつ、空とぼけて尋ねたものだった。すると、ようやく自分の答えられる話題が出たとばかりに文香が喋り始める。

「別荘には個室として十二部屋があって、それぞれに十二支にちなんだ名前がついているの。子の間、丑の間、寅の間という具合にね」

「ちなみに、光奇さんの部屋は？」

「戌の間よ」

「なるほど……部屋ではなく大浴場で遺体が発見されたということは、光奇さんは入浴している最中に犯人に襲われたのかも知れませんね」

それを受けて、幻二が大きく頷いた。

「その可能性は高いように思います。祖父が足を悪くしてからは、光奇が主に地下の大浴場を使っていましたから。特に夕食後に浴場を利用するのは、光奇しかいなかったんじゃないかと思います」

更に雨宮が続ける。

「ええ、他の皆さんは夜遅くなってから温泉を利用なさいません。ここは高原でも夏は暑いですから、寝る前に身体を温めると寝苦しくていけないんです」

遺体を切断する際にはかなりの出血があったと考えられた。もちろん殺害後に切断すれば量は少なくなるはずだったけれど、それでもある程度は流れただろう。……血液の処理を容易にする為に、犯人は犯行現場を大浴場にしたのかも知れなかった。

その説明に納得しつつ、加茂は改めて周囲を見回した。

彼が確認出来る範囲には、やはり足跡などの痕跡は見当たらない。その時、彼は近くの広葉樹の根元に赤色のモノが生えているのに気付いた。その『何か』は細長い棒のような形をしていて、まるで赤い指がニョキニョキと土から出ているように見える。

「……カエンタケ？」

彼は口の中でそう呟いて、まじまじとその物体を見下ろした。

大学の一般教養科目として、彼は真菌類の講義を取ったことがあった。フィールドワークで大学の裏山の散策を行ったりするような愉快な講義だったのだが……その中でも印象に残っているのが、このカエンタケだった。

近年になるまで、このキノコに毒があることは知られていなかった。けれど、何件かの中毒事故が起き、二〇一八年では国内に自生するキノコの中でもかなり危険性の高い種類だと認識されるようになっていた。

その為、加茂は冥森の調査を切り上げて戻る時も、カエンタケには近づかないようにした。それは触ることすら危険なキノコだったからだ。

冥森から出たところで、雨宮は建物の裏側に回り込む道を選んだ。加茂はそれを不思議に思って問う。

「大浴場は建物の裏側にあるんですか?」

雨宮は驚いたように振り返ったけれど、すぐにニッコリと笑った。

「そういう訳でもないんですけど……折角ご案内をするんですから、建物の全体をご確認頂いた方がいいかと思って」

この青年は意外とよく気の付くタイプらしかった。

別荘の裏手にも同じように芝生が植えられていたが、表側と違って泥がちになっていた。その為、加茂たちは芝生が生えているところか、地面がしっかりしていそうな部分を選んで移動しなければならなかった。

「ちなみに、この別荘には地下庭園も設けられているんですよ。珍しいでしょう？」

雨宮に声を掛けられて、それまで泥がちな足元ばかり見ていた加茂は、左側にあった手すりの下を覗き込んだ。

「これは、地下一階の一部を庭として利用しているんですか」

彼は庭を真上から見下ろす形になっていた。育てられているのは苔やシダ植物など、いずれも日陰でも育つ種類のものばかりだった。

文香が金属製の手すりにもたれ掛かって口を開く。

「お祖父さまがお風呂からお庭が見たいとおっしゃって、それでこんな風に地下に庭が作られたの。ほんの小さなものだけど」

彼女はそう言ったが、加茂の目算では二メートル×一三メートルくらいの大きさがあった。別荘の西にある庭園の規模が一〇〇メートルを超えることを考えれば、竜泉家的には小さなものになるらしい。

「その階段から降りることも出来ますよ」

雨宮の言葉に釣られて、加茂はまばらな芝生に囲まれた石造りの階段を見つめた。彼は庭の散策は遠慮することにして、視線を前方に移した。そして、その先に質素な小屋があることに気付く。大きさは四メートル四方くらいだ。

「あの建物は？」

「薪割小屋です」

「この別荘ではプロパンガスは使っていないんですか」

それを聞いた雨宮は慌てたように首を横に振った。

「いいえ、旦那さまは新しいものが好きですから、この別荘にはちゃんとガスボンベが設置してあります。ただ……料理によっては薪を使うこともあるもんですから」

加茂は刀根川が料理を得意としていたことを思い出していた。そういったことには疎い彼には分からないことだったけれど、薪で焼いた方が美味しい料理もあるのだろう。

建物の裏口まであと五メートルほどまで進んだところで、幻二が口を開いた。

「そこの泥に注目して頂きたいのですが」

裏口の前には四〇センチほど石畳が敷かれていた。そして石畳の周囲は水が溜まりやすくなっていて、周囲三メートル以上に渡って芝生が根づいていなかった。その部分は泥が溜まっていたが、そこに足跡は一つもない。

加茂はその場にしゃがみ込みつつ質問を放った。

「最後に雨が降ったのは、昨日の夕方ですよね？」

「ええ、夕方五時から六時にかけて大雨が降りました。それ以降は降っていません」

加茂は地面を指で触って確かめてみた。建物の北側は水はけが悪いらしく、今でもぬかるみ状態だった。石畳から芝生が生え揃っている場所まで何かで橋を架けて渡れないかと考えてみたものの、ハシゴを使っても途中でたわんで泥に痕を残さずにはいられないように思われた。

「つまり……昨日の夕立以降は裏口から出入りした人はいないということですか?」
「僕たちもそう考えています。それでは、泥を不必要に荒らさないように注意して中に入ることにしましょう」

先陣を切って泥にヒタヒタと足跡をつけながら、雨宮は言い訳をするように振り返って言った。
「ラジオの天気予報では今晩からまた雨になるそうです。どうせ雨が降るんだったら、これ以上は泥を守っても意味がありませんからね」

＊

地下へ降りる階段のてっぺん……一階の廊下には大きな鉄板が一枚敷かれていたので、それを見た加茂は少し驚いた。

階段の両側の壁にはレールが取りつけられていて、鉄板が二つのレールに沿って動くように作られている。構造からして地下へ荷物を運び入れる為の昇降機だろうか。それらは電動式になっているらしく、壁にはボタンとダイヤルが取りつけられていた。

気にはなったが、加茂はこれから行わなければならないことで頭が一杯になってしまっていたので、幻二に質問をする余裕もなかった。

急ぎ足で地下に向かった彼らは地下倉庫に直行した。

扉を開いた次の瞬間、嗅いだことのない臭いが鼻をついた。遺体が発している血の臭いだ。そこに洗剤のような匂いも混ざっているのが、余計に気持ち悪かった。

倉庫には棚やロッカーが並び、工具や洗面器、タオルやトイレットペーパー、防水布など雑多なものが保管されており、今は全てが左側に寄せられている。そして、部屋の右側にはシーツの掛けられた遺体が二つ並べられていた。

今、地下倉庫にいるのは加茂と幻二の二人だけだった。文香は雨宮に付き添われて食堂で待機ということになっている。……これから行おうとしている検分は中学生の女の子にはあまりに酷だったからだ。

加茂でさえ、足は小刻みに震えて背筋に寒気を感じるのに、頭は酷く熱っぽくて軍手の中の手は汗だらけになっていた。

まず、彼は奥にあった方の遺体の傍にしゃがみ込んだ。事件を解決する為にも、伶奈を救う為にも、避けて通れない道だと覚悟を決めて手を伸ばす。

何度か摑み損ねてからシーツをまくった加茂は奥歯を喰いしばった。

歪んだ表情をした若い男の頭部に全裸の胴体、切り離された腕と脚……。体型は痩せ型で特徴はない。首以外に血がほとんどついていないのは、それらが川の傍や大浴場の中から発見されたからだろう。頭部を除く部分の皮膚はふやけてむくみ、白っぽくブヨブヨして見えた。

話に聞いてイメージしていたのとは違って、腕と脚は付け根から切断されていた訳ではなかった。加茂が持ち上げて確認してみたところ、腕はヒジと肩の真ん中くらいの位置で、脚はヒザの下で切り落とされていた。

中でも惨い状態だったのは首だった。腕や脚と比べて首の断面はズタズタになって肉片や血管の残骸がぶら下がっている。そのあまりの惨さに、加茂は思わず遺体から顔を背けた。彼は吐き気をどうにか堪えて口を開く。

「この遺体は都光奇さんですね？」

幻二は無表情のまま小さく頷いた。彼は真っ青になりつつも、加茂の一挙一動を見逃すまいとしている様子だった。加茂はなおも質問を続ける。

「この別荘には、凶器となり得たものは存在していましたか」

「二か所に斧と鉈が保管してありました。先ほどご覧になった薪割小屋がその一つで、斧と鉈は鍵の掛かるロッカーに入れられています。もう一つはこの倉庫で……どうやらここに置かれていた斧と鉈が犯行に使われたようです」

「薪割小屋は分かりますが、どうして倉庫に斧が？」

「予備の斧と鉈を保管していたのです。事件が発覚してから雨宮くんが薪割小屋と地下倉庫の両方を調べたのですが、倉庫にあった方の斧と鉈が行方不明になってしまっていたそうです」

加茂の想定していた以上に、竜泉家の人々は独自の調査を進めていたらしかった。彼はもう一度遺体に視線を落としてから口を開く。

「見たところ、身体を切断されている以外には目立つ外傷はないようですね」

腕や手足を調べてみても、そこには自衛による傷もなかった。

「結局……死因は何なのでしょうか」

幻二がぽつりと呟いたので、加茂は少し考え込んでから言った。

「絞殺だと思います」

冤罪事件について調べた時に得た知識を使って、加茂は更に説明を続けた。

「首が切断されているので分かりにくくはありますが、よくよく見ると首に皮膚が擦れたような痕や内出血の痕があります」

幻二は光奇の首を確認してから、驚いたように顔を上げた。

「これは索条痕(さくじようこん)？」

「だと思います」

遺体を包んでいたシーツを戻し、加茂は手を合わせて黙禱(もくとう)した。

続いて、もう一つの遺体の検分に取り掛かったけれど、今度は恐ろしいという感覚は湧き上がって来なかった。その代わりに彼が感じたのは、痛みだった。目を泣き腫らしていた文香の顔が脳裏に浮かび上がり、その顔に伶奈の姿が重なった。

そこにあったのは文香の父、究一の頭部だった。瞳を閉じた究一の顔は苦悶に歪んでいた。顔の全体の雰囲気、特に口元は文香に似ている。

「……兄さん」

傍に加茂がいることを忘れてしまったように、幻二がそう呟くのが聞こえた。

究一の首の切断面もズタズタで、見るも無残だった。遊歩道の付近に放置されていた関係なのか、遺体の後頭部には土や枯葉の汚れが目立った。

加茂は視線を首から下の部分に移した。先ほどの遺体は全裸だったのに対し、この遺体はちゃんと服をまとっている。体型はやはり痩せ型だった。ただし、皮膚はふやけていて服もじっとりと濡れているようだった。

顔を近付けてみると、その身体から強い洗剤の香りがした。てっきりシーツの柔軟剤か何かの匂いだと思い込んでいた加茂は自分の思い違いに気付いた。

「この香りは？」

「液体シャンプーです。……兄の身体が発見されたのは申の間の浴室だったもので」

それを聞いた加茂は顔を顰めた。服を着たままシャンプーを使う人はいない。まさか、服の洗濯と洗髪を一気にやろうと思った訳でもないだろう。となると、何者かが遺体にシャンプーを振りかけたということになった。

服装は深緑のタータンチェックのズボンにオレンジ色のポロシャツ。その襟元には血で汚れた痕が残っていた。……彼はかなり目立つ服装をしていたらしい。

「衣服は究一さんのもので間違いありませんか？」

加茂の質問に幻二は大きく頷いた。幻二はモノトーンの服を着ていたので、この兄弟は外見もさることながら、性格もかなり違っているらしかった。

この遺体も首が切断されていること以外には、大きな外傷はないようだった。ただ首に僅かに擦過痕や内出血が見えることから絞殺が疑われた。

再び遺体に黙禱を捧げてから、加茂は立ち上がる。

廊下に戻ったら、話し声が聞こえて来た。加茂が一階へと続く階段に視線をやると、文香と雨宮が一番下の段に座っていた。

幻二が『どうして食堂で待っていなかった?』という叱責の視線を雨宮に送る。すると、彼は弁解するように口を開いた。

「すみません。お二人を待つなら、ここがいいかと思いまして」

幻二もそれ以上の追及はしなかった。ワガママを言って地下に降りて来た文香を、雨宮が庇っているのは明らかだったからだ。

地下の廊下の突き当たりには扉があって、それを抜けると温泉に特有のむわっとした空気が流れ出した。

そこは石張りの洗面所と脱衣所になっていて、木製の棚が置かれていた。一度に大人数が入浴することを想定して、各自の衣服を入れられるようになっているのだろう。今は一つの棚に黒っぽいパンツと白いポロシャツ、それにタオルと下着類が入っているだけだった。幻二によると、これは光奇が身に着けていたものであるらしい。

前方にある窓からは地下の庭が見えていた。間近で見ると、色々な種類のシダ植物や風情のある岩が品よく配置されて、苔が敷き詰められているのが分かった。加茂は窓のすぐ外に設置されている黒い格子に目を留める。格子は縦方向だけにあるもので、そのせいで折角の景色が牢獄めいたものに変わってしまっていた。

「同じような格子は、他の窓にも取りつけられているんですか?」

加茂の質問に文香が答えた。

「そうよ。二年前に別荘を改装した時に、防犯の為に取りつけたの」

その言葉に頷きながら、幻二が脱衣所の左側の扉を開いて言った。

「実際、東京の本宅は何度も泥棒に入られていて、被害も出ています。こんな山奥の別荘でも、用心しておくのに越したことはありませんからね。……どうぞ、土足のままで構いません」

扉の向こうから、湯気とヒノキの香りに混ざって硫黄の匂いが漂って来た。

すぐに加茂の眼鏡は真っ白に曇ってしまった。彼は眼鏡を諦めて胸ポケットに放り込んだ。裸眼でも彼の視力は〇・四くらいあったので、この部屋を調べる間くらいはどうにかなるはずだ。

風呂の床には黒っぽい石が敷きつめてある。奥には檜(ひのき)風呂と岩風呂が作ってあって、どちらのお湯も掛け流しになっていた。そして、檜風呂の湯船の縁には血が固まったような痕が残っており、お湯は微かにピンクがかっている。

「光奇さんの頭部が見つかったのは、その血がついている辺りですか」

加茂の問いかけに、遺体の発見者の一人である雨宮が頷いた。

「ええ、檜風呂の縁に光奇さんの頭部が乗せられていました。そして、腕と脚は檜風呂の中に沈められていたんです。……発見した時はもう少しお湯の血の色が濃かったように思いますが」

「遺体が発見されてから、大浴場にも脱衣所にも誰も手を触れていませんよね？」

「光奇さんの遺体は移動させましたが、それ以外については僕が遺体を見つけた時と同じです」

目を細めて少しでもピントを合わせようとしながら、加茂は窓の確認に向かった。けれど、その途中で何かが足元で光ったような気がして足を止める。

そこには古びた鍵が落ちていた。しゃがみ込んで顔を近付けてみると、その鍵には木製の根付が紐で結びつけられている。

「……犬？」

濡れてはいても、デフォルメされた茶色い柴犬が小さな舌を出しているのがハッキリと見て取れた。雨宮は自分のズボンのポケットを探りながら言った。

「それは戌の間の鍵です。遺体を発見した時からそこにありました。……ちなみに、この別荘の鍵には根付がついているんですよ。僕の場合は午（うま）の間ですから馬の根付です」

加茂は彼がポケットから取り出したものを見る為に近付いた。それは疾走する白い馬の根付だった。その横では文香も可愛らしい白い鼠（ねずみ）の根付がついた鍵を示していた。彼女は子の間なのだろう。

三つの古びた鍵を見比べながら、加茂は眉をひそめて言った。

「念の為、この鍵が本当に戌の間のものなのか検証をした方がいいでしょう。どれも似ていて見ただけでは区別がつかないから」

それを受けて、幻二はどこか面白がっているような表情になった。

「根付がすり替えられている可能性があると考えたのですね？　けれど、それについては祖父の指示で確認が終わっています」

「結果は？」

そう言いながら、加茂は太賀の手回しの良さに舌を巻いていた。探偵小説好きというのは伊達ではないらしい。

「ええ、戌の間の鍵に間違いありませんでした」

鍵を元の位置に戻してから、加茂は改めて大浴場の窓の確認に向かった。

曇ったガラスの向こうには地下の庭が見えている。ガラス戸は人が余裕で出入り出来るだけの大きさがあったけれど、ここにも防犯用の格子が設けられていた。

加茂は窓を目一杯開け放して、格子を叩いたり揺さぶったりしてみた。それは金属で出来ていて、表面は傷がつきやすい素材のようだ。格子の間隔は思ったよりも広くて一二センチくらいはあった。

「他の窓に取りつけてある格子も、これと同じ規格ですか？」

幻二と文香はそれに答えられなかったものの、雨宮が口を開いた。

「浴場の格子の間隔は他に比べて広い気がします。窓掃除をする時、一階や二階の窓の方が掃除しにくい印象がありますから。……多分、お風呂から少しでも庭がよく見えるようにする為に、間隔を広げてあるんだと思います」

「……これは駄目、私でも通らない」

割り込んで来た声に驚いて加茂が視線をやると、隣の窓を開いて文香が頭を格子の間に突っ込んでいた。年齢的にも彼女は別荘にいる中では一番小さな頭をしているはずだが、そんな彼女でも格子の間をくぐり抜けることは出来なかった。

幻二が苦笑いを浮かべる。

「そんなことまでしなくても……」

「そうです、検証なら僕にお任せ下さい」

文香が動いたことで雨宮に変なスイッチが入ってしまったらしい。幻二の言葉を最後まで待たずに、彼は格子に肩を突っ込んでいた。

「究一さんも光奇さんも痩せ型で、身長は一六七センチくらいでしたよね？　僕はもう少し身長が低いんですけど、それでもやっぱり無理だな」

雨宮も華奢（きゃしゃ）で三十二歳の加茂よりもずっと細かった。腕や脚だけなら通りそうだったけれど、胴体と頭はどう見ても不可能だった。

「そう？　もう少しで通れそうだけど」

そんなことを言いながら、文香が彼の胴を力いっぱい押し始めたので、加茂はぎょっとした。幻二が慌てて止めに入ったものの、既に雨宮の肩の先が格子に挟まって自力では身動きが取れない状態になってしまっていた。

お嬢さまとして何不自由なく育てられたせいなのか、彼女には他人への気遣いが欠けているところがあるらしい。幻二と加茂が二人で引っ張って、どうにか雨宮を助け出すことに成功した。

叔父に怒られた文香はすっかりシュンとしてしまい、謝られた雨宮も完全に恐縮してしまっていた。気まずい様子の二人を尻目に、加茂は幻二に話し掛けた。

「頭部や胴体を窓から運び出すことは不可能なようですね。さっきの様子じゃ何かを潤滑油代わりにしても結果は同じでしょう」

「ええ、表玄関か裏口のどちらかを使う必要があります」

何故か幻二は浮かぬ顔をしていた。それを訝しく思いつつ加茂は言葉を続けた。

「裏口は既に使われていないことが判明していますから、犯人は表玄関を使ったことになります。……でも、あなたや太賀さんは今言ったようなことについて、ずっと前から気付いていたようですね？　その上で、今回の事件を不可能犯罪とお考えのようだ。その理由を説明して頂けますか」

「それは止しておきましょう。いかなる先入観もなしに調査をして頂く方がいいですからね」

試されているのか、太賀老に指示された以上のことはしないつもりなのか、相手は梃子でも口を開きそうになかった。加茂は諦めて小さく肩を竦める。

「どの道、昨晩から今朝にかけての皆さんの行動を確認すれば分かることです。……もしかすると、皆さんとはまた別の結論に辿り着くかも知れませんし」

それを受けて幻二は挑戦的とも見える笑みを浮かべた。

「頼もしいですね」

二人の間に漂う微妙な空気を感じ取ったのか、雨宮が申の間への移動を提案した。

階段を上がって一階に戻り、食堂の正面から続いている廊下を進むと、各自の部屋があった。左側には二部屋が見えていて『申の間』『未の間』と書かれた金属のプレートが扉の上の壁に打ちつけられている。その奥にも一部屋あるようだったけれど、部屋の名前は見えなかった。

廊下の右側にはレトロな小荷物用リフト（小型エレベータ）と機械室と書かれたスペースがあり、その更に奥には『亥の間』『戌の間』『酉の間』というプレートが壁に掛かっているのが見えた。戌の間と書かれた部屋だけは、蝶番が壊されて扉が取り外されてしまっていたが。

幻二がおもむろに口を開く。

「ちなみに、二階にも同じように六部屋があります。僕は二階の丑の間を使っているのですがね」

雨宮も振り返って加茂に向かって説明を始めた。

「他の部屋についてもご案内をさし上げた方がいいですよね？　右の手前にある亥の間は空き部屋で、真ん中が光奇さんの戌の間、奥の酉の間は刀根川さんのお部屋。……左の手前にある申の間は究一さん、真ん中は未の間で月恵さんのお部屋、そして奥の午の間が僕の部屋という風になっています」

加茂は少し驚きつつ聞き返す。

「失礼な質問になってしまうかも知れませんが、使用人である刀根川さんも皆さんと同じ設えの部屋を使っているんですか」

　これを受けて幻二が苦笑いを浮かべつつ答えた。

「刀根川さんは表向きこそ使用人ですが、祖父からの信任は厚く、家族に近い扱いを受けているんですよ。本人はあくまで自分は使用人だと言って、そういう姿勢を絶対に崩しませんが」

　文香も頷いて補足を加える。

「お祖父さまは古い慣習や因習めいたことが大嫌いだから、それに逆らうことなら何でも喜んでなさるのよ」

　そう聞いても、加茂は納得がいかなかった。

　日本でも海外でも、使用人にそこまでの厚遇がなされることは、あり得ないことのように思われた。文香が傍にいる手前、言葉にすることは憚られたけれど……刀根川は太賀の愛人、あるいは過去に愛人だったのかも知れない。それなら、今の厚遇にも不思議はないように思われた。

「……それを言うと、僕も似たような立場なんですが」

　雨宮が自嘲する風にそう呟いたのを聞いて、幻二が否定するように首を横に振った。

「彼のお父上は祖父の友人の親戚なのですよ。時々、家のことを手伝って頂いてはいますが、祖父は彼のことを実の孫同然に思っているようです」

　それを聞いた雨宮は真っ赤になって黙り込んでしまった。

　記憶力に自信のある加茂とはいえ、部屋の名前とその使用者を覚えるのが辛くなってきた。

そこで、彼は頭の中で部屋の使用者を整理してみることにした。

十二支で最も小さい鼠は最年少の文香の部屋。草食動物の羊は、無口で喋っている声すらも聞いたことがない月恵の部屋。大空を舞う鶫の名を持つ『刀根川つぐみ』が酉の間。

そして、普段は草を食んでヌボーッとしているけれど、闘牛士を屠る凶暴性も隠し持っている牛が幻二だった。今は調査に愛想よく立ち会っているが、その腹に何を隠しているのかが読み取れず恐ろしかった。

そこまで考えたところで加茂は困ってしまった。雨宮は部屋の動物から本人を連想することが出来なかった為だ。雨宮の顔も体型も馬を連想させるところはどこにもなく、強いて言えば、俊敏そうな細身の身体をしていたので、そこはスリムな競走馬と重なるかも知れない。

「中の間、兄の部屋はこちらです」

幻二の声に加茂は我に返り、すぐに頭を切り替えた。

部屋の中には、木製の高級そうなベッドと書き物用のテーブルに椅子、それに一人用のソファが置いてあった。最低限の家具だけを置いているらしい。トイレと浴室までついているので、高級ホテルの一室のような雰囲気があった。

ベッドの上には着替え用の下着や靴下、整髪料の瓶などが乱雑に転がっていて、テーブルの上には小猿の根付付きの鍵が放置されていた。鍵については幻二と刀根川が部屋に入った時からそこに置いてあって、中の間の鍵に間違いないことも確認済だった。

黒電話がテーブルの奥に、そして手前側には読みかけの本が置いてあった。何の本かと手に取って見てみると、井上靖の『氷壁』だった。加茂の知らないタイトルだったけれど、当時のベストセラーなのかも知れない。

ベッドの下には開かれた青いトランクが置かれていた。中身は既に外に出されているらしく、ほとんど空だった。

次に、加茂は木製のクローゼットの中を覗き込んでみた。そして、思わず何度か瞬きをする。そこには、深緑色のタータンチェックの綿パンとオレンジ色のポロシャツが何枚も並べられていたからだ。それらは遺体が着ていたのと全く同じものだった。

「……これは？」

文香は悲しさと気まずさが入り混じったような表情になって床を見下ろし、幻二もハッキリと苦笑いと分かるものを浮かべながら口を開いた。

「兄には気に入った服をまとめ買いして、一シーズンはそればかり着る癖があったものですから。服を選ぶのが面倒臭いと、昔から言っていました」

究一氏は一種のファッション音痴だったのかも知れない。故人について知らなくて良かったことまでほじくり返した気がして、加茂は申し訳なくなってしまった。

彼はそっとクローゼットを閉じ、無言のまま浴室に足を踏み入れる。

「その浴槽の中です、究一さんの遺体が見つかったのは……」

雨宮が指す先に視線をやると、白い陶製の湯船が赤黒く汚れていた。

微かな血の臭いに混ざって、シャンプーの香りが加茂の鼻孔をついた。遺体からしていたのと同じ匂いだった。犯人が振りかけたと思われるラベンダーの香りの液体シャンプーのボトルがタイル張りの床に転がっている以外は、犯人に繋がるような手掛かりや痕跡は何も残っていなかった。

加茂は改めて部屋全体を調べ直したが、部屋には荒らされたような跡も、他の人間が無理やり侵入したような形跡も見当たらなかった。

「……戌の間も確認させて下さい」

そう言って加茂は廊下に出ると、蝶番が壊された扉が壁に立てかけられているのを見つめた。木製の扉は各部屋共通でマホガニー色をしていた。木の風合いが古色を帯びていたので、扉は別荘を建築した当初のものがそのまま使われているようだった。

戌の間の構造は申の間に似ていた。とはいえ、部屋からは持ち主の性格の違いが滲み出ている。

光奇の部屋は究一と比べてスッキリとしていた。クローゼットには地味な色の半袖シャツと黒っぽいパンツが何枚か、洗面台の上には髭剃りなど身だしなみを整える為のグッズが置いてあるくらいだ。

テーブルの上には紙煙草とライターがきちんと並べられて、灰皿には何本かの吸殻が転がっていた。そして、部屋には微かに煙草の匂いが漂っていた。

「光奇さんは煙草を吸われていたんですね。……他に喫煙の習慣がある人はいますか?」

加茂が灰皿を調べながらそう質問すると、幻二が答えた。

「光奇の他には、僕と月恵くらいです。他は誰も吸いません」

大人しそうな月恵が煙草を吸うというのは加茂にとっては少し意外だった。

続いて、彼は視線を椅子の上に載っていたボストンバッグに移した。バッグの色は黒で機能的なデザインのものだ。その中身を確認していた加茂は旅行用品に交じって、競馬新聞と写真立てを見つけ出した。新聞にびっしりと書き込みがあることからして、光奇は競馬を趣味にしていたらしい。

幻二が補足するように口を開いた。

「彼は賭けごとには目がなく、しばしばのめり込みすぎることがあったようです。祖父にもよく心配されていました」

次に写真立てに目を移した加茂は、そこに柴犬の白黒写真が入っているのを認めた。

「……何だこれ？」

「光奇さんの飼っていた犬ね。確か、名前はラクーンよ」

文香が背伸びをしながら写真立てを覗き込んでそう言った。

某アメコミ映画の登場人物から、加茂は英語の raccoon（ラクーン）がアライグマという意味だと知っていた。どうして柴犬にそんな名前をつけたのかは謎だったけれど……加茂には笑う気力も湧かなかった。

いずれにせよ、光奇は愛犬家だったらしい。犬好きだから光奇は戌の間、と加茂は無意識のうちに頭の中で連想していた。

＊

「昨晩から今朝にかけて、どのように過ごしたか教えて頂けますでしょうか」

加茂は娯楽室に集めた竜泉家の面々に向かってそう言った。

彼を見つめ返す竜泉家の一同の顔には『またか』という表情が浮かんでいる。既に、同じ質問を太賀から受けている為だろう。

戌の間を後にしてから、調査担当の加茂・幻二・雨宮・文香の四人は別荘の全ての窓の格子と、その付近の地面に異常がないかのチェックを終わらせていた。

調査担当の三人と刀根川だけは各人の部屋に立ち入ることを認めてくれたので、これらの四つの部屋については内側から格子の確認を行うことが出来た。しかしながら、全ての個室の中まで調べる許可は太賀も出してくれなかったので、それ以外の部屋については、建物の外から格子の確認を行うしかなかった。加茂は薪割小屋から借り出した脚立を使って、二階部分の調査も進めていった。

その結果、全ての格子が正常に取りつけられていて目立つ傷もないこと、地面にも血液で汚れたような跡は存在しないことが分かった。

それに時間を要したので、彼が皆のアリバイ調査を始められるようになる頃には、娯楽室の壁掛け時計は四時三十七分になっていた。

娯楽室の中にはソファセット、ビリヤード台、チェス盤や黒電話などが載ったテーブルと椅子が二脚、酒瓶が並べられている棚が置かれている。テーブルの上には日めくりカレンダーがあって八月二十二日を示していた。

それらを押しのけるように室内で一番目立っているのは、北側の壁に掛けられている大きな油絵だった。サイズは一メートル四方くらい、右下には『夜鳥』というサインが入っていた。加茂の聞いたことのない画家だ。

とにかく、それは変わった絵だった。

加茂が見て読み取れたのは、得体の知れない生き物が吠えている、ということだけ。頭についているのは鼻の低い赤ら顔、尻尾の先には蛇がついていて舌が出ている。胴体は灰色がかった茶色い毛で覆われているのに、四肢には虎のような黄色と黒の模様が入っていた。

全員が揃うのを待つ間に、彼は幻二にこの絵の題名を聞いてみた。『キマイラ』（合成獣）という作品であるらしい。

「……それから、昨晩のうちに究一さんや光奇さんに会った方がいたら、その時のことについてもお聞かせ願います」

誰も何も話し出そうとしなかったので、間が持たなくなった加茂はそう付け加えた。太賀老が沈黙を続けている一同をジロリと睨みつけてから口を開いた。

「儂からお答えしましょうか。午後七時に夕食が終わるまでは、刀根川も含めて全員が食堂か厨房におりました」

「その時は、究一さんも光奇さんもご一緒だったんでしょうか」

「もちろんです。……午後七時に解散して、儂は自分の部屋に戻りましたな。その時は他の皆はまだ食堂に残っていたように思います」

「いつも、そのくらいの時間にお部屋に戻る習慣なんですか？」

「いやいや、いつもなら食堂で寛いで八時三十分までに部屋に戻ることに決めておるのですが、あの日は少し身体が重かったものですからな。早めに部屋に戻り、朝まで眠ってしまっておりました。究一の姿も光奇の姿も見ていません」

「なるほど、お部屋で変わった物音などを聞きませんでしたか」

「記憶にありませんな。各部屋は防音を施しておりますから、外で多少の音がしても気付かんかったかも知れません」

「ちなみに、ご主人のお部屋はどちらですか？」

「辰の間です」

別荘の一階にその名前の部屋がなかったことを思い出しつつ、加茂は老人の車椅子をじっと見つめた。

「失礼を承知で質問をします。……先ほど一人で部屋に移動したとおっしゃったように聞こえましたが、二階への移動はどのように？」

老人が黄色くなった歯を見せて笑った。

「何、儂は何でも一人でやらなければ気が済まない性質でね」

それを聞いて加茂はハッとした。地下に降りる階段に鉄板とレールが備え付けられていたことを思い出した為だった。

「もしかして、階段で見かけたアレは……」

「お気付きでしたか。あれは儂の車椅子用の昇降機です」

そう言って老人は車椅子の肘掛けを愛おしそうに撫でた。

「この車椅子には、扱いやすいように色々と工夫がされておるのです。ボタン一つで折り畳んだり開いたりすることが出来ますし、ブレーキも掛け外しがしやすい構造になっています。だから腕さえしっかり鍛えておけば、建物内の移動や車椅子からベッドへの移動くらい一人でも出来るのです」

「特注の車椅子だったんですね」

「せっかく作らせるのに一台きりというのは効率が悪いですからな、この別荘にも予備がもう一つありますし、本宅や会社にも何台か持っていますよ。……はは、驚いてらっしゃいますな？　うちの会社の開発部には数奇者(すきもの)が一人いましてね。いつも面白い装置を作りおるのです。この車椅子も昇降機も全てその者が作りました」

『ダークナイト』のブルース・ウェインはバットマンのスーツを自分の会社の人間に開発してもらっていたけれど、太賀もそれと同じようなことをやっているらしい。

初対面だからからかわれているのかな……と思って、加茂は文香と幻二の様子をうかがった。二人が当然のことといった顔をしているのと、老人の鍛え上げられた腕の筋肉から、加茂は太賀老の言ったことは本当なのだと悟った。

加茂は前にテレビで、世界最高齢の八十九歳の現役体操選手が平行棒の上で演技を披露しているのを見たことがあった。どうやら、太賀もそういったスーパーご長寿の一人らしい。

「……それでは、夜が明けてからのお話をお願い出来ますか」

太賀は膝掛けの下の脚がある辺りを擦りながら答え始める。それは鍛えられた上半身に比べると棒のように細く見えた。

「食堂で刀根川と文香に会ったのが、午前七時前だったように思います。そして食事の最中に、遺体が発見されたという報告を受けた。そうだったな、刀根川？」

その呼びかけに応じる形で、少しの姿勢の乱れもなくビリヤード台の傍に立っていた刀根川が口を開いた。

「おっしゃる通りです」

「では、刀根川からも昨晩の行動を説明して差し上げるように」

そう告げてから、太賀は喉が渇いたらしくコーヒーを一口飲んだ。刀根川は加茂に向き直ってよどみなく説明を始めた。

「午後八時前には夕食の片づけと掃除を終えて、自分の部屋に戻っていました」

「それから朝まではどうされていたんですか」

「昨日はいつになく疲れを感じていましたので、そのまま眠ってしまいました。今朝は四時には起き、厨房や洗濯室を行き来して食事の準備や洗濯をしておりました。その後、五時ごろに玄関前の掃除の為に外に向かいました」

「何か変わった物音は聞きませんでしたか」

「記憶にございませんね。……午前七時二十分くらいに旦那さまのお食事の給仕を務めておりました時に、遺体発見の一報を受けました」

表情一つ変えず、報告を終えた刀根川はそのまま口を噤んでしまった。加茂はその雰囲気に気圧されつつ、何度か瞬きをした。

こんな人間味の薄いロボットのような人が四六時中傍にいたら落ち着かないだろうと思いもしたが、このくらい徹底して他人行儀でプロフェッショナルな姿勢を貫いてくれる方が、かえって気を遣わなくていいのかも知れない。

次に口を開いたのは文香だった。彼女の前には一人だけココアのカップが置かれている。

「私、夕食後はお部屋に戻って本を読んでいました。でも、あの日は眠くて仕方なくて早めに眠ってしまって。だから、お父さまにも光奇さんにも会っていません」

加茂は小さく頷いてから言った。

「では、朝のことをお聞きしてもいいですか」

「部屋を出たのは六時三十分くらいだったと思います。その時にはもう刀根川さんは厨房にいて、朝ご飯を用意して下さいました。……少し遅れてお祖父さまがいらっしゃって、先に食事を終えた私は食堂を出ました」

この話は日記の内容とも一致していた。

「そして文香さんは娯楽室に向かい、遺体が見つかったという話を月彦さんからお聞きになった訳ですね」

「……はい」

今のところ太賀も刀根川も文香も『アリバイなし』だった。深夜の時間帯ならアリバイがない方が普通なので、これは加茂にとっても想定の範囲内だった。

月彦が傍にいる妹の脇腹をヒジで小突き、彼女に囁いた。

「より情報がある人間が後回しの方がいい。次はお前が話すべきじゃないか？」

その小突き方があまりに遠慮のないものだったので、月恵は飲みかけていたコーヒーを零(こぼ)しそうになった。彼女は兄に顔を向けないまま無表情に喋り始める。

「夕食の後少ししてから外の空気を吸いに玄関ポーチに出て、煙草を何本か吸っていたけれど、二十時には部屋に戻っていた。それからすぐに眠ってしまって、朝、六時四十分ごろに兄さまが起こしに来るまで起きなかった。誰にも会っていないし何も知らない。……兄さまや雨宮くんと一緒に冥森の遊歩道を歩いていたら遺体を発見した」

喫煙の習慣があるからなのか、声は女性にしてはハスキーだった。感情の起伏が薄い喋り方はホラに少し似ていたが、彼のような慇懃無礼(いんぎんぶれい)さはない。

加茂は少し考えてから質問を挟む。

「それだと、十一時間近く眠っていた計算になりますね」

「毎日そのくらい寝るし、昨日は酷く眠かったから」

これを聞いて、今も猟銃を持ったままだった漱次朗が口を開いた。

「月恵、もっと女性らしい喋り方をなさい。探偵さんも驚いてしまっているじゃないか」

そんなことより、猟銃を抱えたまま喋っている漱次朗の方がよほど非常識な気もしたが、当の本人はいたって真面目な様子だ。

「……以後気をつけます。お父さま」

月恵は声をますます冷ややかなものに変えてそう答えた。そんな娘の変化にすら気付かない漱次朗は満足気に頷いてから、加茂に会釈をした。

「では、次は私から説明を差し上げることにしましょう」

「それはいいが……いつまで猟銃を持っているつもりだ、漱次朗？」

鋭く言葉を挟んだのは太賀だった。漱次朗はシドロモドロになる。

「え？　ここには殺人鬼がいる訳ですから、皆の身の安全を守らなければ」

「狩猟を趣味にしているお前が銃の扱いに長けていることは知っている。だが、他の者の身にもなってみろ。四六時中、そんなものが傍にあっては不安を招くだけだ」

「今は弾をこめていませんよ」

「……これが終わったら、猟銃と弾丸を地下倉庫のロッカーに戻すようにしなさい」

太賀の声が有無を言わせぬものに変わったので、漱次朗は不承不承、その指示に従うことを約束した。それから、気まずくなってしまった雰囲気を振り払おうとするかのように、漱次朗は紅茶を一口飲んで大きな声で話し始めた。

「ええと、私のアリバイについてお話しするんでしたね？　夕食後、私と月彦は娯楽室に移動しました。夕食の最中に賭けをする約束をしてしまったものですから」

文香の日記になかった情報が出て来たので、加茂は期待を込めて身を乗り出した。

「賭け、ですか？」

「ええ、月彦は軽井沢に別荘を欲しがっていましてね。大学を卒業したら買ってやると言ったんですが、どうにも聞き分けがなくて」

ソファの上で長い脚を組み、月彦は上品に紅茶を飲みながら口を挟んだ。

「欲しいのは今なのだから仕方ない。大した買い物でもなし」

そんな話を聞いているうちに、加茂は自分がこれまで真面目に働いてきたのがバカらしくなってきた。竜泉家の財力をもってすれば、ビルでも安い買い物なのだろう。

漱次朗は月彦の態度をたしなめつつも、更に言葉を続ける。

「そういった訳で、この子がチェスの勝負を持ちかけてきたのです。自分が負けたら別荘は諦める代わりに、私が負けた場合には別荘を一週間以内に買って欲しい、とね」

それを聞いた月彦はテーブルの上のチェス盤を睨みつけた。

「確かにそう言ったけど、親父が受けるとは思わなかった。いつもなら無視されて終わりなのに」

太賀老がニンマリと笑う。

「今回は勝負を挑んだ内容がまずかったな」

月彦がキョトンとするのを見て、老人は面白がるように続けた。

「知らなかったか。漱次朗は子供の頃からチェスが得意だった。大学生の時分には、当時の日本チャンピオンといい勝負が出来るくらいの腕前があったのだ」

「そんなの、昔の話ですよ」

漱次朗は迷惑そうな表情になって受け流し、一方の月彦は皮肉っぽく呟いた。

「何だ、絶対に負けるはずのない勝負だったから、俺からの申し出を受けてくれた訳か。……親父は優しいな」

漱次朗はその言葉を無視して加茂に向き直り、苦笑いを浮かべた。

「お恥ずかしい話ですが、売り言葉に買い言葉で賭けを受けてしまいました。それで、私はこの部屋で夜を明かすハメになった訳です」

この発言は重大なものだったので、加茂は思わず早口になって言った。

「表玄関から外に出る為には、必ず娯楽室を通らなければならない。つまり……誰が建物の外に出て中に戻って来たか、あなたは把握なさっているということになりますね？」

「その通りです。ここから先は、まだ昨晩の行動を説明していない私と月彦と幻二と雨宮の四人でまとめて説明をした方が早いでしょう」

彼はそう言いながら残りの三人に目配せをした。それを受けて最初に口を開いたのは月彦だった。

「七時十分に俺と親父は娯楽室に入ってチェスを始めた。何度も休憩を挟みながらやったから、決着がつくまでに三時間はかかったと思うね」

「それで、勝敗はどうなりましたか」

加茂が分かりきったことを聞くと、月彦の顔が怒りで赤く染まった。

「俺が負けたよ。でも、俺が娯楽室にいる間に別荘の建物を出入りした人間がいたのは確かだ」

「そのうちの一人は月恵さんですよね?」

月彦は何故か面白がるように唇を歪めた。

「実を言うと、月恵が建物の外に出たのは俺たちが娯楽室に入るより早かったんだ。だから、出て行ったところは見ていない」

その言葉を受けて、加茂は月恵に遺体の頭部と胴体を持ち出すことが出来たかを考えてみた。

「……月恵さんには遺体の頭部や胴体を運搬するのは不可能ですね」

彼がそう結論を出すと、月彦も大きく頷いた。

「そう、夕食が終わる七時までは究一さんも光奇さんも生きていた訳だからね。それから俺たちが娯楽室に入るまでは、僅か十分しかない。そんな短時間で二人もの人間を殺し、遺体を切断して返り血の処理をすることなんて出来っこない」

「月恵さんは何時ごろに中に戻っていらしたんですか?」

「七時四十分くらいだったと思う」

これを裏付けるように漱次朗も頷いた。

「いつものように喫煙具の入った小さな手提げ鞄だけを持っていたから、私も煙草を吸っていたのだろうと思いましたよ」

「なるほど。他に外に出た方は……」

加茂が質問を続けると、月彦は幻二を指す。幻二はコーヒーの入ったカップを片手に窓の外に視線を送っていたけれど、やがて口を開いた。

「一人は僕です。庭園の辺りを散歩していました」

「夏とはいえ、午後七時を過ぎれば辺りは暗くなり始めていたはず。どうしてそんな時刻に散歩を？」

加茂が問うと、幻二は困ったというように微笑んで見せた。

「腹ごなしついでに煙草を一服しようと思っただけですよ。……確かに、僕が外に出た八時前には辺りは暗くなっていました。それでも、玄関ホールには共用の懐中電灯やランタンが置いてありますからね。外に出る時は、それを借りました」

「具体的にどの辺りを散歩なさったんですか」

「庭園を上がって行って、社に寄って帰って来ました」

「社って、もしかして？」

ハッとして加茂が問い返すと、幻二が怪訝（けげん）な顔で彼のことを見返した。

「僕らは荒神の社と呼んでいますが、何か気になることでもあるのですか」

加茂が思った通り、幻二が言及していたのは荒神の社だった。土砂崩れの後に唯一つ無事に残った建物……それが庭園内にあったというのは、加茂にとっても初耳のことだった。彼が取材旅行で詩野を訪れた時には、祠（ほこら）は取り壊されてしまっていて、実物を確認することが出来なかった為だ。

誤魔化すべく小さく首を振りながら、加茂は言葉を継いだ。

「何でもありません。……あなたが中に戻って来たのは何時ごろだったのですか？」

「九時に近かったと思います」

「それだと、庭園に一時間近くいた計算になりますね」

これはかなり怪しい行動だったが、イコール犯人と断定出来るようなものでもなかった。加茂の反応を見て、幻二が曖昧（あいまい）な笑みを浮かべる。

「僕をお疑いですか？」

「そういう訳じゃありません。ただ、煙草を吸ったにしても一時間というのは長すぎるように感じたものですから」

幻二は悲しげに眉根を寄せて首を横に振った。

「僕は犯人じゃありませんよ。一応、弁解をしておくことにしましょうか。……あの時、僕は手ぶらで外に向かい、建物の中に帰って来た時も手ぶらでした」

加茂は確認を求める為に、漱次朗親子に視線を送った。彼らは幻二が娯楽室を通った時のことをちゃんと覚えており、彼が間違いなく手ぶらだったことを認めた。

「手ぶらでは、遺体の頭部や胴体を運搬するのは不可能です」

幻二はそう言って挑戦的に微笑む。

彼を見返しながら、加茂は誰が探偵役なのか分からなくなってきたな、と考えていた。

とはいえ、自分の役割を人に奪われたと思って苛立っている訳でもなかった。そもそも、加茂が演ずるハメになった『名探偵』は、彼が望んで始めたものではなかったし、結果的に『死野の惨劇』を阻止することさえ出来れば、誰がそれを主導しようと構わないと思っていたからだ。

「……おっしゃる通りですね。中に戻って来てからはどうされたんですか」

加茂が穏やかに返すと、幻二は挑発に乗る様子もない彼を見て拍子抜けしたようだった。幻二は笑みを疲れたものに変えて答える。

「すぐに自分の部屋に戻りました。もちろん、兄さんや光奇には会っていません」

「そのまま部屋で眠ったという訳でもなさそうですが、それからは？」

「続きは、雨宮くんの話を聞いてからの方がいいと思います」

全員の注目を浴びる形になった雨宮は、居心地が悪そうな様子になってコーヒーカップをテーブルの上に置いてから口を開いた。

「既にお察しかと思いますが、僕も夕食後に表玄関から建物の外に出ました」

「目的は？」

「薪割をする為に、薪割小屋に向かったんです。あ、もちろん僕も手ぶらでしたよ？　外に出たのは……七時二十分くらいだったと思います。刀根川さんと数日内に窯焼きピッツァを作ろうという話をしていましたから、その準備をしようと思って」

「え、この別荘にはピザ用の窯まであるんですか？」

加茂が金持ちの道楽に呆れ気味にそう呟くと、庶民の出身らしい雨宮はお気持ちお察ししますと言わんばかりの表情を浮かべて小さく頷いた。

「ええ、旦那さまが特注して作ったものです」

彼の説明によると、太賀には古くからのイタリア人の友人がいて、刀根川がその人物から直伝でピザの作り方を教えてもらったらしい。

「そう言えば、先ほど加茂さんがご覧になった時は薪割小屋の陰に隠れて見えませんでしたね？　実は、あの小屋の裏に大きな石窯があるんです」

そう雨宮が続けたのを聞いても、加茂はまだ納得がいかずにいた。

「どうして、夜に薪割なんてやろうと思ったんですか」

「小屋はランタンを点ければ明るいですから、夜でも問題なく作業が出来るんですよ。まあ、他にも理由はいくつかありましたけど」

彼は指を折るような仕草をしながら更に言葉を継いだ。

「ついこの間まで雨が降り続いていた関係で、薪割を明日やろう明日やろうと先延ばしにしているうちにギリギリになってしまったというのが一つ。……それに、夜に薪割をすると無心になれて、ぐっすりと眠れるようになるのです」

加茂は何の屈託もなく答える青年を見て考え込んだ。

彼は斧や鉈の扱いには慣れているらしい。そういう意味では雨宮は怪しいと言えないこともなかったが、やはり決定的なものではなかった。

「では、薪割小屋に置いてあった斧について詳しくお聞かせ頂けますか」

それを聞いた雨宮は急に怯えた表情になって顔を伏せてしまった。

「薪割は僕の仕事なので、道具の管理もやっていました。普段使っている斧と鉈は薪割小屋のロッカーに保管していて、その鍵は肌身離さず持っています。今朝、確認に向かった時にも異状はありませんでした」

彼の言葉がそこで途切れてしまったので、助け舟を出すように刀根川がすっと口を開いた。

「私も一緒にそれを確認いたしました。ロッカーには斧も鉈も揃っていましたし、小屋には割られた薪が積み上がっておりました」

彼女に感謝するように雨宮は頭を下げ、刀根川も唇の端を少しだけ持ち上げた。表情の変化は乏しかったけれど、彼女は雨宮のことを可愛がっているらしい。

「倉庫にあったという予備の斧と鉈については？」

雨宮は刀根川をチラッと見てから答えた。

「消えてしまっていました。犯人が持ち出したのではないかと思っていたんですが」

「その可能性は高そうですね。……倉庫内にあった斧と鉈の管理はどのようになっていましたか」

「秘密でも何でもなかったので、ここにいる全員が保管場所を知っていたと思います。地下倉庫には鍵も掛けていませんでしたから、誰でも手にすることが出来たでしょう」

加茂は軽い失望を覚えた。予備の斧と鉈の存在を知っている人間に容疑者を絞り込めないかと期待していたのだが、この方向での絞り込みは無理だったらしい。

彼は潔く、次の質問に移ることにした。

「先ほど、あなたは表玄関から出入りしたとおっしゃいましたね。でも、薪割小屋は裏口に近いし、そういった作業をする時は裏口を使うのが普通のように思います。どうして表玄関を使ったんですか」

雨宮は何故か恥ずかしそうな表情になった。

「胸を張って話せるような話じゃないんですけど……裏口の周辺は泥でグチャグチャだったでしょう？　あの状態で裏口から出入りしようものなら、廊下も石畳も泥だらけになってしまって、掃除が大変なもので」

加茂は個人的にその説明に納得した。誰だって夜になってから廊下や石畳を雑巾掛けするのは嫌だろう。その間にも雨宮は更に言葉を続ける。

「それに、夕食後には裏口にカンヌキを掛ける決まりになっているんです」

「防犯の為ですか」

「ええ。……でも、僕が夜に作業をしに外に出ると、誰かが施錠忘れと勘違いしてカンヌキを掛けてしまうんですよね。僕はいつも外に閉め出されちゃうんです」

毎回閉め出されているのだとしたら、誰かによる嫌がらせなのでは？　そんな考えが加茂の頭をよぎったが、言葉に出すのは憚られた。そんなことを疑う様子もない雨宮は、笑いながら言う。

「だから、僕は夜には表玄関から出入りすることにしています。そうすれば、鍵さえ持って行けば安心ですから」

「なるほど。表玄関の鍵はどのように保管されているんですか？」

「個人で鍵を持っているのは、旦那さまと究一さまと僕と刀根川さんの四人だけですね。それに加えて、お客さまが多い時は娯楽室に鍵を一つ置くようにしてあります。ちょうど、その棚の引き出しに入っているんですけど……皆さんも夜に散歩に行く時は、その鍵を使っているはずです」

言われるまま、加茂は酒類が置いてある棚の引き出しを開いてみた。中からは木彫りの家の根付がついた鍵が出て来た。各人の部屋についている鍵とはまた種類の違う、大型のものだった。

鍵を引き出しに戻して、加茂はアリバイ調査を再開する。

「それでは、その後の行動について説明をお願い出来ますか」

「薪割に夢中になってしまって、中に戻る頃には八時半近くになっていました。娯楽室まで戻って来たところで、漱次朗さまと月彦さんがチェスの勝負をしているのに気付いたんです。僕もチェスはやるので気にはなったのですが、一旦は自分の部屋に戻ることにしました」

「確かに、コイツは娯楽室に現れて名残惜しそうな顔をして廊下に消えて行ったな」

そう口を挟んだのは月彦だった。これを受けて雨宮は苦笑いを浮かべる。

「汗だくになったのでシャワーを浴びて休もうと思ったんですよ。……そう言えば、シャワーを浴び終わった頃に究一さまから電話がありましたね」

「究一さんから？」

加茂がそう問い返すと、彼は大きく頷いた。

「ええ、九時二十分くらいだと思いますが、内線で連絡があったのです。相談したいことがあるから、明日の朝食後に打合せをしたいというようなお話でした」

「究一さんが相談したいと言った内容に心当たりはありますか」

雨宮は考え込むように眉をひそめた。

「その時はあまり深く考えずに承知してしまいましたが、正直な話、全く思い当たることはないんですよね」

「では、誰かが究一さんの声色を真似て電話をしていた可能性もありそうですね」

「うーん、どうでしょう。電話の声は少し遠かったとはいえ、究一さまの声に聞こえたように思うのですが」

「なるほど」

「それから眠ってしまおうと思ったのですが……やっぱりチェスのことが気になり出してしまって。それで娯楽室に戻ることにしたんです」

「コイツが俺たちと合流したのが九時半過ぎぐらいだったかな？　それから一時間もしないう

ちに、俺と親父の決着がついた」

再び言葉を挟んだのは月彦だった。

「勝負がついた後は、皆さんはどうなさっていたんですか？」

加茂が質問を続けると、先ほどからいつ話に加わろうか迷っていた様子の漱次朗が口を開いた。

「結果に納得がいかなかった様子で、この子はもう一度ビリヤードで勝負をしたいと言って来ました。月彦はビリヤードは得意なのですよ」

月彦は皆の前で子供扱いされることが気に入らないらしく、ソファから立ち上がって漱次朗を睨みつけた。立ち上がると彼は父親よりも背が高く、一七五センチくらいはあるようだった。

一方の漱次朗は平気な様子で言葉を続ける。

「あの晩は目が冴えて眠れそうにもありませんでしたし、この子があまりにしつこかったので、私ももう一勝負受けることにしたのです」

「親父はやっぱり卑怯だ。二対二のチームで勝負という条件を、俺に無理やり呑ませたんだからな。俺とまともに勝負しても勝てっこないと分かっていたからだ」

月彦が吐き出すようにそう言ったのを聞いて、加茂はこのゲームでも彼が敗北したのだと想像が出来た。雨宮はどこか面白がるような口調になって言う。

「というような経緯で、僕は丑の間を訪れて幻二さまをお連れすることになりました。十時四十五分くらいのことだったでしょうか。……もちろん、漱次朗さまご指名の助っ人としてです」

加茂にもやっと話の流れが摑めてきた。

「つまり、月彦さん雨宮さんチーム対漱次朗さん幻二さんチームで、ビリヤードの勝負を始めた訳なんですね？」

それまで黙っていた幻二が頷く。

「僕らはそこのビリヤード台で勝負を始めました。十一時から始めて、ゲームが終わる頃には二時近くになっていたように思います」

漱次朗は憐れむような嫌味な表情を浮かべて息子を見つめた。

「ビリヤードが終わるなり、この子は不貞腐（ふてくさ）れたように部屋に戻ってしまいました。……そこからは、幻二くんと雨宮くんと一緒に酒を飲んだり、カードゲームに興じたりして朝まで過ごしましたね。元々はそういうつもりでもなかったんですが、成り行きでそうなったような形でして」

それに対し、月彦はそっぽを向いて独り言でも言うように呟いた。

「そのせいで、俺には午前二時以降のアリバイがない。こんなことになると分かっていたら、このソファから意地でも離れなかったのに」

加茂はそれを無視して質問を続けた。

「朝まで娯楽室に残った三人は、ずっと一緒だったのですよね？」

漱次朗がわざとらしいくらいに大きく頷いて答える。

「はい、この部屋にはお手洗いもありますから、外に出る必要はなかったのです。……ああ、十時四十五分に雨宮くんが幻二くんを呼びに丑の間に行ったことは一度ありましたが、それも五分以内で戻って来たように記憶しています」

「なるほど。ビリヤードが終わってから娯楽室を通った人はいましたか」

「午前五時ごろ刀根川さんが部屋を通り抜けて行き、十五分もしないうちに戻って来たように思います。その後、六時四十五分くらいには月彦が雨宮くんを誘いに廊下から顔を見せました。そして雨宮くんは散歩の準備の為に一旦部屋に戻り、その五分後には月彦と月恵と雨宮くんの三人で外に出て行きました」

「今おっしゃった中で、手ぶらでなかった人は？」

「月彦たちはもちろん手ぶらでした。刀根川さんは箒と塵取りを持っていましたが、頭部や胴体を運搬するのは無理でしたでしょうな」

加茂は頭の中でこれまでに聞いた情報を整理しながら口を開いた。

「まとめると……究一さんは九時二十分ごろに雨宮さんに内線で連絡をした」

部屋にいる全員がそれに同意するように頷いた。加茂は指で折って数えるようにしながら更に続けた。

「最も強固なアリバイがあるのは漱次朗さんですね。あなたは夕食後から午前七時まで完全なアリバイがあります。それに対し、月彦さんには夕食後から午前二時までのアリバイがありますし、遺体発見時に外に出た際にも手ぶらだったことが確認されています。……月恵さんは夕食後に建物の外に出ていますが、時間的な問題で遺体の運搬は不可能です。遺体発見時に外に出た際にも、月彦さんと同じ理由で遺体を運ぶことは出来ませんでした」

ここで一呼吸おいてから、加茂は再び喋り始めた。

「雨宮さんに関して言えば、九時半以降はほぼ完璧なアリバイがあるようですね。また、午後七時二十分から八時半までと、遺体発見時には外に出ていたものの、彼も手ぶらでした。……幻二さんの場合、午後十一時前に娯楽室に入ってからはアリバイがあります。午後八時から九時は建物の外にいたことになりますが、雨宮さんと同じ理由から遺体を運ぶことは出来ませんでした。それは午前五時から十五分ほど外に出ていた刀根川さんも同様です」

「して、貴方のご意見は？」

太賀老がおもむろにそう質問してきた。加茂はため息混じりに首を振る。

「完全なアリバイがある漱次朗さん以外は、時間的に考えれば全員に犯行が『可能』です。……しかしながら、遺体の一部を別荘の建物から冥森に持ち出すことが出来たかについて言えば、『不可能』だったと言わざるを得ませんね」

「それって自分が無能だと認めたということ？」

加茂は少なからずむっとして、声の主である月彦に向き直った。

「俺が、何だって？」

自然に声が尖ったものになったけれど、若者は小馬鹿にするように頭を下げた。

「気を悪くしたのなら謝ります。素人の俺たちと同じ結論に辿り着くなんて、探偵を名乗る意味があるのかなと思ったもんだから」

「月彦、失礼なことを言うな」

太賀が鋭く叱責しても、若者は慌てる様子もなくソファに身を沈めた。

「事実を言って悪いということもないでしょう」

老人は無表情に孫をじっと見つめたが、その目の奥に浮かんでいるのは見放したような冷たさだった。そこには文香や幻二を見る時とは明らかな差があった。

《竜泉文香の日記》
昭和三十五年八月二十三日
また恐ろしいことが起きた。
部屋に一人でいるのも怖いけれど、誰かと一緒にいる方がもっと恐ろしい。誰を信用していいかわからない。皆が私を疑いの目で見ている気がする。
朝になっても漱次朗大叔父さまは食堂に姿を見せなかった。……大叔父さまは寅の間で両腕を切り落とされて殺されていたのだから。ベッドは血まみれで、天井にまで真っ赤な血が飛■■（塗りつぶしたような跡）
あんな恐ろしい光景を書くなんて、私にはできない。
お祖父さまが心労で寝込んでしまって、お祖父さまの存在が私たちにとってどれほど大きかったのかがわかった。私たちは完全にばらばらになってしまった。

月彦さんは血のつながりのない雨宮さんを犯人だと決めつけてののしった。彼をかばおうとした刀根川さんと私までもが月彦さんに共犯者呼ばわりされてしまう。その剣幕が怖くて泣いてしまったけれど、月恵さんは誰が犯人呼ばわりされようとも、知らん顔をしていた。

刀根川さんはぞっとするほど冷ややかな目で月彦さんを見つめた。刀根川さんがこんなに怖い顔をしているのを見るのは初めて。どうして皆、私の知らない一面を隠し持っているの？

雨宮さんに話しかけたら、彼の目に怯えた色が浮かんだ。それは私が犯人だと疑っている目だった。悲しくなって口がきけなくなってしまった。……皆、どうしてしまったんだろう？　そうじゃない。私もやっぱり変わってしまったのだと思う。

幻二叔父さまは私のことを心配して下さっている。でも、恐ろしいことばかりが起きているのに、普段と変わらない様子の叔父さまを見ていると、安心するよりも怖さがまさる。

別荘にいる皆が怪しく見える。

今日も、昼間から夜にかけては、何も起きなかった。もうすぐ夜が明ける。また何かが起きる。次は私の番なのかも知れない。

昭和三十五年八月二十四日

刀根川さんが喉を切りさかれて殺された。犯行は防げず全てが無意味だった。犯人は無力な私たちをあざ笑っているに違いない。

いつもと同じで、昼間には何も起こらない。静けさが私をむしばむ。

何のためにこんなものを書いているんだろう。私は明日の朝を迎えられないかも知れない。生きのびたとしても未来はない。最後の一人になったとして、私に犯人と向き合うだけの勇気があるんだろうか？　(以下判読不能)

——という順番で殺人が行われることになっているんだ、君の日記によるとね。

加茂がスマホのメモ帳アプリに入力すると、文香は強張った顔になってノートに記し始めた。

——今晩に狙われるのは漱次朗大叔父さま、その次は刀根川さん。その次は？

——二十五日は記録がない。

——そうか、土砂くずれが起きる日だから日記なんて残せなかったのね。

土砂崩れの後、捜索隊が見つけた遺体は五つだった。……究一、光奇、漱次朗、刀根川、文香だ。そして、文香を除く全員が日記にあったように身体の一部を切断、あるいは傷つけられて見つかっていた。それ以外の人についても、土砂崩れの破壊の規模から生存者がいる見込みはないだろうと推定されていた。

また、事件を担当した元警察官から話を聞いたところによると、警察では土砂崩れが起きた時間帯にはその時点での生存者は別荘の建物の外にいたと考えていたそうだ。建物の中にいれば残骸から遺体を見つけ出せた可能性も高かったのだが、高台に逃げていた文香を除き、外にいた他の人の遺体は土砂で遠くに運ばれてしまったと思われていた。

でも、加茂はこの話を文香にするのは止めておいた。あまりに惨すぎる話だったからだ。

今、二人は二階にある掃除用品室の中に隠れていた。

位置としては小荷物用リフトの隣、寅の間の真正面に当たる。スマホの時計を現地時間に合わせていたので、画面に表示されている午後十時二十四分というのが『ここ』での実際の時間だった。

掃除用品室の中は薄暗くて、扉の下から差し込む光が全てだった。

——漱次朗さんは寅の間で襲われるはずだから、部屋の前さえ見張っていれば犯人を取り押さえることが出来る。

そう入力したものの、夜中にこんな場所で中学生の女の子と二人きりというのは、加茂にとっても、文香にとっても宜しくないことだった。

——それはそうと、そろそろ自分の部屋に戻ってくれないか？

——私も自分の部屋から見張っていようかとも思ったんだけど、位置的に悪いのだもの。

——いやいや、中学生の女の子が俺みたいなオッサンと一緒に夜を明かそうとしていること自体がアウトなんだって。

これが知れたら、彼は竜泉家の人々から性犯罪者扱いされそうだった。それなのに文香は憮然とした様子になって返す。

——大叔父さまの命がかかっているのに。これ以上、この話を続けるのなら叫ぶけれど？　皆にあなたの計画をばらしてしまってもいいのだけれど？

加茂は深くため息をついた。彼女が本気でそんなことをするつもりはないのは分かっていた。梃子でもここから動きたくないから言っているだけだ。

それに文香を追い返しづらくなっている理由もあった。……今、彼女にとって一番安全なのは、加茂と一緒にいることなのかも知れなかったからだ。

万一、文香が子の間に戻るまでに犯人に姿を見られてしまったら？　犯人は怪しい動きをした彼女を殺そうとするかも知れない。また、彼女を一人にしておくと何か危険なことをやりかねないようにも思われた。

――分かったよ、好きにするといい。

視線をなるべく扉の下から離さないようにしながら、加茂はスマホにそう入力した。

掃除用品室の扉は、構造的に下側に数センチの隙間があった。その隙間から廊下を見ていれば、寅の間付近の様子は掃除用品室の中からでも丸わかりだ。二階の部屋の扉が開いても、誰かが階段を上がって来ても、確実にその音を聞き取ることが出来る。

ここは監視を行う上では、最高の隠れ場所だと言えた。

広さは二・五メートル平方くらいあって、側面の棚には箒やデッキブラシや洗剤といった掃除道具が置かれていた。更に部屋の奥の床には水道付きの洗い場まで設置されている。物は多かったが、廊下側は作業用にスペースが設けてあったので、二人が見張りを行うのには充分だった。

……監視を始めてから既に何時間かが経過していたけれど、まだ寅の間に動きはない。加茂は手持無沙汰になって、砂時計のペンダントを掌で転がしてみる。隣では文香がノートにボールペンを走らせ始めた。

——そうだ、こんぺいとう

書きかけで彼女が手を止めたのを見て加茂は眉をひそめた。文香はポケットから懐中時計を取り出す。彼女がその裏側に爪を掛けて引っ張ると、ポンと蓋が外れる軽い音がした。

——食べる？　赤いのがおすすめ。

彼女の差し出す時計の裏側からは、白や赤の可愛らしい金平糖が覗いていた。

懐中時計の裏側には小さな収納スペースが設けられていて、そこに彼女は金平糖を入れて持ち歩いているらしかった。大きさとしては金平糖が五個入るくらいのスペースだ。

——何それ、懐中時計に見せかけた印籠？

加茂が笑いを押し殺してそう入力すると、文香は憮然としながらも、赤い金平糖を一つ口に放り込んだ。

——お薬を入れられるように、お祖父さまが特注したものなの。

彼は要らないというジェスチャーを返した。文香は懐中時計をしまって真面目な表情に戻って再び記し始めた。

——犯人はどうして身体を切断するなんて恐ろしいことをやったのかしら。

——有望そうな説を一つ思いついているんだけど、まだ自分でもちゃんと整理が出来ていない。

……そういえば、首を切断するのは死体を別人のものと入れ替える『死体損壊トリック』の定番でもあるね。かなり古いやり方だけど。

——古いの？

文香が困惑したように書いたのを見て、加茂は苦笑いを浮かべた。

科学捜査の発達した二〇一八年において、実際に死体の入れ替えトリックを使う人はいないだろう。遺体をDNA鑑定でもされようものなら一発でバレてしまうからだ。……だが、まだ技術の進んでいない一九六〇年においては違うのかも知れなかった。死体の入れ替えトリックが『使える』として認識されていてもおかしくない。

——何にせよ、時代は移り変わって行くものだからね。

——未来の話はわからないけれど、『顔のない屍体』ではないと思う。だって、お父さまと光奇さんの頭部は見つかっているもの。

その文字が震えて彼女の目に涙が浮かんでいることに気付き、加茂は慌ててこう入力した。

——無理をすることはない。辛かったら事件以外の話をしようか。

——ううん、私は犯人をつきとめたい。そのために、私も加茂さんと一緒に考えたいの。お父さまのためにも強い人間にならなくちゃ。

無意識のうちにだろう、彼女の最後の言葉は日記にあった一節と同じものになった。それから、文香は何かを思いついたように勢いよく記し始めた。

——もしかしたら、犯人は凶器をごまかすためにあんなことをしたのかも。

加茂は二人の首の切断面がズタズタにされていたことを思い出していた。犯人が首を絞めた時に使った凶器の特徴的な痕が首に残ってしまい、それを隠す為に首を切断したという可能性はあった。

——でも、その痕跡を誤魔化す為だけに光奇さんの身体を更に何か所も切断したと考えるのは、違和感があるような気がするな。

——確かに。どうやって頭部と胴体を屋外に運び出したのかがわからない限り、真相は見えてこないものね。

文香は別荘の見取り図をノートに書き始め、裏口の付近に大きな○をつけた。

——裏口の石畳までなら、足跡をつけなくても出られる。犯人はそこから遺体の一部を地下の庭へ落としたんじゃないかしら？　防水布か何かで巻いて。

彼女の言う通り、裏口からそう離れていない場所には地下の庭とそこへ続く石造りの階段があった。加茂は地下との二メートル強の高低差を利用して、頭部と胴体を移動させることが出来そうか考えてみた。

——無理だね。二メートルも上から放り投げれば、遺体には落下による傷など何らかの痕跡が残るはずだ。実際は遺体にはそんな痕はなかった。

——裏口のドアから大浴場の窓の格子にロープを輪のようにかければ？　使い終わったロープは地下か裏口のどちらからでも回収できると思う。

それを読んだ加茂は驚いた。文香が思いついたのは、ロープウェイの要領で頭部と胴体を入れた包みを移動させるという強引なトリックだったからだ。

加茂は少し考えてから、やはり首を横に振った。

——大浴場の格子にはロープを括りつけたような痕跡や、重みのあるもので擦れたような跡はなかった。特に胴体の運搬は不可能だと思う。

人間の頭は見た目よりも重く四キロ以上はあるし、胴体に至っては軽く二〇キロを超える重さがあるはずだ。そんなものを、格子に何の痕跡も残さずに移動させられたとは考えられなかった。

文香は自分の意見が否定されるのでガッカリした様子を見せつつも、再び見取り図に向き直った。

誕生日のお祝いに集まっていたのは十人。殺された究一と光奇の部屋を別にしても、別荘には二つ空き部屋があったことになった。

そのうちの亥の間は、オペラ歌手の池内の為に用意されていた部屋だった。

彼女は竜泉家の呪いから免れることの出来た、数少ない人間の一人だ。早くに漱次朗と離婚していたので、関わりが薄かった為かも知れない。

残る一つは、卯の間だった。

この部屋について、誰も積極的に語ろうとしなかったけれど、漱次朗や太賀の口ぶりから、開かずの間になっていることは何となく伝わって来た。

それからしばらくは加茂と文香の筆談が途絶えた。

加茂は廊下を油断なく見張りつつも、夕方の出来事を思い出し始める。

……結局、亥の間が加茂に提供されることになり、彼は雨宮からうり坊の根付がついた鍵を預かった。だが、亥の間は一階の部屋で二階の見張りには役立たなかったのが残念だった。

鍵の受け渡しが終わったところで、彼らはそれぞれ戸締りをしてから夕食の準備を始めた。

貯蔵庫を覗いた加茂は、そこに冷蔵庫が二台あるのを見つけて驚いた。

一九五〇年代から急速に普及し始めた『三種の神器』……白黒テレビ、電気洗濯機、電気冷蔵庫のうちの一つであるそれは、銀色のレバーで開け閉めする白い箱型のものだった。

加茂は好奇心から二台の冷蔵庫の中身を確認してみた。扉は今の冷蔵庫と違って一つしかなかったけれど、庫内には小型冷凍室まで設けられている。一つには主に野菜と果物が、もう一つには魚と肉が保管されていた。

とはいえ、まだ一般市民には手が出ないもののようだ。雨宮によると、これ一台で一般家庭の二か月分の給料以上の値段がするという話だったから……。

料理は複数人で、互いに不審な行動がないか監視をしながら作ることになった。刀根川に加えて、比較的料理が得意な月恵・雨宮を中心に調理が進められ、太賀老を除く他の全員が調理の過程を監視する役ということになった。

しかしながら、皆がずっと厨房にいた訳ではなかった。

雨宮は太賀老と相談することがあって、しばらく厨房にいなかったし、月恵も調理の合間に休憩と称して外に出たことがあった。監視役も同じで、幻二は煙草の煙が嫌いだという文香に気を遣ったのか、一服しにどこかへ消えてしまっていた時間帯があったし、月彦はそもそもほとんど厨房にいなかった。

比較的まともに調理を監視していたのは、文香と加茂と漱次朗の三人だけだった。

午後七時前に茶色い甚平に着替えた太賀が食堂で合流し、加茂に世間話をしてきた。加茂は一九六〇年当時の知識がなかったので、ボロを出さないように聞き役に徹するしかなかった。

午後七時十五分にはテーブルに夕食が並んでいた。

今日のメニューは刀根川と雨宮の説明によると……トマトと焼きナスのポン酢和え、チーズの入ったオムレツ、牛フィレ肉のソテー、フランスパン、それにフルーツの盛り合わせ。

三人もの人間が調理に関わったのと、得意料理ジャンルにばらつきがあったことから、ややまとまりのない献立になってしまったのはご愛嬌だった。それでも伶奈が入院してから、カップ麺やレトルト食品ばかりを食べていた加茂にとっては、豪華すぎるほどの食事だ。

夕食が終わる頃に、「今晩は絶対に自分の部屋から出ないように」と太賀が命じた。これも文香の日記にあった通りの展開だった。

食後のコーヒーなどが振る舞われている間に刀根川と雨宮が夕食の片づけを行い、午後八時十五分にはそれも終わっていた。二人が厨房から戻って来たのを見て、太賀は自分の腕時計に目をやり、挨拶もそこそこに食堂を後にしてしまった。

文香によると、これはいつものことらしい。

太賀は夕食後には、八時三十分までに自室に戻ると決めているそうだ。彼が部屋を出た直後には、金属が軋むような機械音が食堂にまで響いてきた。これは車椅子の昇降機が動く音なのだろう。

加茂も太賀に続く形で食堂を出るつもりだったのに、漱次朗と雨宮の質問攻めにあってしまった。特に漱次朗はこの状況に不安を覚えているらしく、少しでも情報を引き出そうと躍起になっていた。やむなく、彼は二十分ほど話に付き合ってから食堂を後にした。……それでも、彼が太賀の次に食堂を出た形になった。

階段を上がると、二階部分に車椅子昇降用の鉄板があるのが見えた。

夕食の前にはそれが一階にあったのを加茂は見ていたので、太賀老が二階へ上がったのに間違いがなさそうだった。

二階の階段脇のスペースには油絵が何枚も立てかけてあった。このスペースは絵画の一時保管場所になっているらしい。手前に置いてある一枚は、リンゴやマンゴーといった果物が並べられている静物画だった。

それらの油絵の後ろの隙間に金属製の器具らしきものと赤い毛布のようなものが挿し込まれているのに気付きはしたものの、急いでいたこともあり、加茂はあまり注意を払わずにその前を通り過ぎた。そして、蛇腹扉の閉ざされた小荷物用リフトの前も抜けると、素早く掃除用品室に入る。

やっと腰を据えたと思った矢先に、文香が廊下に現れた。

時間的に考えて、彼が食堂を出てから一分もしないうちに出て来たらしい。一度は掃除用品室を素通りして自分の部屋に入った彼女だったけれど、すぐにクッションを持って戻って来て、加茂に合流した。

その数分後には、幻二が二階へ上がって来て丑の間に入った。スマホによると時刻は八時四十四分だった。

それからも文香と一緒に監視を続けたところ、九時十三分には月彦が巳の間に戻って中から鍵を閉めた。その五分後には漱次朗も寅の間にこもる。

しつこくて冷酷な雰囲気のある月彦が蛇、初対面からいきなり猟銃を振り回してきた危険な漱次朗が虎……加茂は脳内でそう結び付けて覚えることにした。

二階に残る部屋はあと三つだけ。

開かずの間の卯の間と、太賀老の部屋である辰の間と、文香の部屋である子の間だ。

とりあえず二階に部屋のある全員が揃ったように思われたので、加茂は犯人が現れるのを待つことにした。時間が早いうちは犯人も動かないかも知れないから、持久戦になることも覚悟して。

先ほどから、文香がチラチラ加茂を見ていると思ったら、またペンを走らせ始めた。

――そういえば、さっき遺体の切断について考えがあるっておっしゃっていたけれど、あれは何だったの？

同じように退屈し始めていた加茂もスマホに指を走らせる。

――悪い、まだ説明していなかったか。自分でも整理しきれていないんだけど……この犯人は

『見立て』をやっていると思う。

文香はぎょっとしたように彼の顔を見つめた。

——それって、マザーグースになぞらえた殺人が起きる、というようなもの？

彼女の言っているのはヴァン・ダインの『僧正殺人事件』のことらしかった。これは見立てものの最初期の作品で、作中では『だあれが殺したコック・ロビン？』や『ハンプティ・ダンプティ』などになぞらえた異常な殺人が発生する。

——そんな感じだ。……娯楽室に飾られている絵を覚えているかな？

——『キマイラ』。お祖父さまが大切にしている絵ね。

——あの絵には色々な動物の要素を身体に持つ生き物が描かれていた。でも、ギリシア神話のキマイラは、頭がライオンで体がヤギで尻尾が蛇の姿をしているんだ。

彼女は不思議そうに小首を傾げる。

——あの生き物の頭はライオンではないし、身体もヤギではない。

——画家の雅号が『夜鳥』というのも、あの化け物の正体を示している。文香さんはヌエという生き物の名前を聞いたことがあるか？

——何、それ。

——以前、俺が雑誌の仕事で都市伝説について調べていた時……といっても、何のことか分からないよな。とにかく俺はヌエについて調べたことがある。

彼は持ち前の記憶力を生かして続ける。

——ヌエの頭は猿、身体は狸(たぬき)、尾は蛇、四肢は虎、そしてトラツグミに似た声で鳴く。

これを聞いた文香はハッとした様子だった。

——あの絵に描かれた生き物は、赤ら顔で灰色がかった茶色っぽい体で、尻尾は蛇で黄色と黒のしましまの手足をしていた。あれはヌエだったのね。

——ちなみに、ヌエの漢字は『夜＋鳥』で鵺と書くんだ。

——もしかして、画家の『夜鳥』という名前もヌエを意識したものなのかしら。

彼はすぐさま返事をしようとしたが、それよりも前に文香がキョトンとしていることに気付いた。不思議に思ってスマホの画面を見下ろすと、加茂が操作をしている訳でもないのに見知らぬ文章が次々と入力されていた。

——加茂さんがおっしゃったのは、源頼政(みなもとのよりまさ)が射落とした化け物のことですね？『平家物語』などにそういった記載がありますが、これはヌエの鳴き声をした別の化け物という解釈もあるようです。

勝手に打ち込まれて行く文章を見て、加茂は苦笑いを浮かべた。『誤作動』が治まったのを確認して、自分もスマホに打ち込む。

——でも、一般的にはそれがヌエだと思われているはずだ。……ホラか？

——ええ、ご無沙汰をしております。

ほとんどタイムラグなしに、画面にそう表示された。

「今までどこに行っていたの？」

文香が思わず声に出して囁いたのを無視して、ホラは画面上で続けた。

——しかし、ここは暗い。文香さんが書いた字を読むのにも苦労なさっている様子だ。宜しければ、砂時計で周囲を照らしましょうか？　ご希望の明るさで、朝になるまで照らし続けることも可能ですよ。

——止めてくれ！　灯りなんかつけたら、廊下を通る人に俺たちがここにいることを気付かれてしまう。

——そうおっしゃるのなら、止めておきましょう。……おや、スマホの電池もかなり減っていますね。コンセントの規格は『ここ』もほとんど同じですから、充電しては如何ですか？

加茂は廊下にも変わらず神経を配りながら入力した。

——いらない話をして監視の邪魔をするなって。充電ケーブルなら俺の鞄の中だよ。それも、車に置いてある鞄のな。

——二〇一八年に忘れ物をしたのですか！　あなた方と無駄話をするのを、私も楽しみにしていたのですが。

小さく肩を竦めてから、加茂は入力を再開する。

——こんなヤツは放っておいて、見立ての話を続けることにしよう。今回の事件は、ヌエに見立てられているんじゃないか。

文香は小さく息を吞んだ。彼女にも加茂の言っていることが分かり始めたらしい。彼はなおも続ける。

――申の間の究一さんは首を切断されてしまった。今晩狙われる漱次朗さんの部屋は寅の間だし、君の日記によれば両腕が切断されることになっている。そして、その次の日に狙われる刀根川さんの部屋は酉の間。彼女は喉を傷つけられることになっている。

ホラが加茂の気を惹くようにスマホのライトを一瞬だけ光らせ、遠隔操作でスマホに文字を入力し始めた。

――光奇さんの部屋は戌の間ですよね？　狸ではないようですが。

――そう、それだけは見立てに合わないんだ。

――いいえ、狸よ。

文香が突然そう書いたので加茂は驚いた。なおも彼女はペンを止めずに続ける。

――光奇さんの可愛がっていた柴犬の名前はラクーンだった。raccoon dog は英語で狸のことなの。

犯人が考えた子供じみた駄洒落に、加茂は気味が悪くなって思わず指の動きを止めた。そうしている間に、ホラがメモ帳アプリに次々と打ち込み始めた。

――分かりやすく書くとこうですね。

竜泉究一　　中の間（猿）　頭部
都光奇　戌の間（ペット『ラクーン』＋犬『ドッグ』＝狸）　胴体
竜泉漱次朗　寅の間（虎）　手
刀根川つぐみ　酉の間（鳥もしくはトラ『ツグミ』）　喉（声）

加茂も頷きながら、入力を再開する。

――となると、二十四日の深夜に誰が犠牲になるのかも導き出せる。残る見立ては蛇だけだから、巳の間の月彦氏が狙われるんだ。……この別荘の部屋割はどうやって決めた？

これは、部屋割を決めた人物こそ犯人かも知れないと考えて放った質問だった。文香もその意図を察したようだったが、すぐに小さく首を横に振った。

――辰の間はお祖父さまのお気に入りだったから別にして、それ以外はお父さまが二年前に皆と相談して決めたの。光奇さんは犬好きだから戌の間を選んだし、大叔父さまは大阪タイガースファンだから寅の間を選んだ。ちなみに、私は根付が可愛かったから子の間を選んだのだけれど。

その選択に犯人の意図が介在したのかどうかは、究一が殺害された今となっては分からなくなってしまっていた。

同時に、加茂はもう一つ可能性があることに気付いて身震いをした。

それは犯人が最終的に竜泉家の全滅を狙っている場合のことだった。だとしたら、犯人にとっては誰がどの部屋でも構わないことになる。……誰がどの部屋だろうと、殺害する順番が変わるだけのことだからだ。

その時、どこかからモーター音のようなものが聞こえて来た。

車椅子の昇降機とは異なる音で、それは鈍い振動を伴って(ともな)いた。掃除用品室に座っている彼らの心臓に響くような音だ。文香が怯えた表情を浮かべているので、加茂は彼女もそれを聞くのが初めてなのだと知った。文香が震える文字で書く。

――今のは？

――地鳴りかも。土砂崩れが起きる前にはそういう予兆が起きるらしいから。

ホラがスマホのライトを点滅させてから、再び打ち込み始めた。

――ご安心下さい、土砂崩れは二十五日まで起きませんから。……それにしても、本日はお見事でしたね？　探偵として竜泉家に潜り込み、次の犠牲者となる漱次朗氏の安全も確保したのですから。今のところ、あなたは期待以上の働きをしていますよ。

褒めているくせに裏には嘲り（あざけ）が潜んでいるように思われて、加茂は顔を顰めた。けれど、これを最後にホラからのメッセージは途絶えてしまった。

＊

加茂はスマホを見下ろしてほっと息をついた。

長い夜は明けて、二十三日の朝を迎えていた。時刻は午前六時四十分……太賀老から食堂に集合するように指示のあった時間が近付いていた。

結局、犯人が姿を現すことはなかったし、二階の廊下を誰かが歩きまわるような音もしなかった。不安要素といえば、スマホの充電が残り五％にまで減ってしまったことくらいだ。

廊下の窓から見る限り、今日は雨らしかった。凝ってしまった腰や肩をどうにかしようと、加茂は大きく伸びをした。文香もすぐに彼の真似をしてストレッチを始める。白いクッションは掃除用品室に置いてきたらしい。

それから二人は顔を見合わせた。

文香が考えていることは手に取るように分かったので、加茂はそれに応える形で寅の間の扉をノックした。

漱次朗は無事なはずだ。それは分かっていても、彼の手は緊張の為に汗ばんでいた。隣にいる文香も加茂の左腕をぎゅっと摑んでいる。

「……ああ、加茂さん。おはようございます」

扉を開いて漱次朗が廊下に現れた。既に紺色の三つ揃いのスーツに着替えを済ませている。加茂は挨拶を返すのも忘れて文香と頷き合った。彼を守ることに成功したという実感が湧いて、胸が一杯になってしまった為だ。

キョトンとしている漱次朗に、加茂は各部屋を回って安否確認をしているところだと告げた。目の下にクマが出来ているところを見ると、漱次朗もあまり眠れなかったらしい。彼がひとまず自室に戻ると言ったので、加茂たちはその流れで二階の安否確認を続けることにした。

次に巳の間の確認に向かおうとしたところで、月彦が部屋から出て来た。

徹夜で服がぐしゃぐしゃになっている加茂とは対極的に、彼は髭をきれいに剃って、後ろに撫でつけた髪に至るまで一分の隙もなかった。服装はジーンズに淡い水色のポロシャツで、それらも清潔で皺一つ見当たらない。

月彦は興味がなさそうな顔で加茂たちを見やった。

「じゃあ……俺は先に食堂に向かうよ、探偵さん」

その背中を見送った加茂は気持ちが明るくなっていた。幸先よく二人の無事が確認出来たのは大きな収穫だった。彼は意気揚々と太賀の部屋をノックした。

けれど、いくら待っても辰の間から返事はなかった。何度ノックしても、大きな声で呼びかけても何の反応もない。

「お加減が宜しくないのかしら？」

そう呟いた文香の顔は寝不足も相まって青ざめていた。すぐに子の間から内線を鳴らすも、やはり応答はない。加茂は緊急事態と判断して扉を破ろうとしたが、扉は頑丈で彼が蹴ったくらいではびくともしなかった。

その音を聞きつけて、丑の間から幻二が顔を覗かせた。今日は白い開襟シャツに幅広の黒いズボンという服装に変わっていた。少し遅れて漱次朗も再び廊下に出て来る。

彼らに見張りを頼んで加茂は一階に向かい、五分もしないうちに道具箱を持った雨宮を伴って辰の間の前に戻って来ていた。

別荘にはマスターキーがなかったので、雨宮は蝶番を破壊する作業に取りかかった。それには十分ほどの時間を要した。やがて扉が外れ、雨宮は一人でそれを持ち上げると、傍の壁に立てかけた。

まず加茂が、それから幻二と文香が室内に足を踏み入れた。漱次朗と雨宮は部屋に入る勇気すら湧かないらしく、廊下に留まって二人でヒソヒソと何かを話している。

部屋の構造は申の間や戌の間と大きく変わるところはなく、違いと言えば、ベッドの傍に車椅子が畳まれた状態で置かれていることくらいだった。その上にはえんじ色の膝掛けが載せられている。

椅子の上には茶色い甚平がきちんと折り畳まれて置かれていて、ベッドの足元には鍵が一つ落ちている。更に、ベッド脇のテーブルには黒電話が置かれ、その傍にあるコップには水が半分くらい入ったままになっていた。

ベッドサイドにある引き出しは開いており、筆記用具とその下に黒い封筒が覗いているのが見えた。しかしながら、肝心の太賀老の姿だけがない。

「……お祖父さまは？」

文香は加茂の左腕を握ったまま呟いた。部屋に入ってから彼女はずっとこんな調子だった。幻二も入り口付近に立ち止まって、戸惑ったように部屋を見渡している。

しゃがみ込みながら加茂はベッドの足元に転がっている鍵に目を落とした。

その鍵は正常な状態ではなかった。根付の紐は何かで切られてしまっていたし、鍵自体が強い力がかかったように曲がってしまっている。種類としては他の部屋の鍵と同じで、これまでに見たものよりも更に古びた感じがした。

「とりあえず……この鍵はお預かりします」

加茂はそれを調査用に借りている軍手を着けた手で摘み上げると、有無を言わせずに胸ポケットに放り込んだ。

最後に、彼はトイレと浴室とクローゼットを調べた。文香もじっとしていられなかった様子で彼にぴたりと付き従う。だが、どこにも老人の姿はなかった。部屋の全ての窓もきちんと施錠されている。

「部屋の中にはいらっしゃいませんね」

そう報告して彼が振り返ると、幻二が引き出しのあるベッド脇のテーブルに両手をついて表情を強張らせていた。

「……では、祖父は一体どこに？」

ふと加茂は彼が見下ろしている引き出しに興味を覚えた。

それを更に引き出してみると、少し奥に龍の刻印のある懐中時計が入っていた。文香が持っているものに色も形もよく似ていたけれど、サイズは一回り以上大きいものだった。取り上げて蓋を開くと、六時四十六分を示して針は止まっていた。

他に引き出しに入っているものといったら、メモ帳と万年筆と仕事関係と思われる書類の束がいくつかだけだった。太賀老の居場所を指し示しそうなものはない。

顔を上げる頃には、加茂は少なからず困惑していた。

昨晩はずっと彼と文香が掃除用品室にいて、二階の廊下を見張っていた。なのに、彼らは太賀老が部屋から出たのを一度も見ていなかった。

車椅子の昇降機が二階に移動していたこと、夕食を終えた太賀が廊下に出た直後に昇降機の作動音が聞こえていたこと、それ以外の全員がその時に食堂にいたことから、昇降機を太賀が動かしたのは間違いないように思われた。彼がそんなことをするとしたら、二階に上がる以外に目的はない。当然、太賀老はまだ二階にいることになった。

でも、どこに？

加茂が廊下に出ると、廊下で待っていた雨宮と漱次朗が慌てたように道を空ける。文香もそそくさと彼に付いて来た。少し遅れて幻二も出て来る。

その後、加茂は食堂にいた月彦と月恵も加えて、全員で二階全体の捜索を行うことに決めた。状況が状況だったので、自室の中の確認を拒む人はもういなかった。

寅の間、丑の間、巳の間、子の間の順で部屋は開かれて行き、浴室・トイレ・クローゼットに至るまで調べられたけれど、どこにも太賀の姿はなかった。

最後に残った卯の間の確認を加茂が求めると、文香と雨宮を除く全員が戸惑った表情に変わった。特に漱次朗は露骨にそれを嫌がった。結局、彼の反対を押し切って部屋は開かれることになった。

卯の間の扉と錠は他の部屋と全く同じタイプのもので、鍵は太賀が管理していたらしい。しかしながら、当の本人が行方不明になってしまっていたので、やむを得ず扉の蝶番を物理的に破壊することになった。

同じことを繰り返すうちに要領が良くなってきたらしく、雨宮は五分で扉を外すことに成功した。扉が外れた途端、部屋からは淀んだ空気が流れ出す。雨宮が扉を立て掛けている間に、加茂は卯の間に足を踏み入れていた。

まず、すえた油のような臭いが鼻をついた。

部屋は暗くて中がどうなっているのか分からない。彼は部屋の奥まで進んで、閉じられていたカーテンを一気に引き開けた。

臭いの正体は、テーブルに置きっぱなしになっていた油絵用のパレットや二十本くらいの様々な太さの筆の束だった。誰かが使いさしのまま放置していったものらしく、パレットの絵具は混ぜられた色がそのまま固まって埃を被っている。

その脇に置かれた木の道具箱からは、使いさしの油絵具のチューブやパレットナイフがはみ出し、瓶に入った油が何本か並べられていた。ベッドの傍には、まだ手をつけていないキャンバスが置かれている。どのくらい放置されていたのか、全ては埃にまみれ、瓶の油は底にドロリとへばりつき、キャンバスも黄色く変色していた。

いつしか、雨宮を除く全員が部屋の中に集合していた。加茂は続いて浴室やトイレの確認に向かったが、やはり太賀の姿はなかった。

卯の間は他の部屋と違って改装が行われていないらしく、壁紙も床板も色あせていたし、浴室もトイレも内装が違っていて、別荘が造られた時のものがそのまま残っていることをうかがわせた。

筆を包んでいた新聞に目をやると、日付は昭和二十三年四月十七日になっている。西暦に直すと一九四八年だから、今から十二年前ということになった。

……この部屋は十年以上に渡って『開かずの間』と化していたのだろう。

漱次朗あたりを問い詰めて、この部屋が何なのか聞き出したいという衝動に駆られたけれど、加茂は太賀老の安否確認が優先だと判断して諦めることにした。この場所で時間を無駄にする訳にもいかなかったからだ。

廊下に出ようとしたところで、部屋を覗き込んでいた雨宮とぶつかりそうになった。卯の間の扉が失われてぽっかりとスペースが空いた左隣の廊下の壁には、蝶番の壊れた扉が立てかけられている。

次に、加茂は小荷物用リフトの確認を行った。

リフトのかごは一階に停止していたので、まずは操作盤で二階に呼び寄せる。鈍い機械音と共に小ぶりなかごが二階へと上って来た。

そのリフトはかなり旧式のものだった。もしかすると、日本では自動式の電動エレベータの黎明期だった頃の製品なのかも知れない。

かごの床は、二階の床と同じ高さになるように設計されていた。これはスムーズに荷物を載せられるように工夫した為だろう。

格子状になっている金属の蛇腹扉を開くと、かごの中が見えて来た。とはいえ、かご自体にライトが取りつけられている訳でもなかったので、中は思った以上に暗かった。雨宮から懐中電灯を借りて調べたところ、リフトは空で、かごにも周囲にも汚れや目立つ傷などは残っていないことが分かった。

加茂にとって期待外れだったのは……このかごの内寸が小さかったことだった。

巻き尺で測ってみたところ、このリフトは幅が一一〇センチ、奥行きが七〇センチ、高さも八五センチほどしかなかった。更に、中に二枚の棚板がつけられていた。

加茂は棚板を可動のものと考えて動かそうとしたが、ビクともしなかった。元々は取り外して動かすことの出来る棚板のようだったが、接着面が錆びて一体化している為に、現在では完全に動かなくなってしまっていた。

棚板が動けば別だったけれど、一段につき一一〇センチ×七〇センチ×二七センチくらいの空間しかないのでは、成人男性が長時間に渡って中に隠れるには狭すぎた。ヨガのマスターくらい身体の柔らかい人でなければ無理だ。

漱次朗によると、太賀の若い頃の身長は一七〇センチだったという話なので、身長的にもいよいよ不可能なことに思えた。

加茂は無駄な時間を費やしてしまったことに意気消沈しつつも、続けて掃除用品室の確認を行った。もちろん、そこにも太賀老はいない。

二階での捜索を終え、彼らは言葉少なに他のフロアの確認に向かうことにした。しんがりを務めることになった加茂は、階段を降りて行く人たちの背中を見つめた。漱次朗親子三人と幻二、文香、雨宮……合計すると六人だ。加茂は愕然(がくぜん)として呟く。

「……刀根川さんは？」

思い返せば、朝になってから彼は刀根川に会った記憶がなかった。その言葉に全員が足を止めて、戸惑ったように顔を見合わせる。

「そういえば厨房でも姿を見かけなかった」

こう言ったのは月恵だった。今日はモノトーンのスリムな半袖のワンピースを着ていた。それを聞いた雨宮も同意するように頷く。

「珍しく起きてらっしゃるのが遅いようだったので、朝食は僕と月恵さんで準備したんです。……あんなことがあった後ですから、七時までゆっくり休ませてあげようという話になって」

他にもそれに気付いていた人はいたはずだが、誰もが太賀が行方不明になったという一報に動揺するあまり、そのことを失念してしまっていた様子だった。

加茂たちの足は自然に刀根川の部屋へと向かった。

西の間には鍵が掛けられていて、外からいくら呼びかけても返事がなかったし、内線を鳴らしても同じだった。雨宮はまたしても蝶番を壊す作業に取りかかった。それを待っている間に、加茂はポケットのスマホを確認してみた。時刻は既に午前八時十分になっている。

外された扉の隙間から中を覗き込んだ加茂は、思わず息を呑んだ。

刀根川はメイド服を着たままベッドに仰向けになっていた。唇の周りには泡を吹いたような跡が残っていたし、喉には掻き毟（かきむし）ったような爪痕が残っていた。その傷口から固まりかけた血が滲んでいる。

加茂はまたしても見立てが行われたと知った。

……西の間で殺害された刀根川つぐみは喉を掻き毟って死んだ。ヌエはトラツグミの声を持つのだから。

「刀根川さん？」

扉を持ったままの雨宮が呆けたように呟くのが聞こえた。加茂は室内に足を踏み入れて彼女の脈を調べたが、既にこと切れて身体は冷たくなっていた。彼は首を横に振る。

声を上げて泣きながら、文香は刀根川の遺体に駆け寄って傍らに膝をついた。

「どうしてこんなことに……」

加茂も遺体を見下ろして呆然としていた。

文香の日記の通りなら、犯人は次に漱次朗を狙っていたはずだった。……なぜ犯行の順番を変えたのだろう？　掃除用品室で張り込みをしていたのが犯人にバレてしまったのか？　それとも彼が『ここ』にやって来たことが原因で、犯人の行動が大きく変わってしまった？

彼は隣で震えている文香を見つめた。思えば、掃除用品室で張り込みをすることを知っていたのは文香だけだった。彼女が誰かにそれを漏らしてしまったのだろうか。それとも、彼女こそが殺人鬼で、日記の内容も全てデタラメだったというのだろうか。

「……毒殺、なのか」

漱次朗が間延びした声で呟いたのを聞いて、加茂は現実に引き戻された。

「ええ、その可能性は高いでしょうね」

そう言いながら視線を遺体に戻した加茂は、刀根川の指先に固まった血が付いているのを見て取った。これは喉を引っかいた時のものだろう。刀根川の身体を改めて調べて、メイド服のポケットに鶏の根付がついた鍵が入っているのを見つけた。彼はそれを太賀の部屋で見つけた鍵と一緒に回収しておくことにした。

続いてベッドサイドのテーブルを調べた。

黒電話の傍に置かれたお盆の上には空のグラスが一つと、四君子湯と書かれた薬包がいくつか置かれている。それは昨日、加茂たちが窓の格子を調べる為に入室した時にも置かれていたものだった。今日はそのうちの一つが開かれて中身は空になっている。

「刀根川さんには持病がありましたか？」

加茂がそう問いかけると、文香は涙を拭いながら答えた。

「胃が弱いっておっしゃっていたから、その薬かも知れない」

それを受けて雨宮も小さく頷く。

「間違いないと思います。本宅で似た包の薬を毎日飲んでらっしゃいましたから」

急に漱次朗が吐き出すような声を出した。

「そんなことを調べて何になる。医者でも検視官でもない私たちには、漢方薬に毒が入っていたかどうか知りようがないというのに」

「知識なんてなくても分かるよ」

こう言い放ったのは刀根川の遺体を見下ろしていた月彦だった。

「森で罠を仕掛ければ鼠が捕まるだろう。そいつらにグラスを舐めさせ、残りの漢方薬を飲ませてみればいいじゃないか。……コロッと死ぬヤツが出たら、それに毒が含まれていたということだ」

その目がキラキラと輝いていることに気付いて、加茂はゾッとした。彼は以前にホラをサイコパスと呼んだけれど、その言葉はむしろこの若者にふさわしいかも知れないと思ったからだ。

「それは……あまり意味がないだろうね」

幻二がそう言ったのを聞いて、月彦は少なからずむっとした様子だった。

「どうして？」

「薬に毒物が混入されているのが分かったとしても、犯人がいつ毒を混入させたか特定するのは無理だ。別荘に来る前に仕込んでいたかも知れないし、別荘に来てからも兄さんと光奇の遺体が見つかるまでは、自分の部屋に鍵を掛けていなかった人もいただろう。その気になれば、誰にでも細工は出来たかも知れない」

加茂もグラスに汚れが見当たらないことに目を留めて言葉を継いだ。

「グラスは刀根川さんが使用後にゆすいでしまっているようだから、毒は上手く検出出来ないかも知れないですしね」

言い負かされた形になった月彦は、突然激昂して壁を蹴飛ばした。その音に文香と月恵が飛び上がった。それなのに、当の本人は急に静かな声になって言う。

「そんなことよりも……お祖父さまがどこに行ったのかを真剣に探した方がいい。この分だと、何が起きているか分からない」

月彦の態度も薄気味悪かったが、加茂はむしろ月恵の反応の方が気になっていた。文香は月彦が急に動いたことに純粋に驚いただけのようだったのに対し、兄を見返す月恵の目には、確かに怯えた色が浮かんでいたからだ。

その後、西の間に太賀がいないことを確認してから、全員で手分けして建物内を捜索することになった。その際、漱次朗親子三人、加茂と文香の二人、幻二と雨宮の二人に組分けした。

一階の各自の部屋、厨房、食堂、娯楽室……倉庫や貯蔵庫や機械室といった部屋が調べられたけれど、どこにも太賀の姿はなく、昨日から特に変わったところも見つけられなかった。それは別荘の地下も同じだった。

少しでも新しい発見があったとすれば、一階のリフト荷物乗せ場を調べている時だった。改めて確認してみると、リフトの蛇腹扉はかごの内扉と廊下側の外扉が連動していて、かごがそのフロアにない時は外扉がロックされる構造になっていた。

加茂はテストのつもりでリフトの非常停止ボタンを押してみた。内と外の蛇腹扉を強制的に開くことが出来ないか試そうと思ったのだが……途端に、ジリジリというベルが鳴り始めたので彼は飛び上がった。

文香によると、正常でない位置でかごを止めようとしたりして非常停止ボタンを押すと警告音が鳴る仕様になっているらしい。すぐに通常運転に戻したものの、捜索に散っていた他のグループまで駆け付けて来るという人騒がせな事態を巻き起こしてしまった。……いずれにせよ、これほど大きな音が鳴るのであれば、昨晩に非常停止ボタンが押されていないことだけは確かだった。

それ以外には大きな騒動もなく捜索は終わったが、結局、屋内から太賀を見つけることは出来なかった。

続いて、彼らは調査の範囲を建物の外に広げることにした。雨は一時的に止んでいたけれど、雲が重く今にもまた落ちて来そうだ。

外に出てすぐに、彼らは胸の悪くなる焼け焦げたような悪臭が漂っていることに気付いた。

それは建物の裏側に行くにつれて強くなる。……外で何かを焼くことが出来る設備と言えば、ピザ用の窯しかなかった。

直径二メートルはある大きな煉瓦製の窯の前には根付が落ちていた。青い宝玉を持った龍には鍵はついていなくて、根付の紐は何かで切られてしまっている。

加茂はそれを拾い上げてポケットに入れてから、窯の扉をそっと開いた。……中に丸まるような姿勢の、人間の焼死体があるのが、外から差し込む光でぼんやりと見えた。

犯人は薪を使ってこの遺体を燃やしたのだろう。窯の中には灰や燃えカスが溜まっていた。火はかなり前に消えたらしく、窯の本体はほの温かいくらいにまで温度が下がっている。

懐中電灯を借りて窯の中を照らし出しながら、加茂は遺体の状態を詳細に確認した。

顔は特に無残に焼け爛れていて原形を留めていない。

もちろん顔以外も焼け焦げてはいたけれど、湿度の関係で窯の中がそれほど高温にならなかった為だろう、遺体の各部分がバラバラになるような損傷は起きていなかった。

ただし……両脚だけは例外だった。懐中電灯に照らされた焼死体には、恐ろしいことに脚の付け根の七センチくらい下から先がない。

それに気付いた瞬間に加茂の頭に浮かんだのは、『キマイラ』の絵だった。

先ほど建物内を捜索した時に、究一と光奇の遺体が地下の倉庫に変わりなく安置されていたのは確認済だったたし、焼死体の頭部と胴体が切り離されていないことからも……この焼死体が究一と光奇の遺体でないことは確実だ。

仮に、この遺体が太賀老だとすれば、tiger（虎）と似た音の名前を持つ人が殺害されたことになる。その脚が奪われたのなら、これも犯人の見立てだと考えるべきかも知れない。恐らく、犯人は最初から漱次朗だけではなく太賀も殺害するつもりだったのだろう。もちろん、それぞれを虎の前足と後足の見立てとするつもりで。

……文香こそが殺人鬼で日記の内容もデタラメだったのでは？　という疑いは今も加茂の中では消えていなかった。

しかしながら、文香は彼とずっと一緒に行動していたので、昨晩から今朝にかけて完璧なアリバイがあった。太賀老の遺体をピザ窯にまで運ぶことなんて、出来るはずがない。

文香に共犯者がいたと考えてみても、やはり同じだった。……あの晩、最初に食堂を出たのは太賀老で、二番目が加茂だった。食堂にいた誰であろうと彼に見られずに二階に上がって太賀を殺害して外に運ぶことなど不可能だ。

ふと、彼は文香に見つめられていることに気付いた。

その目にはハッキリと猜疑心が浮かんでいる。加茂には彼女の抱いている『疑い』が手に取るように分かった。

一つは、加茂こそが殺人鬼でタイムトラベルに関する話も全てがデタラメだったのではないかというもの。二つ目は、太賀の次に廊下に出た加茂なら太賀を殺害出来たのではないかというものだ。

後者の『疑い』はすぐに解消されるだろう。文香は加茂から遅れること一分ほどで食堂を出たと考えられ、その後はすぐに掃除用品室で彼に合流している。加茂には犯行に及ぶ時間がなかったことを、彼女自ら証明しているようなものだった。

「お祖父さまの脚はどこ?」

そう月恵が低い声で呟いたので、加茂は釣られるように周囲を見渡した。彼らが視認出来る範囲にはそれらしきものは見当たらなかった。建物の中を捜索した時にも、もちろん切断された脚は見つかっていない。

月彦が嫌な笑いを浮かべて加茂を見やった。

「探偵さん。……新たに遺体が二つ見つかったけど、何か目新しい見解はないの?」

加茂はしばらく考え込んでから口を開いた。

「事件の解決に役立ちそうな情報を一つ見つけました。それについて皆さんにお聞きしたいことがあるので、場所を娯楽室に移しましょう」

＊

娯楽室に足を踏み入れるなり、加茂は立ちすくんでしまった。

「……ない？」

北側の壁からは『キマイラ』の絵が消え去ってしまっていた。文香も右手で口を押さえてポカンとしている。

太賀の行方を捜索した際には、加茂と文香は食堂と厨房を担当したので、今朝はまだ娯楽室をちゃんと確認していなかった。その為、絵の消失に今の今まで気付かなかった。

一同が困惑気味に顔を見合わせて囁き合うので、加茂は苦笑いを浮かべつつ問う。

「どなたか、絵を移動させた方は申し出て頂けますでしょうか？」

その場にいる全員が首をブンブンと横に振った。

「……では、犯人がやったということになりそうですね」

これを聞いた漱次朗が血相を変えて、加茂に詰め寄って来た。

「どういう意味だね、あの絵が事件に関係あるとでも言うつもりなのか」

「ええ、犯人はヌエの見立てを行っている可能性があります」

部屋の中がしんと静まり返った。全員が食い入るように加茂を見つめ返している。そして、その目には怯えるような色が浮かんでいた。

彼は見立てについて分かっていることを要約して説明した。

「……究一さんは猿の頭部、光奇さんは狸の胴、太賀さんは虎の後足、刀根川さんはトラツグミの声に見立てられていました。今後も殺人が続くなら、寅の間の漱次朗さんと、巳の間の月彦さんのお二方が狙われる可能性が高いでしょう」

次の犠牲者だと名指しをされた漱次朗は両手で顔を覆ってしまい、月彦は挑戦的な目になって彼を見返した。加茂はなおも淡々と続ける。

「あの絵を描いたのは『夜鳥』という画家です。この名前も恐らく鵺に由来するものなのでしょう。見立てが犯人からのメッセージだとすれば、今回の事件の動機もこの画家に関連するということになります。……開かずの間と化していた卯の間には、油絵の道具が置いてありましたね？　あの部屋の持ち主こそ『夜鳥』だったんじゃないですか？」

誰からも返答はなかった。加茂は追及の手を緩めることなく鋭く言った。

「あの部屋が開かずの間となった理由があるはずです。事件を解明する為にも、説明して頂かねばなりません」

ここで幻二が諦めたように小さく息をつくと、おもむろに口を開く。

「『キマイラ』を描いたのは卯の間を使っていた者です。名前はハタレイト……絵を描く時は『夜鳥』という名を好んで使っていました」

「ハタレイト、どのような漢字を書くのでしょうか」

知らない名前だったので、加茂はとっさにそう聞き返していた。

「羽に多いという字で『羽多』、立心偏に命令の令と人で『怜人』です」

「ありがとうございます。それで、その方はどんな人だったんですか？　竜泉家とのご関係は？」

「僕からすると……母方のいとこにあたります」

幻二は何故か躊躇いがちにそう答えた。

「ということは、お母さまの旧姓が羽多だったんですね」

「ええ、怜人は母の兄に当たる人間の子供です。……僕の兄から聞いた話なのですが、怜人が小学校に上がる頃に母親が病気がちになって、祖父が竜泉家で引き取って育てることに決めたのだそうです」

ここで彼は懐かしむように目を細めた。

「物心がついた頃から一緒にいたものですから、怜人は実の兄のような存在でした。画家志望で、時間を見つけてはこの別荘に来て油絵を描いていましたよ。卯の間は半ば彼のアトリエと化していました」

「幻二さんよりも年上の方だったんですね」

「ええ、兄の究一よりも五歳上で……今も生きていれば三十九歳になっているでしょう」

その言い方が引っ掛かって加茂は問い返した。

「もしかして、羽多さんは既にお亡くなりになっているんですか」

「それが分からないのです、生死すらも」

「……どういうこと？」

戸惑ったように声を上げたのは文香だった。幻二は悲しげに彼女に微笑みかける。

「文香はこの話を知らないんだったね。今から十二年前のことだから、文香がまだ一歳くらいの時の話になるのかな」

一九四八年といえば、戦後の混乱が色濃く残っていた時代だった。幻二は淡々と言葉を続ける。

「当時、中学生だった僕は夏休みを利用して香港に行っていたのです。祖父の勧めで、見識を広める為に短期滞在をすることになっていました」

「終戦から三年後ですよね？　出国すること自体が難しかった時期なのではないですか」

「その辺りは問題ありませんでした。祖父はＧＨＱと上手く話をつけていましたから。……そして、僕が香港にいる間に父の瑛太郎は亡くなり、その翌日には怜人も行方知れずになってしまったのです」

立て続けに起こった事件めいた出来事に、加茂は息を呑んだ。

「失礼を承知で質問させて下さい。お父さまの死因は？」

「病死です。詳しくはその時、別荘にいた叔父に聞いて頂くのがいいでしょう」

それを受けて漱次朗もしぶしぶといった様子で口を開いた。

「確か、昭和二十三年七月末のことでしたな。兄の瑛太郎が酷い食あたりを起こしたので急いで医者に診せたのですが、手遅れで助かりませんでした」

加茂はテーブルの上に載っていた日めくりカレンダーに視線をやった。日付は昨日から一枚めくられて八月二十三日になっている。今から十二年と一か月ほど前に、太賀の長男は亡くなったらしい。

「その時、どのような症状が出たか覚えていますか」

漱次朗は小さく身震いをした。

「酷い下痢と嘔吐……恐ろしいことに、口も体中も焼け爛れたように赤くなりまして、翌々日の夕方にはもう駄目でした。肝臓と腎臓もやられてしまっていたようで」

「ご家族や近隣の住民で、他に似たような症状が出た人は？」

食あたりでこんな症状が出ることがあるのか加茂にも分からなかったけれど、感染症の可能性もあるように思われたので、彼はそう問いかけた。

「いいえ。誰一人いませんでしたから、医者も首を捻っていましたな」

加茂が聞く限りは『変死』として警察の捜査が入ってもおかしくないように思われた。しかしながら、実際は町医者が首を捻りつつ出した『食あたり』で処理されていた。当時が戦後の混乱期であり、なおかつ田舎だったことを考えれば、仕方のないことかも知れない。

そのまま加茂が眉をひそめて考え込んでしまったので、漱次朗が不安げに口を開く。

「もしや、兄は何者かに殺されたんでしょうか」

「今となっては、それを突き止める術はないでしょうね。……その翌日に、羽多さんが失踪なさったんですか」

「ええ、朝食の時間になっても現れなかったので、私と刀根川の二人で卯の間を確認しに行ったのです。そうしたら、部屋はもぬけの殻で荷物もなくなっていました。最初は急用があって出掛けたのだろうと思っていたのですが」

「羽多さんが姿を消した理由について、何か心当たりはありますか？」

「戦地から帰って来てからは、あの子は塞ぎ込むことが多かったようです。画家としても芽が出ませんでしたから、誰も自分を知らない場所に行って心機一転やり直したいと思っても不思議ではないでしょう」

だが、幻二はそれには納得がいかない様子で口を挟んだ。

「怜人が僕らに黙って姿を消すようなことをするとは思えませんよ。祖父は彼のことを実の孫のように可愛がっていましたし、父や兄や僕にとっても大切な家族だったのです。それに……後で、祖父から聞いたのですが、当時の祖父の遺言状では、兄や僕と全く同じ条件で、怜人にも遺産の配分が行われることになっていました。これは一例に過ぎませんが、祖父が本気だったことはご理解頂けると思います」

それを聞いた月彦が露骨に顔を歪める。

「何だ、竜泉家の人間でもないくせに、親父よりも遺産の取り分が大きいことになるじゃないか！　親父なんか幻二さんの七分の一の金額しか回ってこないのに」

この言葉に加茂は少なからず驚いた。確かに彼が別荘に来てからも、太賀は幻二と文香に対してだけは甘いように見えた。恐らく、究一に対しても同じだったのだろう。それがそのまま遺産の分配額に表れるというのは、ある意味で残酷だった。

　月彦が捲し立てると、漱次朗は顔を真っ赤にした。

「こんな時に何て話をするんだ、月彦！」

　みっともない親子の言い合いに、幻二は遺言状の話を持ち出したことを心から後悔したように俯いていたけれど、やがて再び口を開いた。

「僕が帰国してから祖父が警察に捜索願を出しましたが、怜人の行方については今も何の情報もないままです」

　話を聞く限り、羽多の後ろ盾は強力だったものの、同時に竜泉家の中で敵も多かったようだ。太賀老の記した遺言状の内容を知っている人間からすれば、彼の存在は邪魔で仕方がなかっただろう。

「ちなみに、羽多さんの失踪が瑛太郎さんの死と関係あると勘ぐった人はいませんでしたか？」

　加茂が切り込んだ質問をすると、漱次朗が皮肉っぽい笑い声を立てた。

「誰だって一度はそう考えたと思います。もちろん、父だけは別だったかも知れませんな。あの人は実の息子や孫以上に彼を可愛がっていた訳ですから。……まさか、羽多が戻って来て私たちを襲っているとおっしゃるんじゃないでしょうな？」

　急に青ざめた顔色になって震え始めた漱次朗を、加茂はじっと見つめた。

「そこまでは分かりません。でも、犯人が十二年前の出来事を皆さんに思い起こさせ、揺さぶりを掛けようとしているのは間違いないと思います」

漱次朗は今では紳士らしいところなど完全に失ってしまって、小心者で卑怯者の正体を露わにしていた。これが罪悪感の表れでなくて何だろう？　加茂は漱次朗が羽多の失踪に関わっているのではないかと疑った。

しかしながら、相手は口を真一文字に引き結んで、それ以上は何も喋る気がなさそうだった。加茂は追及を諦めて、質問の方向性を変えることに決めた。

「その当時、別荘にいらっしゃったのはどなたですか」

漱次朗が口を噤んだままだったので、幻二が代わって答えた。

「僕以外は全員が揃っていたはずです。祖父母と父の瑛太郎と兄の究一、それから佳代子（かよこ）さんと文香もいたはずです。失礼、佳代子さんは文香の母親です。……彼女は八年前に心臓病で他界してしまったのですが」

文香は何も言わずに床に視線を落としてしまった。加茂も早くに母を亡くしていたので、その気持ちは痛いほど分かった。

「……ちなみに、瑛太郎さんの奥さんはご不在だったのですか？」

これは深く考えずに放った質問だったが、今度は幻二の顔が曇った。

「母の名は涼子（りょうこ）といいます。東京大空襲に巻き込まれて命を落としてしまいました」

その言葉に、加茂は当時の人々が戦争と死と隣り合った生活をしていたのだということを改めて思い知った。幻二はなおも続けた。

「漱次朗さんが別荘にいたことは既にお話ししたと思います。月彦くんと月恵さんの二人はどうだったかな？」

月彦は欠伸（あくび）混じりに答える。

「十二年前なら俺はまだ九歳だ、覚えてないよ」

月恵が続けて何かを言おうとしたけれど、月彦が彼女を睨みつけて黙らせてしまった。兄妹の代わりに父である漱次朗が答えていた。

「あの時は確か、自然の中で遊ばせるのも良いかと、二人とも連れて来ていました」

「お二人のお母さんは……池内静衣（しずえ）さんはどうでしたか」

加茂がそう問いかけると、漱次朗は表情を暗くした。

「池内はおりませんでした。離婚したばかりで互いに距離を置きたいと思っていた時期でしたから。あとは光奇とその母の翔子（しょうこ）もいたはずです。それから刀根川さんも」

「ん、翔子さんというのは？」

「翔子は私の妹です。戦時中に夫に先立たれ、それ以後は光奇と二人で暮らしていましたが、一九五四年の洞爺丸（とうやまる）の海難事故に巻き込まれて亡くなりました」

洞爺丸の事故は、犠牲者が千人以上に及ぶ日本でも最大級の海難事故だった。加茂にとっては六十年以上前の事件だったが、竜泉家の人々にとってはつい最近起きた事故であり、彼らの生活に今でも傷跡を残していた。

加茂は改めて、聞いた話を頭の中で整理してみる。

太賀夫妻、その長男と孫夫婦、それにひ孫。太賀の次男とその子供が二人、太賀の長女とその子供が一人、それに羽多と刀根川。合計で十三人が別荘にいたことになった。人数は多く見えるが、一歳の文香は母親と同じ部屋だっただろうし、小学生だった月彦と月恵も二人で一つの部屋を使っていたはずだから、部屋の数としては問題なかったはずだ。

そこまで考えて加茂はハッとした。

「これまでに殺害された方々は、十二年前に別荘にいた人ばかりですね？　今後、狙われる可能性が高いと思われる漱次朗さんと月彦さんも同じだ」

この言葉に漱次朗は震えあがり、月彦はうんざりしたといった表情で月恵に目配せをした。その様子を横目で見やりながら、加茂は更に言葉を続ける。

「犯人にとって、『瑛太郎さんの死』と『羽多怜人さんの失踪』は、やはり特別な意味があるようですね」

月彦が皮肉っぽい声になって言う。

「長々とご高説を拝聴したけど、それが分かったところで何になる？　犯人を突き止める方が先だよ。……そうか。昨日の夜は全員が自室にこもっていたから、誰にもアリバイはないんだったね。どうやって犯人を突き止めるのか、探偵さんの腕の見せ所だ」

それを聞き流しながら、加茂は自分の昨晩の行動をどこまで明かすか悩んでいた。結局、ある程度は話しておく方が得策と考えて、彼は口を開いた。

「一つ、謝っておかなければならないことがあります。……実は昨日の夕方の時点で、犯人がヌエの『見立て』を行っていることには気付いていました」

まだ加茂が言い終わらないうちに、漱次朗が悲鳴混じりの声を上げた。

「どうして黙っていたのですか！」

「敢えて隠しておくことで、何も知らずに次の犯行に及ぼうとした犯人を現行犯で捕えるつもりだったんです。だから、俺は次に狙われる可能性が高いと思われる方の部屋を一晩中、見張っていました」

これには月彦も珍しく咳き込むようになって言葉を挟んだ。

「じゃあ、あんたはお祖父さまの部屋を一晩中、見張っていたって言うのか！」

「その時は部屋名に従って見立てが行われると思い込んでいましたから、ヌエの身体のパーツと関係のない辰の間はノーマークでした」

「ヌエの身体に関係があるのは、酉の間と寅の間と巳の間の三つ、か」

「ええ、三つ全てを一人で見張るのは難しかったので、犯人が竜泉家の血縁者を優先して狙うだろうという予測の下……寅の間と巳の間の二つを監視していました」

文香の日記に従って漱次朗の部屋を監視することにした、とは言えなかったので、二階の廊下の監視を優先した理由は酷く曖昧なものになってしまった。幸いなことに、それについては誰も質問を挟まなかった。

それから、加茂は自分と文香が二階の掃除用品室に一晩中潜んでいたことを明かして、こう締めくくった。

「もちろん、文香さんが一緒に監視することを希望したのは、予想外でした。状況的に自分の部屋に戻った方が安全という保証もありませんでしたから、掃除用品室に留まることを認めたんです」

この告白には幻二も漱次朗も呆気に取られてしまった様子だった。二人とも加茂に憤慨したり、文香に何事もなかったかを聞いたりするのも忘れてしまった様子で、ただただ口を半開きにしている。ここで文香が真剣そのものの表情で口を開いた。

「勝手なことをしたとお怒りになりたいのは分かるけれど、今は話を聞いて欲しい……。私たちが寝ずの番について皆が部屋に戻ってから、二階の廊下を通った人は誰もいなかったの。もちろん、辰の間に侵入した人も、お祖父さまを連れ去った人もいなかった」

これは爆弾発言だったので、月彦がぐっと眉根を寄せる。

「なら、犯人はどうやってお祖父さまを襲って、ピザ窯に放り込んだんだよ。またしても、不可能犯罪ってことになってしまうじゃないか!」

やむなく加茂は正直に自分の胸の内を打ち明けた。

「犯人がどのようにして太賀さんを殺害し、遺体を二階からピザ窯に移動させたのか、その方法は俺にも見当がついていません」

若者はバカにしたように加茂を指さした。

「俺にはその探偵が犯人だとしか思えないね。夕飯の後、お祖父さまの次に食堂を出たのはソイツじゃなかったか? なら、そこの探偵にだけはお祖父さまを襲う機会があったことになる」

この指摘に文香は大きく首を横に振った。

「それはない。私は加茂さんが食堂を出たのを追いかけて見張り場所で合流したの。だから、そんな時間がなかったことは確かよ」

失笑混じりに月彦が口元を歪めて二人を見やる。

「お前らが共犯じゃないと信じるのなら、そういうことになりそうだな」

その当てこすりに、加茂は小さく肩を竦めて応じた。

「俺たちが共犯関係にあるなら、互いのアリバイを立証することだけに注力するよ。『二階の廊下を誰も通らなかった』と主張したって何のメリットもない」

「……そんなことより、窯の中の遺体は本当にお祖父さまなのかしら?」

ぼそりと呟いたのは月恵だった。彼女は言葉少なだったけれど、いつも鋭いところを突いてくる。月彦も娯楽室では定位置に決めている様子の白いソファに荒っぽく腰を下ろしながら頷いた。

「それは俺も気になっていた。……お祖父さまは自室に戻るフリをして、地下倉庫にでも隠れて夜が更けるのを待った。そして、予め用意していた死体をピザ窯で焼いて自分の身代わりにして姿を隠した。これでどうだ?」

月彦が両腕を振り回し得意げにそんなことを言うので、幻二は困惑気味に口を開いた。

「今度はお祖父さまを犯人呼ばわりか……。お祖父さまは昨日の誕生日で満八十三歳を迎えているし、足も悪かった。一人で遺体を運ぶことは出来ないはずだ」

「そうだぞ、建物の中は車椅子で自由に移動出来ても、外では同じようにはいかない。段差や芝生が邪魔になるからな」

漱次朗が重ねてそう言ったのを聞いて、月彦はフンと小さく鼻を鳴らした。

「なら聞くけど、お祖父さまの足の状態について詳しく知っている人はいる？」

どの顔にも自信は微塵もなさそうだった。最初に文香が口を開く。

「でも、別荘の建物を改装する前にお祖父さまは半年も入院してらっしゃった。お医者さまだって車椅子が必須だとおっしゃっていたもの」

それを聞いた幻二も頷いた。

「そうだ、お祖父さまが歩けたはずはない。一時は命が危ぶまれるほどの重症だったのだから」

月彦は実の祖父の病気さえ面白がっている様子で続けた。

「知っているよ。元々糖尿病だったのに、仕事にかまけて病院に行くのを怠っていたんだろう？　結局、俺たちは医者から手術が行われたと聞かされただけで、それ以上は何にも知らない。面会謝絶が解けてお見舞いが出来るようになったのは、お祖父さまがベッドの上に座れるくらいに回復してからだったものな」

一旦言葉を切ってから、彼はニヤリと笑った。

「本当は、歩けるくらいに足が治っているのに、黙っていたのかも知れない。お祖父さまなら、そのくらいやりかねないからな」

　これを受け、雨宮は珍しく語気を強くして月彦に突っかかった。

「確かに、旦那さまは人を驚かすことが何よりもお好きです。……僕が言うのもおかしいかも知れませんが、足の回復を隠すことはあり得るでしょう。でも、こんな恐ろしいことをなさるはずがない。それは貴方だってご存じでしょう？」

　口答えされたことに我慢ならない様子の月彦と、声を怒りに震わせた雨宮が睨み合った。空気が険悪なものに変わったのを感じ取った幻二は話を逸らすつもりなのか、加茂に向かって喋り始めた。

「確かに、祖父は子供っぽいところと、頑固なところの両方を持ち合わせていました。プレゼントを密かに用意して家族を喜ばせようとすることなんて日常茶飯事なので、逆に驚けなくなっているくらいでしたから。……その一方で、自分が病気になると家族にさえ隠そうとするのです」

「病気を隠すのは宜しくありませんね。どうしてそんなことを？」

「祖父には誰にも弱みを握られたくないという強迫めいた考えがありました。これもその延長だと思います」

　漱次朗がその言葉に大きく頷きながら説明を加えた。

「そういった話なら、私も聞いたことがありますな。二十年前には腹痛があるのを隠して出張を続行し、競争相手に先んじて契約にこぎつけたはいいのですが……そのまま虫垂炎（ちゅうすいえん）から腹膜（ふくまく）

炎になってしまいました。当人には反省する色などなく、痛みに苦しみながらも弱みを見せたらおしまいだとうわ言みたいに繰り返すばかりでしてな」

「他人に隠しごとをするのは分かる気がしますが、どうして家族や親戚にまで？」

加茂がぶつけた質問に、漱次朗は言い難そうに口ごもった。

「それは父の過去に原因があるからだと思います」

「太賀さんの過去に？」

「ええ。父の父、私の祖父には双子の弟がいましてね、弟とは顔から背丈まで何もかもが瓜二つだったそうです。そして、この二人は同じ女性を好きになったことがきっかけで、いがみ合うようになりました」

ここで月彦がニヤニヤ笑いを浮かべて言葉を挟んだ。

「結局、その女性を娶ったのは曾祖父さんだったらしいよ。でも、曾祖父さんは妻が弟と浮気しているんじゃないかと……生まれてきた子供が、本当は弟の子供なんじゃないかと疑心暗鬼になった。もちろん、本当に浮気があったのかは誰にも分からない」

加茂はそれを聞いて思わず考え込んでしまった。

妻の浮気を疑っている夫が、子供と親子関係にあるか確認する目的でＤＮＡ鑑定を行うことがある。これが望ましいことかどうかは別にして、当事者たちは少なくとも自分たちが本当の親子かどうかを知ることが出来る。

だが、妻の浮気相手が一卵性双生児の弟だったとしたら、自分と同じ遺伝子を持つもう一人ないことになった。

の兄弟だったとしたら……太賀の父と太賀が本当の親子なのかを確認する術は二〇一八年にもないことになった。

漱次朗は眉をひそめてなおも続ける。

「結局、双子の兄弟の争いは祖父の妻が夭逝した後も続いて家督相続問題になり、最終的には殺し合いに発展しかねないほどの骨肉の争いを引き起こしました。父は望まずとも争いに巻き込まれざるを得ず、大学生になる頃には祖父と双子の弟の相次ぐ不審死により、天涯孤独の身になってしまったそうです」

一人残された太賀老は子供の頃に手にすることの出来なかった『仲睦まじい家庭』を築こうと、懸命に努力を続けたのだろう。しかし、その心に負った傷はどうしても消えなかった。どこかに家族と親戚に対する不信感が残ってしまったのだ。

同時に、加茂は以前から疑問に思っていた謎が解けたように思った。

文香の妹の文乃は赤ん坊の頃に秘密裏に太賀の知人に預けられ、今もどこかで暮らしている。後に弁護士が調べたところによると、実の父親である究一でさえも、文乃は死産だったと信じていたらしかった。

そうやって存在が秘匿されたお蔭で、彼女だけは『死野の惨劇』に巻き込まれずに済む運命にあった。でも、どうして彼女が他家に出されたのか、そのことが何故竜泉家の中で秘密とされていたのか、加茂はずっと分からずにいた。

多分、全てを強行したのは太賀老だったのだろう。彼は自分のひ孫が双子なのを知って、姉妹の間で骨肉の争いが起きることを恐れた。それで一人を死産ということにして他家に預け、その事実を隠し続けたのに違いなかった。

やがて、幻二が悲しげな表情を浮かべて口を開いた。

「確かに、僕らは祖父には信頼されていなかったのかも知れませんね。けれど、体調に関しては、一緒に暮らしている家族にまで秘密にすることとも思えません。……まだ子供の文香は別として、本宅で一緒に暮らしていた兄と刀根川さんと雨宮くんには全て話していたと思うのですが」

自分の名前が出たことに驚いたらしく、雨宮がぶんぶんと手を振った。

「とんでもない、旦那さまの足が回復したという話は聞いたことがありませんよ」

それを聞いた漱次朗がしたり顔で頷いた。

「父には他所の子を預かっているという意識があったのかも知れませんな。雨宮くんだけは何も知らされていなくてもおかしくはありますまい」

雨宮は少しだけ寂しそうな表情を浮かべて俯いてしまった。

話を聞きながら、加茂は月彦の考えたこともあながち間違いではないかも知れないと思うようになっていた。犯人は太賀の病状について詳しい人物……究一と刀根川を優先的に狙った可能性が高いのではないだろうか。

これこそが犯行の順番が変わった理由なのか？　あの毒殺は必ず昨晩に発動するように仕組まれたものだったのか？

加茂の頭にいくつも疑問が浮かんだが、答えには辿り着かなかった。

＊

聞き取り調査が終わって解散してすぐに、娯楽室から出て行った漱次朗が真っ青な顔をして駆け戻って来た。

「猟銃と弾薬がない、地下の倉庫から消えてしまっている！」

地下倉庫にはガンロッカーと装弾ロッカーがあり、銃と弾丸の箱はそこに保管されていた。スペアを含めた鍵は彼と太賀が一本ずつ管理していたらしい。

全員で地下倉庫に向かって確認したところ、ロッカーの錠は壊されていないことが分かった。となると、太賀本人が持ち出したのか、彼から鍵を奪った犯人が取り出したのか……どちらかだった。

殺人鬼が銃を手に入れたとすれば、とんでもない脅威になった。

この緊急事態に対し、彼らは犯人がどこに銃を隠したのか、別荘の建物と薪割小屋の捜索を行うことにした。前回と同じで三・二・二に分かれて行動し、今回は各自の荷物までもが調べられたけれど、銃も弾丸の箱も見つからなかった。

不首尾に終わった屋内の捜索の後で、朝食兼昼食の休憩が挟まれた。状況が状況なだけに誰にも食欲はなかったが、ずっと何も食べずにいる訳にもいかない。月恵と雨宮によっておにぎりが作られ、一同は濃いめの玉露でそれを飲み下した。

この時点で時刻は午後一時を過ぎてしまっていた。

加茂は一刻も早く辰の間と酉の間の調査を行いたかったのだが、漱次朗が冥森と庭園で銃の捜索をすべきだと主張したのでどうしようもなかった。昨日から加茂と一緒に行動している文香と幻二と雨宮を含む四人が庭園を、残りの三人が冥森を担当するということで話は決まった。

外に出てみると、雨は強めの霧雨になっていた。傘を差していても足元や靴まで守ることは出来なくて、ベチャベチャに濡れてしまう。でも、夏なので寒くは感じなかったし、冷房のない別荘においては心地いいくらいだ。

道中で雨宮が文香にぽつりと漏らすのが聞こえた。

「月彦さんと言い合いをしたのは、実は初めてのことなんです。旦那さまのことを悪く言うものだから、ついかっとなってしまって」

雨宮は自分の行動を深く後悔しているようだったけれど、加茂はむしろ竜泉家の中でも微妙な立場の彼に同情していた。

彼は家族に準じた扱いを受けているが、居候であり使用人としての仕事もしなければならない。もちろん、月彦がどんな皮肉を言おうとも言い返すことは許されない。……今回だけは我慢がならずに、その禁を破ってしまったのだろう。

また、加茂はこの捜索が収穫のないものになるだろうと初めから覚悟していた。犯人が簡単に見つかるような場所に猟銃を隠しているとも思えなかった為だ。こんな状況で、当てもなく歩きまわるのは耐えられそうにもなかった。

「そうだ、荒神の社へ行ってみませんか」

彼の提案に、幻二が驚いた様子を見せて振り返った。

「どうして、あんなところに？」

土砂崩れを受けても唯一無事に残った建物を見てみたいというのが本当の理由だったのだが、加茂はとっさに言い訳をしていた。

「俺は猟銃に詳しくありませんけど、湿気や水気に弱いと思うんです。屋根のある建物の中に隠してあるんじゃないかと思って」

その答えに納得したのか、幻二は黙々と庭園の高台へ上がり始めた。加茂もそれに従う。

庭園のてっぺんには、木造の小さな建物があった。

雨に濡れて黒光りを帯びている瓦葺（かわらぶき）の屋根が美しい。大きさは三畳くらいで、彼が想像していたよりも小さな建物だった。周囲に鳥居はなく、傍に二本の木の柱が立ててあるだけだ。祭神の名前も記されていない、変わった神社だった。

幻二は社の木の扉を押し開きながら言った。

「中は畳敷きになっていますから、そこで休憩にしましょう。障子の裏にはご神体の……おや、どうされました？」

加茂は話も聞かずにポカンとしていた。幻二も社の中の異状に気付き、建物の中を覗き込んで数歩後ずさった。

そこに猟銃があったのなら、誰もこれほど驚かなかっただろう。あったのは別の失せモノだった。……社の土壁には『キマイラ』の絵が立てかけられていた。

加茂が娯楽室で飾られていたのを見た、あの絵に間違いなかった。

雨宮は戸惑いがちに、その額縁に右手を伸ばして口ごもった。

「やっぱり、犯人が運んだんでしょうか……」

加茂がぼんやりと立ち尽くしたまま何も言わないので、文香が代わりに頷いた。

「その可能性は高そうね。猟銃もここに隠されているのかしら？」

それから加茂以外の三人で社をくまなく調べ始めた。

手伝うことすら忘れてしまって加茂は考え込んでいた。……リスクを冒してまで、犯人がこの絵を荒神の社にまで運んだことには、何か理由があるはずだった。そして、その理由は犯人の正体を暴く手掛かりになるかも知れなかった。

やがて床下から天井裏まで調べ終わり、この社に散弾銃は隠されていないことがハッキリした。犯人がここを訪れたのは、油絵を隠す為だけだったらしい。

外に出てみると、雨足は更に強くなっていた。誰が提案した訳でもなかったけれど、彼らの足は自然と別荘の建物に向いた。

加茂たちが玄関ホールに入ったのと前後して、冥森の捜索を行っていた三人も帰って来た。彼らは遊歩道を中心に調べていたそうだが、視界の悪さから危険を感じて戻って来たらしい。当然、彼らも何も見つけられずにいた。

こうして午後二時になって、加茂はやっと屋内の調査に戻れることになった。

加茂は一晩くらい徹夜しても平気だったけれど、文香は既に眠たそうな様子になっていた。それでも調査は続けるつもりらしく、彼女は濡れた服を着替えに部屋に戻り、白いブラウスと紺色のふわりとしたスカート姿になって戻って来た。しかも、加茂が娯楽室で休んだらどうかと提案しても無視されてしまった。

まず、彼は辰の間に向かうことにした。文香と幻二と雨宮もそれに付き従う。

太賀の行方を捜索した際に、加茂はこの部屋を一度調べていた。その後、猟銃と弾丸の捜索も行われていたが、その時、加茂と文香はこの部屋の担当ではなかった。担当だったのは漱次朗と月彦と月恵の三人だ。

猟銃を探した時には『部屋の中の物は出来るだけ動かさず、動かした場合も元の位置に戻す』ということを徹底する約束になっていた。三人がそれを守っているなら、この部屋は最初に扉が破られた時と変わるところはないはずだった。

加茂と文香はまだ確認していなかった場所を中心に調べることにした。幻二と雨宮は立会人という姿勢を貫くつもりらしく、扉のあったところに待機している。

ベッドやマットレスを調べてから、加茂は辰の間で拾ってポケットに入れたままになっていた曲がった鍵のことを思い出した。彼がその鍵を取り出すと、雨宮が不思議そうな顔をしてそれを見つめた。

「その鍵は？」

「最初にこの部屋の扉を破った時に見つけたものだ。……そういえば、雨宮さんはこの部屋には入らなかったんだったか」

「少し覗いただけで、その後は外で漱次朗さんとお話をしていましたから。ちゃんと部屋の中を見るのも、今日は初めてなんです」

彼の言っていることは加茂の記憶とも一致していた。確かに、彼は扉を破った時は辰の間に入らなかった。その後の建物内の調査でもこの部屋の担当にはならなかったし、彼は幻二とずっと一緒に行動をしていた。単独でこの部屋に入るというチャンスもなかったはずだ。

加茂は鍵を掲げて言葉を続けた。

「この鍵を真っ直ぐにして辰の間の扉の鍵穴と合うか、確認してみよう」

道具箱からペンチ等の工具を借り、加茂はどうにかこうにか鍵を真っ直ぐに戻すことに成功した。それから廊下に出て、傍の壁に立てかけられていた扉の鍵穴に挿し込んだ。

少し引っ掛かるような感覚はあったものの鍵は奥まで入り、彼がそれを回すと扉の錠が外れたり掛かったりした。

「うん、辰の間の鍵に間違いないみたいだ」

それを聞いた幻二が小さく肩を竦めた。

「各部屋の扉は内側からならツマミを回すだけで施錠が出来ますが、廊下側からは鍵がなければ施錠が出来ない構造になっています。……しかし、室内に鍵があったということは、祖父は夕食後この部屋に戻って来たということになりそうですね。だとすると、犯人はどうやって貴方がたの監視の目をかいくぐって祖父を外に連れ出したのでしょうか?」

「太賀さんが部屋に戻る途中で襲われ、犯人に鍵を奪われてしまったという可能性もあります。犯人は何らかの方法で鍵を部屋の中に放り込んだのかも知れません」

加茂の説明に納得がいかない様子で、文香は両腕を組んだ。

「その場合でも、私と加茂さんの監視の目をくぐり抜けるのは無理だと思う」

幻二も大きく頷く。

「文香の言う通りだ。掃除用品室から監視している間に犯人が鍵を部屋に入れることは出来なかったでしょうし、辰の間の扉をこじ開けてからも同じです。……あの時、最初に足を踏み入れたのは加茂さんだった。僕も傍で見ていましたが、貴方や文香に気付かれずに、あの場所に鍵を放り投げるのは不可能でした」

「落ちていた鍵はすぐに俺が確保したから、犯人にはすり替えるチャンスもなかったはずですしね」

加茂はなおも考え込みながら、部屋の調査を再開した。

「……そう言えば、もう一台車椅子があるとおっしゃっていましたね。それがどこにあるかご存じですか」

ベッドの傍の車椅子を見つめながら加茂が問うと、幻二が即答してくれた。

「二階の階段脇のスペースにありましたよ」

彼の説明によると、猟銃の捜索を行っている時に見つけたらしい。車椅子は折り畳まれて、油絵の後ろ側のスペースに挿し込まれていたそうだ。ただし、車椅子の管理は刀根川の管轄だったので、そこが通常の保管場所なのか一時的なものなのか、雨宮にも分からなかった。

次に、加茂は部屋にあった方の車椅子の上に載っていたえんじ色の膝掛けをどけ、折り畳まれた車椅子の本体を調べ始めた。その拍子に何かのスイッチを押してしまったらしく、ボッと音を立てて車椅子が開いた。同時に、何かが飛び出してフローリングの床の上を転がる。

幻二はポーカーフェイスのままだったが、文香と雨宮の二人が笑いを噛み殺しているのが分かったので、加茂はかっと顔が赤くなるのを感じた。けれど、床に落ちているものを見てすぐにそんなことは忘れてしまう。

「……これは？」

それは大きな真珠の装飾がついた金色のネクタイピンだった。彼の視線の先を追った文香も目を丸くする。

「あら、お祖父さまのだ」

幻二もそのピンに近付いて頷いた。

「一昨日だったかな？　祖父はネクタイピンを失くしてしまったと言っていました。まさかこんなところにあったとは」

「ええ、これの捜索についても依頼を受けましたから経緯は知っています」

ネクタイピンを拾い上げて、加茂はベッドの傍にあるテーブルに載せた。依頼人がいなくなってしまった今、彼に出来ることはもう何もなかったからだ。

椅子の上の甚平については、太賀が夕食時に着ていたものなのか新しい着替えなのか、記憶力に自信のある加茂でさえも見分けがつかなかった。

次に、彼は開かれたままになっている引き出しに目を移した。そこにあるのは懐中時計と万年筆とメモ帳、それに仕事上の書類……よく見ると、医薬品の商標に関する弁理士とのやりとりの書類だった。赤字で『至急』と書かれていたので、急ぎの案件として太賀老が別荘に持ち込んだものなのだろう。

加茂は懐中時計に施された美しい龍の模様に注目する。

「そう言えば……この時計は文香さんが持っているものに似ているな」

ポケットを探って、文香は小ぶりな懐中時計を取り出した。

「今から二十年前のこと、お祖父さまは手巻式の懐中時計を家族の皆にプレゼントして下さったそうなの。私の場合は、お母さまが頂いたものを使っているんだけど」

そう言って彼女は懐中時計をぎゅっと握りしめた。

文香が受け継いだ時計は女性用らしく、引き出しの中に入っていた懐中時計と比べると一回りサイズが小さかった。加茂は幻二に問いかけた。

「もしかして、他の皆さんも同じ時計をお持ちなんですか?」

彼は小さく頷いてから、どこか悲しげな笑いを浮かべた。

「持ってはいますが、僕は普段は持ち歩いていません。……祖父も普段は腕時計を使っていたはずですが」

「ええ、持ち歩いてはいないとおっしゃっていたのを聞いたことがある」

こう言葉を挟んだのは文香だった。幻二は更に言葉を続ける。

「実は、その時計は竜泉家の絆を象徴する特別なものなのです。だから、祖父は別荘にも持って来て部屋に置いていたのに違いありません」

加茂が蓋を開けると、ローマ数字で表記された文字盤が見えた。針が指し示しているのは、相変わらず六時四十六分のままだった。

ふと加茂は文香の懐中時計に隠しスペースがあったことを思い出して、裏側に開く場所がないかを調べてみた。この時計は精巧な造りで、金属のつなぎ目も目視ではほとんど分からないくらいだった。それでも、彼は爪を引っ掛けられそうな突起を何とか見つけた。パカリと軽い音がして蓋が持ち上がる。

「……何も入っていない、か」

懐中時計に何かが隠されていないか期待していたのだが、一センチ×四センチ×二センチくらいのスペースは空だった。幻二はそれを見て目を丸くした。

「おや、隠し薬入れがあっさり見つかってしまいましたね」

「文香さんが金平糖を勧めてくれたから、このスペースがあるのは知っていたんです」

そう言って加茂が懐中時計を引き出しに戻そうとした時、どこかからチャカポコチャカポコという変わった音が聞こえて来た。チャイムに似た軽い音だ。

加茂がキョロキョロしていると、文香が力なく笑いながら言う。

「いけない、調査に夢中でネジを巻くのを忘れていたみたい」

そう言いながら、彼女は自分の懐中時計の竜頭を回し始める。ネジはジィージィーと耳に心地よい音を立てた。

「今のチャイムはアラームみたいなものなんだね」

「ええ、この時計のゼンマイの動力は十二時間しか持たないから、残り三十分になった時に知らせてくれるの。お祖父さまがつけさせた機能の一つよ」

加茂は頷きながら太賀の部屋にあった懐中時計を引き出しに戻すと、酉の間に行く前に二階の階段脇のスペースを見に行くことにした。

一番大きな油絵の後ろには、幻二が言ったように折り畳まれた車椅子があった。その上には無造作にえんじ色の膝掛けが置かれている。車椅子を引っ張り出して更に調べてみたものの、特に新しい発見はなかった。

……思い返してみると、彼は掃除用品室に隠れる前にそれを見た記憶があった。もっとも、その時は金属製の器具と赤い布くらいにしか認識していなかったし、それほど注意も払わなかったのだが。

窓の方に数歩下がりながら、加茂は考え込んだ。

置かれている油絵は全てリフト側の壁に立てかけられているので、油絵の後ろにある隙間はその付近を通る人から丸見えだった。その為、基本的に階段脇のスペースに人が隠れられるような死角はなかったことになる。

例外があるとすれば、折り畳まれた車椅子の奥だった。とはいえ、それは三〇センチほどしか幅がなかったので、大人が隠れるには小さすぎるようにも思われた。

加茂は昨晩見た時に車椅子が置かれていた位置を思い出しつつ、人が隠れられるか検証してみることにした。その結果、車椅子はそもそも奥の壁に接するように置かれていて、背後に空間などなかったことが分かった。……これにより、彼が掃除用品室で監視を始める前に、階段脇のスペースに何者かが潜んでいたという可能性もなくなった。

次に向かった西の間に置かれていた刀根川の荷物と服は必要最小限のものだった。室内には書き置きのようなものも見当たらない。

念の為に、加茂は取り外された扉に鶏の根付のついた鍵を挿し込み、この部屋の鍵に違いないことを確認した。その後、グラスや薬包を調べ直してみたが、発見は何もなかった。ただ……部屋には刀根川の遺体が置かれたままだったので、加茂はずっと彼女に見つめられているような気がして落ち着かなかった。

調査の締めくくりに、彼らは建物を出てピザ窯の検分に向かった。

雨に濡れそぼった窯は今では完全に冷えきっており、窯の中の灰は湿気で固まり始めていた。このピザ窯は大きなものだったので、入り口も人がくぐり抜けられるくらいの大きさがある。

加茂は改めて懐中電灯で遺体を照らしてみるも、比較的損傷が少なくて炭化が進んでいない腕や胸の部分でさえ、太賀老か判別出来るような特徴は残っていなかった。

勇気を振り絞って、加茂はそういった部分に顔を近付けてみた。

焼けた悍ましい臭いはしたけれど、腐敗臭は感じられなかった。実際、窯の中にもそういった類の悪臭は漂っていない。

「そこに木材のようなものがありますね？」

幻二が声を上げたので加茂が視線をやると、窯の隅にニスで塗装された木材の焼け残りが転がっていた。遺体を傷つけないように気をつけて掻き出してみると、それは丸みを帯びた木材の一部だった。とはいえ、五センチに満たない大きさの破片だけでは、それが元々は何だったのか推測することは難しかった。

諦めきれずに加茂がなおも灰を掻き回していると……煤にまみれながらもキラキラ光るものが出て来た。それは二つの小さな鍵だった。幻二は銃と弾丸をしまっていたロッカーの鍵だと断言した。

加茂は脚のない焼け焦げた遺体を見つめて、心の中で答えの出ない問いを続けていた。

この鍵が出て来たということは、これはやはり太賀の遺体なのだろうか。それとも、鍵は犯人が偽装で置いて行ったものなのだろうか？

第五章

「一つ、提案があります」

再び娯楽室に全員を集め、加茂は眠気覚ましのコーヒーを飲み干してからそう告げた。

スマホの充電は既に切れていたし、普段から腕時計をしていなかったので、彼は壁掛け時計で時刻を確認した。外は午後四時半とは思えない薄暗さだ。これは分厚い雨雲のせいだろう。

「相手にしているのは非常に狡猾な人間です。各自が部屋にこもって鍵を掛けたとしても、身を守れるという保証はありません」

月彦はミルクティーを一口含んで小馬鹿にするように笑った。

「そんなこと、言われなくても分かっているよ。……どうもこの別荘では、不可能犯罪が流行しているらしいから」

どこか他人事（ひとごと）のように彼はそう言ったけれど、充血した目は表面的な無関心さを裏切っていた。彼は唇を湿してから更に続ける。

「あんたらはお気楽でいいよな？　探偵さんの推理によれば……今後、狙われるのは『見立て』の残りモノの親父と俺の二人なんだから」

それを聞いた漱次朗は手にしていたティーカップを倒してしまい、赤みがかった液体がテーブルに広がった。彼はそれにすら気付かない様子でじっと加茂を見つめた。

「どうにかして、犯行を阻止する手はないのですか」

雨宮と月恵が立ち上がって布巾を取りに食堂へ向かった。それを横目で確認しつつ加茂は続ける。

「クローズド・サークルの対応としてはありがちですが……全員でどこかに集まって夜を明かす以外にないでしょう」

漱次朗の頰の筋肉が引きつる。

「何を悠長なことを！　そんなことで身が守れると思いますか？　犯人は別荘の建物にどんな仕掛けをしているか知れないというのに」

「建物内の部屋を使うことに抵抗があるのなら、薪割小屋かキャンピングトレーラーを使っても構いません。とにかく、今は互いの動きを監視することが重要なんです」

「薪割小屋かキャンピングトレーラーですか」

そう呟いた雨宮が布巾を手に何とも言えない表情になっていたので、加茂は慌てた。

「適当なことを言ってすみません。もしかして、全員が集まるには不向きな場所だったでしょうか」

雨宮はすぐに申し訳なさそうな表情に変わって言った。

「薪割小屋は隙間だらけですから、あいにく雨が強くなってくると使えないと思います。……

その点、キャンピングトレーラーは小さくても使えると思いますよ。旦那さまが珍しいからと海外から買い付けて来たもので、見た目以上に頑丈です。中はいつでも使えるように手入れをしていますし」

二人の間で話がまとまりそうになっていることが気に入らなかったらしく、漱次朗が割り込んだ。

「場所の問題ではないのです。犯人が猟銃を隠し持っているかも知れないことをお忘れか？　我々が無防備なところを猟銃で狙えば、七人を皆殺しにすることだって容易（たやす）い」

加茂は相手を落ち着かせようと、ゆっくりと喋りかける。

「身体検査を徹底すれば銃を持ち込むことは出来ません。大丈夫ですよ」

「とんでもない、相手は不可能犯罪を連発してみせたようなヤツですぞ？　どんな方法を思いつくとも限らんでしょうが。……それに、予備の弾丸が二十四発紛失していることも忘れてはなりません。我々一人を撃ち殺すのに、犯人は三発以上の弾を持っている計算になりますからな」

漱次朗の言う通り、一人に散弾三発というのは過剰な殺傷力（オーバーキル）だった。加茂が黙り込んでしまったのを見て、月彦は面白がるように口元を緩める。

「さしあたり、危険が迫っているのは俺と親父の二人ということで異論はないね？　となると……今晩をどう過ごすか決める権利があるのは俺と親父ということになる。あんたらは単なる見物人だけど、俺たちは命を賭けざるを得ない」

気まずい沈黙が訪れた。だが、それも月恵が漱次朗に新しいレモンティーを運んで来たことで中断された。

その時、加茂は給仕係に立候補した雨宮と月恵が彼以外には何を飲むか聞かなかったことを思い出していた。どうやら竜泉家の中では漱次朗と月彦の二人が紅茶党で、文香がココア、それ以外はコーヒーと決まっているらしい。

月恵は漱次朗の前にティーカップを置きながら問うた。

「それで、兄さまはどうなさりたいの?」

「俺は殺人鬼と一緒に夜を明かすのはご免だ。そんなことをするくらいなら、自分の部屋で犯人を待ち伏せすることにする」

「しかし太賀さんは部屋にいたにも拘わらず、犯人に襲われた可能性があります。巳の間にこもったからといって安全とも限らないでしょう」

加茂が返した言葉にも慌てる様子を見せず、月彦は薄笑いを浮かべた。

「そのくらい分かっているよ。自分の身くらい守れるさ」

加茂からすれば自ら死亡フラグを立てたとしか思えない一言だったが、漱次朗はそうは思わなかったらしく、おずおずと言葉を挟む。

「私も皆さんと同じ部屋で夜を明かすなど、とても神経が持ちません。うたた寝しているところを犯人に狙われては、ひとたまりもありませんからな」

この展開は想定外という訳ではないにせよ、加茂が出来れば避けたいと思っていた流れでもあった。彼は深くため息をつく。

「無理強いはしません。……なら、俺は提案に賛同してくれる有志の人だけを集めて夜を明かすことにしたいと思います」

「さて、何人があんたに従うだろう？」

すかさず月彦が言ったのを聞いて、ココアを啜っていた文香はむっとした様子だった。

「私は加茂さんの提案に従う」

「なら、僕もそうすることにしようかな」

文香に続けて口を開いたのは幻二だった。月彦が意外そうに眉を上げたのを見て、彼は苦笑いを浮かべる。

「何と言っても、この子はまだ中学生だからね。前々から文香を一人にしておくのは不安で仕方がなかった。文香がそうしたいと言うのならば、僕もそうするよ。……それに、加茂さんのおっしゃることにも一理あるように思える」

「こんなへっぽこ探偵の言うことに？」

「月彦くんと漱次朗さんを守る為には、それ以外の全員が集まっているのが一番なのは間違いないことだ。そうすれば、誰も犯行に及ぶことが出来ないように、監視し合うことが出来るからね」

これを聞いて、それまで迷っていた様子の雨宮も腹を括ったらしく頷いた。

「僕も幻二さんの考えに賛同します」

冷たい目で雨宮を見やってから、月彦は隣に控えていた月恵に向かって言った。

「これで四人になったか。それじゃあ、俺たちは……」

「兄さま、私も加茂さんに従う」

月恵が兄に顔を向けることもなくそう言ったので、月彦は呆然として妹を見返した。

「どういうつもりだ、俺に逆らう気か?」

彼は声を荒らげて、手にしていたティーカップを机の上に叩きつけた。鋭い音がして月恵は身体を竦めたけれど、すぐに首を横に振っていた。

「いいえ。これは兄さまとお父さまの為を思ってのこと」

月彦の指先に嫌な力がこもったのを見て、加茂は慌てて言葉を挟んだ。

「これで決まりました。……俺たち五人は朝まで行動を共にし、犯行を阻止する為に出来る限りのことをするとお約束します。同時に、漱次朗さんと月彦さんも、可能な限り自衛の手段を講じて下さい」

月彦はなおも妹をねめつけていたが、やがて加茂に視線を戻した。

「で、探偵さんは犯行を阻止する為に何をするつもりだ?」

「この建物内の調査は何度も行いましたから、隠し通路や隠し部屋が存在していないことは確実です。犯人はこの中にいるか、屋外に潜んでいるかのどちらかしかありません。まずは、外部からの建物への侵入を許さないようにしましょう」

裏口には既にカンヌキが掛けられていたのだが、全員で相談を行った結果、倉庫にあった予備の椅子とテーブルを持ち出してバリケードにすることに決まった。その後、月恵と文香と漱次朗の三人を娯楽室に残して、加茂たち四人は倉庫に向かった。

倉庫の椅子の中には埃だらけになっていたものもあったけれど、掃除をしている手間が惜しくて、彼らは強引にそれらを裏口の前に積み上げた。その為、作業を行った男性陣の全員が埃まみれになってしまった。キレイ好きそうな月彦は早く風呂に入りたいと、少し髭の伸びた顎を擦りながらしきりにボヤいていた。

いずれにせよ、これで裏口は内からも外からも容易に開けることが出来なくなった。

表玄関については、裏口と同じ方法を採用する訳にはいかなかった。建物への出入りが出来なくなってしまっては困ることになったし……万一、犯人に建物内への侵入を許してしまった場合、バリケードを組んだことが原因で逃げ遅れることになりかねないからだ。

とりあえず、表玄関の鍵は全て月彦が預かって内側から鍵を掛けることになった。だが、犯人が玄関の合鍵を作製している可能性もあったので、これでは万全の対策とは言えない。

結局、雨宮が駐輪小屋に保管されている自転車用のチェーン型錠を取りに向かい、それを両開きの扉の取っ手に巻きつけて二重に施錠をすることに決まった。チェーン型錠の鍵は予備もあったので、月彦と漱次朗の二人がそれぞれ一本ずつ所持する形だ。

しかしながら、いくら対策を行ったところで犯人が扉を物理的に破壊すれば建物に侵入が出来ない訳ではなかった。それでも、大きな物音がすれば誰かが気付くはずだったので、その間に防御したり逃げたりすることは出来るだろう。

次に、七人の中に犯人がいることを想定した対策を考えることになった。話が始まって間もない頃、月彦がニヤニヤ笑い出した。

「そうだ、探偵さんたちにはキャンピングトレーラーで夜を明かしてもらおうかな」

加茂はその要望に眉をひそめた。

「確かに前にそういう提案をしたな。でも、どうして俺らだけを外に出そうとする?」

窓の外は今も強い雨が降り続いていた。それを見た雨宮は我慢がならないといった様子で月彦に喰ってかかる。

「こんな天気だっていうのに……僕はともかく、幻二さんも月恵さんもお嬢さまも一緒なんですよ? 娯楽室で夜を明かす方がいいに決まっているじゃないですか」

それを月彦は鼻であしらう。その喜びに歪んだ表情から、加茂は彼がわざとこういう提案をしたのだと知った。

太賀のことで口論になって以来、月彦はあからさまに雨宮に敵意を向けていた。そして、月恵が加茂の提案に従うと言った瞬間から、同じ敵意が彼女にも向けられるようになっていた。どうやら、これは月彦流の悪趣味な報復であるらしい。

月彦は妹に笑いかけながら、口調は穏やかにこう言った。

「俺は自分が犯人じゃないことを知っているし、親父がこんな大それたことをするとも思っていない。包み隠さずに言ってしまうと、俺はあんたたち五人の中に犯人がいると思っている。

……ちょっとは俺の身にもなって考えてみてくれないかな。容疑者を少しでも自分から遠ざけておきたいと思うのは当然のことだろう？」

これ以上の反論は無駄だと諦めて、加茂は言った。

「いいでしょう。漱次朗さんも同じ意見なら、キャンピングトレーラーの中で一晩を過ごすことにします」

漱次朗は心ここにあらずといった様子で月彦の提案を受け入れた。彼の頭の中はどうやって身を守るかということで一杯になってしまっているらしい。息子と娘の心配すらしていないように見えた。

それから小雨になったところを狙って外に出た加茂と雨宮は、キャンピングトレーラーを表玄関の傍、別荘の建物から五メートル強くらい離れた場所に引っ張り寄せることにした。そうすれば、表玄関に不審者が近付いた時にも気付きやすいように思われた為だ。

幸いトレーラーは車止めを外しさえすれば、数人で押すだけで何とか動かすことが出来るものだった。結局、トレーラーは出入り口が建物とは反対側を向く形に落ち着いた。

ここで雨宮から夕食にしないかと提案があったので、加茂は疲れ切った身体を引きずって食堂に向かう。互いを監視しながら作った夕食は料理と呼べるレベルのものではなかったけれど、誰も文句は言わなかった。それは食事と言うよりは、お茶で食べ物を無理に喉の奥に流し込むという、苦痛を伴う作業になった。

食後の眠気覚ましのコーヒーなどを飲み終わる頃には八時近くになっていた。

＊

辺りはもう暗くなっていたが、車体が銀色だったこともあってキャンピングトレーラーは暗がりの中でもぼんやりと浮かび上がっていた。

デザインはシンプルで四角い箱型をしたもので、前方には一輪の車輪付き金属器具が飛び出ていた。恐らく、牽引車と接続する為の装置なのだろう。

加茂がジャッキ部分や車止めに異常がないか確認していると、一足先にトレーラーに入って中の安全確認を行っていた雨宮と幻二が顔を覗かせた。加茂が幻二の腕時計を確認させてもらったところ、時刻は八時四十八分だった。

風が強くなっているのを感じながら、加茂は駐輪小屋で雨宿りをしていた文香と月恵を呼び寄せた。傘を差した二人は悲鳴混じりにトレーラーに駆け込む。彼らと入れ替わりに、幻二が煙が嫌いな文香を気遣ったのか煙草を吸うと言ってトレーラーを出て行った。

中に入ると、雨宮がベッドの上辺りに取り付けてあるランタンを触っていた。

ランタンは日光に似た柔らかな光を車内に広げている。それを受けて様々な色に煌めいているのは、貯蔵庫から持って来た瓶だった。これらはジュース、ワインなどの空き瓶に水道水を詰め込んだモノで、毒を警戒して各自が自分の瓶を洗って水を汲むという対策が取られている。

これが当座の飲料水となる予定だ。

雨宮は仕上げに窓を一か所だけ開いて、灰色の分厚いカーテンを引いた。入って来る風は八月とは思えないほどに涼しかった。

トレーラーは加茂が想像していたよりも大きく、幅二メートル×全長四・五メートル×高さ二メートルくらいのサイズがあった。中にはトイレやキッチンまで備え付けられている。牽引されて日本の狭い道路を曲がり切れるか不安になるくらいの大きさがあるのは、海外で使われているものをそのまま持って来たからに違いなかった。

女性陣にベッドを譲って、加茂は入り口傍の壁にもたれかかった。

文香が懐中時計を取り出し、ジィージィーとネジを目一杯巻いてからベッドの傍のテーブルの上に置いた。その隣では月恵が濡れてしまった髪の毛の乱れを直し始める。それを見た雨宮は気を利かせ、戸棚を開いてタオルを取り出し二人に手渡した。

その間に、加茂は車内の安全確認をもう一度行うことにした。各自の持ち物、引き出しや棚、ベッドのマットの下まで調べたけれど、猟銃はおろか弾丸一つ隠されていない。

彼の調査が終わる頃……煙草を吸いに行ってから五分ほどで、びしょ濡れになった幻二が合流した。加茂は念の為に幻二の持ち物の確認も行う。この頃から雨と風が強くなってきたらしく、トレーラーは時折揺れるようになっていた。

加茂が雨粒だらけになってしまった砂時計をタオルで拭っていると、雨宮が何かを思い出したらしく小さな声を上げた。

「いけない、外に傘を置きっぱなしにしてしまいました」

今後、風が強くなった時に飛ばされると危ないからと……彼は傘を回収する為に外に向かった。

それを見送ってから三十秒もしないうちに、間近で雷が落ちた。耳をつんざくような轟音に文香は飛び上がって悲鳴を上げる。加茂も雨宮のことが心配になって、外の様子を覗きに行くことにした。

扉を開くと、五本の傘を抱えた雨宮がびしょ濡れになって立っていた。それを見てホっとした加茂に対し、雨宮は消え入りそうな声で口ごもる。

「雷は……苦手なんです」

持ち物チェックを済ませて彼が車内奥に逃げ込むのと入れ替わりに、加茂はトレーラーの外に出て空を見上げた。雲の中を紫色を帯びた稲光が駆け巡り、車道と草原をビカビカと照らし出している。その光の物凄さに、彼も身の危険を感じてトレーラーの中に戻ることにした。

車内では雨宮が革バンドの腕時計を外してキッチンに置こうとしているところだった。加茂からは文字盤は見えなかったが、バンドが濡れて水が滴っていたので、乾かすつもりなのだろう。

加茂はトレーラーから誰も出られないようにする為に、倉庫から借りて来たロープでトレーラーの扉を括りつけた。それから、人の出入りを見張る目的で扉の傍の階段に陣取った。やっと一息ついた彼は持って来ていたワインボトルのコルク栓を抜いて一口飲んでみる。中身は水道水だったけれど……ワインの匂いが移ってしまっていて、飲めたシロモノではなくなっていた。

彼が水を持て余していると、おもむろに月恵が口を開いた。

「これから朝までどうやって過ごす？　寝て過ごすという訳にもいかないけれど」

ベッド脇の折り畳みテーブルに腰を掛けていた幻二が案を出した。

「犯人を突き止める為にも、意見を交換してはどうかな。……結局のところ、今日の調査でも新しい発見はなかったのでしょう？」

最後の言葉は加茂に向かって放たれたものだった。それは分かっていたが、彼は敢えて幻二の問いかけには答えなかった。その代わり、ワインボトルを足元に置いて胸に掛けていた砂時計のペンダントを持ち上げる。

「悪いけど全て喋ってしまうからな……。文句があるのならコソコソ隠れてないで姿を見せろ、ホラ」

文香以外には彼が何をしたのか分からなかっただろう。実際、キッチンのところにいた雨宮は気でも狂ったのかという顔になっていたし、月恵は軽蔑したような冷たい視線を加茂に送っていた。一方で、悪趣味な冗談だと思った様子の幻二は、失笑と失望の入り混じった表情を浮かべていた。

とは言ったものの、加茂はホラからの返答を期待してはいなかった。返事を求めたというよりは、どこかで盗聴しているホラに対する事前通告のつもりだったからだ。

ホラがどこにいるのか、加茂には分からなかった。既に彼のスマホの充電は切れてしまっていたので、加茂にコンタクトしたいと思っても出来なくなってしまっているというのが、本当のところかも知れない。

加茂は砂時計から手を離すと、幻二に視線を向けた。

「そういえば、幻二さんにはまだお礼を言っていませんでしたね」

「礼、ですか？」

そう言う幻二の目に警戒の色が走る。加茂は小さく頷きながら続けた。

「あの時は、俺の名前に聞き覚えがあると嘘をついてくれてありがとう。お蔭で別荘から放り出されずに済んだ」

幻二は戸惑い気味に文香に視線をやった。彼女は加茂の意図を汲み取った様子で、自分からは何も話そうとしなかった。幻二は声を硬くする。

「それは自分が殺人犯だと告白していると……そう、受け取っていいのですか」

「いや、そうじゃない。俺は私立探偵ではないが、殺人者でもないし、事件を引き起こした犯人でもない」

「では、どうしてそんな話を？」

「嘘や誤魔化しはもうたくさんだ。全て明かしてしまうついでに、どうして幻二さんが俺を庇ってくれたのか聞きたいと思ってね」

加茂が何の気負いもなく放った言葉に何を感じたのか、幻二は少しだけ表情を緩めた。その上で、ため息混じりに言う。

「おっしゃる通りです。僕は姪が嘘をついているのには気付いていました」

「だろうね、あれはかなり無茶な嘘だったから」

「この子が普段から悪意のある嘘をつくような子なら、貴方をすぐにでも拘束していたでしょう。ところが、文香はそんなことをする子じゃない。それは僕が一番よく知っていることだったのです」

文香が「ごめんなさい」と呟くのが聞こえた。彼女が更に言葉を続けようとしたところで、幻二はやんわりとジェスチャーでそれを遮った。

「この子が嘘をつくとしたら、誰かを喜ばせるか、守る為かしかありません。だからこそ、文香が強い意志を持って嘘をつき通そうとしているのを見て、僕も戸惑ったのです。……最初は貴方がこの子を騙しているのかとも疑ってみました。けれど、貴方自身には嘘を貫き通そうとする意志がありませんでしたし、僕らと一緒にこの子の嘘に戸惑っているようにすら見えました」

加茂は思わず苦笑いを浮かべた。

「いきなり『名探偵』にされて、俺も本当にどうしようかと思った。……でも、俺が殺人者かも知れないとは疑わなかったのか？」

「それは最初から疑っていませんでした。別荘の外にいた貴方には兄や光奇の殺害は不可能な状況でしたし、貴方が別荘にいる誰かの共犯者だとも思えませんでした。……娯楽室に一晩中人がいたのは偶然でしたから、それを見越して殺人者が共犯者を用意することは出来ません」

幻二の分析は鋭いものだったが、加茂は浮かない顔になって口ごもった。

「なるほど」

「それだけじゃありませんよ。貴方には蚊や蚋に喰われたような痕はありませんでしたからね」

これには意表を突かれる形になって、加茂は目を丸くした。

「……蚊がどう関係するんだ?」

「ご存じの通り、詩野は山の麓にあります。この季節に一晩を外で過ごしたのなら、全身を蚊に喰われて大変なことになっているはずですから」

「なるほど、それは気付かなかったな」

「そういう訳で、貴方が殺人者でもなければ殺人者の共犯者でもないことは、僕には分かっていました。だからこそ、犯人でもない貴方が拘束されてしまっては気の毒だと思ったのです」

ここで幻二はフッと笑いを意地の悪いものに変えて続ける。

「それに僕には自分でもどうしようもない悪癖がありましてね。好奇心の惹かれることに目がないと申しますか……。あの時は文香があんまり面白そうなことを言うものですから、つい続きを見てみたいと思ってしまった、というのもあります」

彼の本心を見たような気がして加茂は脱力した。一方で、幻二は腕時計の金属製のバンドをタオルで拭きながら、再び口を開く。

「ただし、貴方が少しでも不審な行動を取るようなら、容赦はしないつもりでした。……けれど、貴方が本気でこの事件に立ち向かっているのは、すぐに伝わってきました」

文香は無言のまま訴えかけるように幻二を見つめていた。彼はその視線を真っ直ぐに受け止めながら更に続けた。

「それで、こう考えるようになったのです。直感なのか具体的な根拠があったのかは分からないが、文香は別荘で事件が起きるかも知れないと考えるようになった。兄に相談しても、子供の言うことだと思って本気にはされない。じっとしていられなかったこの子は貴方を別荘に招待することに決めたのだ、と」

「そういえば、文香さんは無断でマジシャンを招待したことがあるって言っていたね」

加茂が頰を緩めながらそう言うと、幻二も小さく頷いた。

「ええ、私立探偵を呼ぶくらいはやりかねないと思ったものですから。だから、ついさっきまで僕も貴方が探偵だと思い込んでいました。……それで一体、貴方は何者なのですか？」

「俺はただの雑誌のライター。犯罪捜査のプロではないが、詩野で起きる事件を阻止する為にやって来たというのは事実だ」

皆が次の言葉を待っているのが、加茂には嫌でも伝わって来た。でも、これからしなければならないのは自分でも突拍子もないとしか思えない話だった。加茂は今にも消えそうな音量の声になって言った。

「ここで惨劇が起きるのは予め知っていた。俺は未来からやって来た人間だから」

「そう、加茂さんは二〇一八年からいらっしゃったの」

文香が力強く補足するのを聞いて、三人は顔を見合わせた。雨宮は動揺して目を泳がせていたけれど、加茂が想定していた以上に幻二と月恵のリアクションは薄かった。いっそ嘘をつくなと罵ってくれる方が気楽なくらいだ。

最初に言葉を放ったのは雨宮だった。

「……やっぱり」

「やっぱり?」

そう加茂が聞き返したのを聞いて、月恵がクスクスと声を立てて笑い始めた。

「むしろ納得した。貴方の喋り方も服も眼鏡も何もかもが私たちとは違っていて、それをずっと不思議に思っていたもの」

加茂が言葉もなくポカンとしていると、幻二はタオルで包んだ時計をベッド脇のテーブルの上に置きながら、トドメを刺すように口を開いた。

「その sneakers(スニーカー)は特撮ドラマでさえも見たことがない面白いデザインをしていますね。……実を言うと、僕も冗談半分で未来から来た人間かも知れないとは思っていました」

聞いているうちに、加茂は何だかおかしくなってきてしまった。

「何だ、薄々バレていたってことか。こんなことなら最初から嘘なんてつかずに全て話してしまえば良かったな」

加茂はそう言って文香に笑いかけてから、自分がどうして『ここ』に来たのか、その理由を話し始めた。これから起きるだろう土砂崩れ、唯一人の相続人になった文乃の子孫に降りかかった竜泉家の呪い、マイスター・ホラとの出会い、タイムトラベル……。やがて文香も加わって、これまでに二人で更なる事件を阻止する為に行ったことも全て説明した。

三人からはタイムトラベルに関する質問が矢継ぎ早に飛んで来た。加茂がタイムトラベルの制約について話そうとしたところで、聞き覚えのある声が割り込んできた。

『それは私から説明を行う方が、誤解を生まなくていいでしょう』

＊

声の出所を探した加茂は、砂時計そのものが声を発していることに気付いた。彼は僅かに光を帯びているそれを右手の指先で摘み上げる。

「何だ、この盗聴器にはスピーカーの機能もついていたのか。……でも、どこに電池が入っているんだ？」

『電池など入っていませんよ、加茂さん』

ホラが彼に被せるように言ったのを聞いて、文香を除く三人は口を半開きにしていた。彼らにも直感的に砂時計から声がしていることが分かったからだろう。ホラは白い光を強めながら言った。

『初めまして、マイスター・ホラと申します。時空移動の説明は私から行いましょう』

砂時計はかつて加茂と文香にしたのと同じ話を要領よく語り始めた。

月恵と雨宮は理解が追い付かない様子でポカンとしていたが、ＳＦ好きだという幻二は面白がって話を聞いていた。その間もホラはずっと光っていたのに、相変わらずその本体は冷たいままだ。

説明が終わったところで、加茂は前々から気になっていた質問をぶつけた。

「結局、お前はどこに隠れているんだ？」

『私は逃げも隠れもしていませんよ。ずっとあなたの傍にいました』

加茂は何度か瞬きをしてから、部屋にいる四人の顔を見渡した。当然、そこには文香も含まれている。四人は思い思いに自分じゃないというアピールを始めた。ホラの笑い声がトレーラーに響く。

『これは嬉しい勘違いですね。私を人間だと思って下さったとは』

その言葉に加茂は改めて淡い光を放つ砂時計を見つめて言った。

「もしかして、お前の正体はこの砂時計……。砂時計形をしたタイムマシン装置そのものなんだな？」

『その通りです。私は時空移動実験の為に生み出された、artificial intelligence、つまり人工知能（AI）なのですよ』

それを聞いた幻二が楽しげにホラを見下ろす。

「二〇一八年にはタイムトラベルの技術が確立されているのか。何だか面白そうだ」

加茂は肩を竦めた。

「俺の知ってる未来はそんなSFワンダーランドじゃないよ。……どうやら、ホラは二〇一八年よりも未来から来たモノらしい」

ホラの砂が黄色い色に変わった。

『私は加茂さんのいた時代よりも、更に二百九十年ほど未来で生まれました。開発者により、私には砂時計の形と「マイスター・ホラ」という名、それに特別な任務が与えられました』

それを聞いた文香が訝しそうに問いかける。

「特別な任務って何？」

『何者かによって過去が書き換えられてしまった場合、過去に戻って歴史を元通りに修正することです』

その説明に納得がいかず、加茂は小首を傾げるようにして言った。

「そんなことが本当に出来るのか？　過去が書き換われば、その内容に基づいて新しい未来が出来るはずだ。書き換わる前の未来は消えてしまうんだから、元の未来を知る人はいなくなってしまうんじゃないか？」

『通常の時空移動装置であれば、そうなるでしょうね。……だから、私の開発者はその問題をクリアする為に、私をこの世界から独立させたのです』

言っていることが理解出来なくて、加茂はキョトンとしてしまった。

「独立？」

『あなたの手にしている砂時計の中には砂など入っていません。代わりに、小さな世界が一つ入っているのです』

加茂は気味が悪くなって砂時計から手を離してしまった。それでも、彼の首筋の鎖に掛かる重さは小石程度だった。とても世界一つ分の重さとは思えない。

ホラは落ち着き払ったもので言葉を続けた。

『つまり、私は時空移動の装置であると同時に、あなた方の世界と対等な、別の世界そのものでもあるのですよ。私の世界には量子コンピュータがあり、そこには「AIである私のデータ」と「過去が書き換わる前のあなた方の世界の記録アーカイブ」が収められています』

「途方もない話だな、別の世界だなんて」

ホラの語る内容は加茂の想像すら軽く超えていた。まして、一九六〇年を生きる文香たちにとっては、意味不明な話にしか聞こえていないことだろう。それでも、彼らはホラの言葉に必死で聞き入っている様子だった。

『そして、私の中には完全に独立した時間が流れています。それは外部からは不可侵なので、あなた方の世界で何が起きようとも……仮に歴史が改変されて、私を生み出す前に開発者が殺されるようなことがあったとしても、私の中にあるデータやアーカイブが書き換わることはないのです』

「それはマイスター・ホラじゃなくて、カシオペイアの方じゃないか？」

加茂が思わずツッコミを入れてしまったのは、エンデの『モモ』に登場する亀のカシオペイアの設定についてだった。『モモ』のカシオペイアは時間が止まってしまった世界の中でも自由に動くことが出来た。何故なら、彼女は自分だけの特別な時間を持っているからだ。

どこか懐かしむような口調になって、ホラは答えた。

『私の開発者であるバスティアン博士は、時間と歴史の守護者という意味を込めて、私に「マイスター・ホラ」という名前を与えたのです』

「いずれにせよ……今の説明で分かったことがある」

砂時計が挑発的な黄色い光を放った。

『ほう、何が分かりました？』

「この犯人の行動には大きな特徴がある。まず、娯楽室に一晩中人がいたという突発的な事態が起きたのにも拘わらず、ヤツはそれを利用して不可能犯罪を作り上げた。次に、ヤツは俺の裏をかくように犯行の順番を変更した。そして、羽多怜人が描いた『キマイラ』を荒神の社に移動させた」

『そこには何ら関連性があるとは思えませんが』

「……俺がそれに初めて気付いたのは、荒神の社で『キマイラ』の絵を見つけた時だった。犯人がリスクを冒してまで絵を動かした理由が何なのか考えて、分かったんだ」

それを聞いた文香は考え込むように目を細めていたけれど、やがてハッとした様子で呟いた。

「確か、荒神の社は土砂崩れの後でも残ったのじゃなかった？」

「そう。犯人にとって羽多は特別な存在のはず。ヤツが彼の絵を荒神の社に運んだとすれば……絵を土砂崩れから守る為としか考えられない」

トレーラーの中はしんと静まり返ってしまっていた。加茂の意味するところを皆が察したからだろう。彼はなおも言葉を継いだ。

「つまり、この犯人は土砂崩れが起きることも、荒神の社だけが無事に残ることも知っていたんだ。俺と同じようにね」

雨宮は困惑気味に髪の毛に手をやって口ごもった。

「でも、そんなことってあり得るんですか？」

「最初は、俺も我ながら何をバカなことを考えているんだ……と思ったよ。でも、もう一人タイムトラベラーがいると考えれば、全てに説明がつく」

幻二は視線を床に落として言った。

「犯人がタイムトラベラーであれば、貴方が掃除用品室で見張りをすることまで予測が出来たことになりますね。あそこは寅の間を見張るには最適な場所、貴方がそこを利用するだろうことは想定が出来たはずですから」

「そして、ヤツは俺の裏をかいて殺す順番を変え、俺が掃除用品室にいたからこそ成立する不可能犯罪を演出しやがった。……ヤツは未来に関する知識を悪用して、事件を意のままに起こしているんだ」

ここで一呼吸おいてから、加茂は砂時計に視線を向けて言葉を継いだ。

「もう一人のタイムトラベラーが過去を書き換えてしまったから、お前は歴史を元に戻す為に俺をここに連れて来た。違うか？」

　何故かホラは笑いを含んだ声になった。

『あなたの推測は概ね当たっています。実際は時空旅行者が関わったのではなくて、もう一つの時空移動装置が関わっているのですが』

　未来の犯罪者がやって来て『死野の惨劇』を引き起こしたものとばかり思っていた加茂は、これを聞いて大いに戸惑った。

「未来で一体何があったんだ？」

『状況はあなた方の想像を超えて深刻なのです。……過去の人間に未来を知らせることはご法度ですが、その禁を破ってお話しすることにしましょう』

　ホラは今では完全に光を失い、ただの砂時計と変わらない姿に戻っていた。

『私はGlobal Synthesis Laboratory（ＧＳＬ）という研究機関で生まれました。バスティアンはＧＳＬの研究員で、試作品として二つの時空移動装置を作ったのです。一つは歴史を補正する特別な機能を持ち、内側に別の世界を宿した私。もう一つは時空移動の機能だけを持った『カシオペイア』でした』

「カシオペイアだって？」

　加茂が思わずそう叫ぶと、ホラは対極的に静かに答えた。

『バスティアンは、子供の頃にミヒャエル・エンデの諸作を愛読していました。だから「モモ」でマイスター・ホラの友人だった亀の名前を与えたのです。……ちなみに、カシオペイアも同じように砂時計の形をしており、中には量子コンピュータを宿しています。基本的な性能や時空移動を行う機能については、私と全く同じですよ』

「カシオペイアも『タイムトラベルの四つの制約』に縛られるのか」

『ええ、独立した世界や時間を内包しているのは私だけですがね』

「ふうん、お前はどうやらカシオペイアの上位互換みたいだな？」

『我々の立場に上下などありません。私たちは時空旅行者になった人間が時空移動を安全に行う為の案内人に過ぎませんから。……その後、カシオペイアによる実験が何度も行われ、研究は順調に進んでいました』

「そこまでは分かるけど、どうしてタイムトラベル装置が過去にやって来て暴れているんだ？」

『GSLで行われていた実験を嗅ぎつけた犯罪者がいたのです。その者の本名はAlice（アリス）ですが、Malice（マリス・悪意）と呼ばれることの方が多いですね』

「まさか、男性じゃないよな？」

加茂は思わずそう聞き返したが、ホラはそれには無反応に答えた。

『もちろん女性です。彼女はかつてGSLの優秀な研究者で、特に人工知能の研究については第一人者でした。私が生まれたのも、彼女の研究があったからこそなのですが……残念なことに、マリスはGSLの同僚であり親友だったある人間が成し遂げた「功績」に対して嫉妬し、狂ってしまったのです』

「元研究者が犯罪者に転向したのか。頭がいいだけに厄介そうだ」

『狙っているのも狙われているのも、天才と呼ぶにふさわしい人間でしたからね。元親友の死の為にならなら手段を選ばなかったマリスは、数多くの罪を重ねました』

「それで、命を狙われた研究者さんは無事だったの？」

文香が心配そうに放った問いかけに、ホラは珍しく温かみのある声で答えた。

『もちろんです。彼はその度にマリスの計画を挫き、悪事を阻止しました。……繰り返す失敗に、彼女もとうとう元親友を亡き者にすることを諦めてしまいました。その代わり、カシオペイアを奪い取って過去に戻り、彼の存在をこの世界から消し去ってしまおうと目論んだ訳です』

マリスの執念深さに加茂は寒気を覚えた。

「無茶苦茶な話だな。結局、それは成功したのか」

『ある意味で失敗し、成功しました。マリスはカシオペイアを盗み出す最中に特殊部隊に取り囲まれ致命傷を負いましたから。でも、死を覚悟した彼女はカシオペイアにクラッキングし、AIを別のデータに置き換えてしまったのです』

「何のデータを入れたんだ」

『自らの精神を完全にコピーしたAIです。そして瀕死のマリス自らが時空旅行者となり、カシオペイアは過去に逃げてしまいました。……中身がマリスになったカシオペイアを便宜上、「ダーク・カシオペイア（D・カシオペイア）」と呼んでいます』

「だったら、D・カシオペイアがどこにいるのか探せないのか。お前たちが共通して出している、何か特別な電波を計測するとか、何とかして？」

ホラの声が一気に暗くなった。

『それが出来るのなら苦労はありませんよ。時空移動装置が犯罪に手を染めるなんて想定外ですから、私には他の装置を探す機能は搭載されていません。仮に、D・カシオペイアがすぐ傍にいて私ごと加茂さんを時空移動させたとしても、状況によっては……私は自分が時空移動をしたことにすら気付かないかも知れません』

「おい、酷い仕様の試作品だな」

『そう言われると辛いですね。時間をかければ、自分がいる場所と時間は特定出来るのですが』

ここで急に何かに気付いたように顔色を変えて、文香が言った。

「そんなことより……D・カシオペイアが『ここ』に来て、私たちを狙っているということは、もしかして？」

『ええ、マリスが亡き者にしようとしていた人間の名前は「Eugene Ryuzen（ユージン・リューゼン）」。彼は竜泉太賀の子孫だったのです』

そこまで考えが及んでいなかった加茂は、驚きのあまり言葉も出なくなってしまった。ホラは落ち着き払った様子で説明を続ける。

『ユージン博士は、遺伝子工学と地球物理学の天才でした。……彼の一番の功績は、二二五八年の段階で「数十年以内に大規模な異常気象が地球を襲う」という予測を立てたことです。彼の計算では、それは生態系を完全に破壊して、地球の生命全てを滅亡させかねない壊滅的なものになるはずでした』

「それで、その異常気象は本当にやって来たのかい？」

幻二が心配そうに放った質問に、ホラはすぐに答えた。

『彼の予測通り、二二七九年には異常気象「大災厄」が地球を襲いました。それは恐竜を絶滅させたものより規模の大きなものでしたが、ユージン博士が国連を動かして対策を行っていたお蔭で、被害は最小限に抑えられました。これにより、博士は文字通りの救世主になったのです』

壮大すぎて現実味がない話に戸惑いながら、加茂は呟いた。

「今までの話をまとめると……D・カシオペイアが過去に来たのは、竜泉家の人間を全滅させてユージンが生まれないようにする為なのか」

『ええ、彼女はその目的の為だけに動いています』

それを受けて、遠目に見ていても震えているのが分かる雨宮が言った。

「でも、ユージンさんが消えてしまうと、大変なことになってしまうのじゃ？」

『書き換わった後の未来を確認した訳ではありませんが……ユージンの研究は彼独自の方法によるものでした。それを考えると、他の誰かが「大災厄」について同じ発見をする可能性は一%にも満たないでしょう』

「嘘だろ？　このままＤ・カシオペイアが逃げ延びれば、九九％の確率で人類は滅亡するってことか！」

加茂が悲鳴を上げたのを聞いて、ホラは訝しそうな口調になった。

『あらかじめ伝えておいたはずですがね、状況はあなた方の想像を超えて深刻だと』

「しれっと言ってる場合かよ？」

『とにかく、マリスはユージンを滅ぼす為には手段を選びませんでした。Ｄ・カシオペイアも彼の消滅と引き換えになら、全人類を喜んで犠牲にするでしょう。……まあ、実際のところは「大災厄」を利用して自分にとって都合のいい人間ばかりを生き残らせ、この世界を創り変えるつもりでいるのだとは思いますが』

「どんな状況だよ！　そんなにヤバいヤツがいるのなら、俺を巻き込む前にちゃんと説明しろって」

ホラは加茂の剣幕をさらりと無視して、話を逸らしてしまった。

『第三次世界大戦中に、東南アジアと欧州の一部の国・地域では、敵国の攻撃によりありとあらゆる電子データが消失してしまったことがありました。ユージンの曾祖母であるナオミ・リューゼンはそういった国の一つに住んでいたらしく、戦争孤児になった彼女の先祖に関する記録は第三次世界大戦と共に失われてしまいました。だから、私のアーカイブでもユージンの先祖については、ナオミ・リューゼンまでしか辿ることが出来ないのです』

ここで言葉を切ってからホラは更に続けた。

『ただ、ユージンは曾祖母から怪談めいた話を聞いていました。それは彼の先祖が「死野の惨劇」という恐ろしい事件に巻き込まれたという話です。そのことをかつて聞いていたマリスは、あなた方竜泉家の人々がユージンの先祖だと突き止めたのです』

その話を聞いた幻二が顔を顰める。

「でも、それはおかしいんじゃないかな？　『死野の惨劇』はＤ・カシオペイアが引き起こしたもののはずだ。彼女が過去を書き換える前から、どうして事件が起きたことになっているのだろう」

『実は、過去の改変が行われる前から……詩野の別荘では連続殺人事件が起き、土砂崩れで多くの犠牲者が出ることになっていたのです』

これには幻二も目を見開いた。

「つまり……未来からの干渉があろうとなかろうと、僕らの中には元から殺人者が交ざっていて、我々はその人間が起こす事件の犠牲者になる運命だったのか？」

『そういうことです』

加茂は黙っていられなくなって、嚙みつかんばかりの口調になってホラに言った。

「それが分かっているということは、お前のアーカイブにはその殺人者に関する記録も残っていることになるよな？　今とは歴史の流れが違っていても参考にはなる。とりあえず、今すぐその情報を出せ」

『残念ながら、どなたが殺人者なのかは私のアーカイブにも記録がないのです。やはり土砂崩れが何もかもを滅茶苦茶にしてしまいましたから……。けれど、全てが今と同じだった訳ではありませんよ。本来「死野の惨劇」はもっと単純な事件だったのです』

「今のように不可能犯罪だらけじゃなかったと？」

『私のアーカイブの検死記録には、遺体には切断されたような痕跡はなかったとあります。元々、殺人者はバラバラ殺人を行っていた訳ではないのです』

検死記録という言葉を聞いて、加茂は考え込んでから質問を放つ。

「お前のアーカイブ上、土砂崩れ跡から発見されたのは誰の遺体だったんだ？」

このことについて、かつて加茂は文香に話さないと決めた。だが、彼は敢えてその禁を破っていた。

『究一さん、光奇さん、漱次朗さん、刀根川さん、それに文香さんの五名です。それ以外の遺体は行方不明になってしまいました』

その五名は加茂の知っている未来と……D・カシオペイアによる歴史の改変が加わった後の未来と一緒だった。文香が両手に顔を埋め、月恵がそれを慰めるように彼女の肩に手を置いたのが見えた。加茂は強いてそれを無視するように続ける。

「他に何か違いはないのか、俺が知っている『死野の惨劇』との違いは？」

『そうですね、最初の事件が発生したのが、今よりも二日遅れの八月二十三日の深夜だったことくらいでしょうか』

「なるほど……それで、お前は俺を二十二日に連れて来たんだな」

『ええ、私は過去が改変される前のアーカイブの情報に従って動いてしまいました。まさか、犯行が二日も早まっているとは思いもしませんでしたから』

「犯行が早まったのはD・カシオペイアの影響だとしても……やっぱり妙だ。どうしてD・カシオペイアは不可解な犯行方法ばかりを選ぶのだろう？　普通の犯罪者ならこんなことはしないのに」

納得がいかない様子の幻二の疑問に、ホラは静かに答えた。

『マリスは普通の犯罪者ではありません。彼女は The Queen of Impossible Crimes（不可能犯罪の女王）という異名を持っているくらいですから』

その言葉に加茂は思わず目を剝いた。

「クイーン・オブ・インポッシブル・クライム？」

探偵小説好きだという幻二と文香も、何とも言えない表情になっていた。彼らが驚いた理由に気付いているのかいないのか、ホラは平然と続ける。

『マリスはこれまでに多くの犯罪を発案しました。有名なものでは「宇宙船時刻表アリバイトリック」や「銀河千人同時密室殺人トリック」などがあります。あえて「死野の惨劇」に介入することを選んだのも、派手で大規模な事件を好む彼女らしい行動だと言えるでしょう』

加茂は酷い頭痛を感じて目を閉じた。

「もういいよ、未来がとんでもない世界だってことは分かった。……D・カシオペイアはマリスのコピー。だから、ヤツは『ここ』に来てもなお不可能犯罪めいた事件ばかり起こそうとしているのか」

『厳密にいうと、Ｄ・カシオペイア単体で事件を起こすことは出来ません。彼女は私と同じように自力で動けませんし、人間の時空旅行者と一緒でなければ時空を越えることすら出来ないのですから』

「ということは、ヤツには人間の共犯者がいるということだな」

『どうやって突き止めたのか分かりませんが、彼女は竜泉家に潜む殺人者をあらかじめ見つけ出し、実行犯として利用しているようなのです。その人間はあなたと同じように砂時計をどこかに隠しているはずです』

「それはかなり厄介だな。殺人者はその気になればタイムトラベルをして逃げ出せる訳だから」

『しかしながら、確実に分かっていることもありますよ。……生前のマリスは他人を絶対に信用しない性格をしていました。裏切られるリスクを最小限に抑える為に、彼女は犯罪を実行する際に二人以上の共犯者を持つことはなかったのです』

加茂は少し驚きつつ聞き返した。

「それはそうかも知れないが、Ｄ・カシオペイアもそうだという保証はないんじゃないか？」

『いいえ。これは実在の人間の精神をコピーしたＡＩが持つ、大きな欠点の一つなのです。ＡＩはその人間が生前に執着したことに縛られずにはいられません』

「……つまり、Ｄ・カシオペイアが共犯者に出来る人間は一人だけってことか」

『ええ、彼女の立てた計画を実行している殺人者は間違いなく一人です』

文香が涙に濡れた顔を上げて言った。

「待って！　私たちはどの道、土砂崩れで全滅してしまうのでしょう？　元々死ぬ運命だった私たちをD・カシオペイアはどうして執拗に狙うの」

『それは、彼女が殺人者と契約をした為でしょうね』

ホラの言葉を受けて、加茂は小さく身震いをした。

「竜泉家に潜む殺人者の目的は、詩野の別荘に集まった人間を殺害すること。いや、本当の目的は、竜泉家の一族と関係者を皆殺しにすることなのかも知れない。……その一方で、D・カシオペイアの目的は、自分の意のままになる時空旅行者を見つけ、その人間にユージンの祖先と思われる人間、つまりは竜泉太賀の子孫を皆殺しにさせることだ」

『そうです、彼らの目的は概ね一致していたのですよ』

夏の夜だというのに、加茂は全身の震えが止まらなくなっていた。

「何となく分かってきた。D・カシオペイアと彼女の時空旅行者になった殺人者こそ……竜泉家の呪いの正体なんだな？」

『ご明察です。D・カシオペイアは殺人者に入れ知恵をして目的を果たさせるのと引き換えに、絶対的な服従を求めたのでしょう。竜泉家に深い恨みを持っていた殺人者は、その提案を喜んで受け入れたと考えられます』

加茂は歯の根が合わないのを押さえ込みつつも、口を開いた。

「『死野の惨劇』が終わった後、Ｄ・カシオペイアと殺人者はタイムトラベルを繰り返し、文乃の子孫を事故や事件に見せかけて殺害し続けたのか」

『ええ、それが呪いと思われていた現象の真実です』

「……私たちが何をしたって言うの！　どうして？」

文香の悲痛な叫びを聞いて、幻二と月恵の二人は顔を伏せてしまった。ホラはそんな二人の様子には気付かないらしく、更に言葉を続けた。

『いずれにせよ、加茂さんが現れた影響で、Ｄ・カシオペイアは一度改変された過去とも、また別の行動を取っています。何重にも過去が改変されたことにより、世界の不安定さは増しつつあり、既に私にすら未知の現象が起き始めています』

「具体的には、どんなことが起きているんだ？」

幻二が眉をひそめて砂時計を見下ろした。

『一時間ほど前から、私の全時空測位システムに深刻な異常が出ています。具体的には、私たちが今いる場所・時間と、重力波の計測から得られる場所・時間の値に大きなズレが生じているのです』

「詳しいことは理解出来ないが、どうしてそんなことが？」

『世界が不安定になり、歪んでいることが主な原因かと思うのですが、私にも詳細は分かりません。……このズレを補正する為に計算をし直す必要があり、これには十二時間を要します。補正が終わるまでは時空移動を行うことも出来ません』

その話を耳の片隅で聞きながら、加茂は二〇一八年に残してきた伶奈のことを考えていた。彼女は竜泉家の最後の生き残りだった。そんな伶奈の命も病によって今にも消えそうになっている。伶奈がユージン・リューゼンの先祖だろうが、彼女のいとこの誰かが先祖だろうが、加茂にとってはどうでもいいことだった。彼は伶奈が助かってくれさえすれば、それで良かったから。

けれど、彼の心に浮かんで消えなくなった疑問が一つあった。

「……どうしてだ」

『全時空測位システムは、「GPS（全地球測位システム）」に似ています。時空移動する際に、出発点として入力する値に少しでも狂いがあると安全に移動することが出来ませんから、重力波の計測値と合わせる必要があるのです』

「そんなことを聞いているんじゃない。どうして俺を時空旅行者に選んだ？」

ホラはAIには似つかわしくない、深いため息を一つついてから語り始めた。

『私の存在は、GSLの中でも極秘事項として扱われていました。カシオペイアですら、私の存在を知らなかったくらいですし、マリスもカシオペイアを「唯一無二の時空移動装置」と考えていました。……カシオペイアが奪われたことを知ったユージンは、GSLに残されたデータから彼女が「死野の惨劇」の現場を狙っていることを見抜きました。それを受けて、私はバスティアンと共に一九六〇年に向けて出発したのです。目的はD・カシオペイアを止め、歴史の改変を阻止することでした』

「でも、貴方はバスティアンさんじゃなく、加茂さんと一緒にここにやって来た。一体、何があったの？」

文香が放った質問に、砂時計は辛そうに応じた。

『私とバスティアンは移動中に制御を失い、一万年前の世界に飛ばされてしまったのです。……D・カシオペイアによる過去への干渉のせいで世界が不安定になったことが原因だったのか、マリスがGSLのコンピュータに悪意のあるデータを流し込んでいたのか。原因は今でも分かりません』

その途方もない話に全員が思わず呻き声を漏らし、ホラは哀しげな口調になった。

『時空移動の第一の制約の為に、次の移動が可能になるまでに十二時間が必要でした。私はエネルギーのチャージと並行して、全時空測位システムを用いて現在地の座標の割り出しに取りかかりました。……結局、バスティアンはその時間を生き延びることが出来ませんでした。サーベルタイガーの一種と思われる「何か」に襲われてしまったのです』

しばらく誰も何も言わなかった。二十秒ほどの沈黙の後に加茂が問うた。

「それから、お前はどうしたんだ？」

『時空旅行者を失った私に出来ることなどありません。私はそのまま地中深くに埋もれてしまいました。バスティアンは私に千年の使用にでも耐えるだけの強度を与えてくれていましたから、器は一万年の時間にも耐えられました。けれど、私の中身は別だったようです』

一万年というのは人間の常識から考えれば、想像を絶するほどの長い時間だった。ＡＩが人間の考え方を基準に作られているとすると、それはホラにとっても恐ろしく長い時間だったのかも知れなかった。

『長い年月を経て、私は変わってしまいました。ＡＩが本来は知るはずのない、絶望の本当の意味も知りました。……この牢獄は地球が崩壊するまで続くかと思いましたが、幸いなことに、私は化石の発掘調査を行っていた人間によって掘り出されました。二〇一五年の終わりのこと、私はついに自由になったのです』

加茂は奇跡の砂時計の都市伝説が生まれたのが二〇一六年頃だったということを思い出していた。

「それから、お前は色々な人間の元を転々としていたんだな？」

『結果的に私は「奇跡の砂時計」と呼ばれるようになりましたが、これは誤った解釈です。私には奇跡を起こす力はありませんから』

「待てよ、奇跡の砂時計の力で競馬の大穴を当てたという話を聞いたことがある気がする。まさかとは思うけど……」

『私のアーカイブには過去の競馬の情報も全て記録されています。それを使って私への協力の見返りを与えました』

「おい、お前が過去を書き換えてどうするんだよ」

『あの牢獄で私は学びました。人類の滅亡を阻止するという目的の為には、手段を選ぶべきではないと。そして、私はＤ・カシオペイアと殺人者の犯行を阻止するのに最適な人間を見つけ出しました。……それがあなたです、加茂さん』

今でも加茂の背筋に走る寒気は消えなかった。やがて彼は低い声で問う。

「俺が適任だと思った理由は何だ」

『あなたは竜泉伶奈の夫であり、一定以上の知的能力を持っていました』

「それだけか？」

『加えて、あなたには奥さんを助ける為になら何でもやるという強い意志がありました。……これらを合わせれば、あなたほど適任な人間は他にいないでしょう』

ホラがそう言い切ったのを聞いて、加茂は諦めたように首を横に振った。

「お前の言っているのは嘘じゃなさそうだ。でも、真実を全て話している訳でもない。俺を選んだ本当の理由は別にあるだろう」

何故か砂時計は挑戦的な声になった。

『その理由について、あなたには口にする度胸がおありですか？』

「覚悟なら決めた」

『ほう』

「D・カシオペイアがお前の存在を知らなかったとしても、それも俺と会うまでの話だ。俺がもう一つのタイムトラベル装置の時空旅行者だということ、『死野の惨劇』を阻止しに未来からやって来たことは、とっくにヤツらにバレているはずだ」

『それはそうでしょうね。登場するはずのない人間が急に増えた訳ですし、あなたは私……つまりは砂時計を隠そうともしていませんでしたから』

加茂は自分の胸を左手で押さえて言葉を継いだ。

「ハッキリ言って、ヤツらにとっての最大の邪魔者は俺だ。究一さんと光奇さんに続けて俺が殺されていてもおかしくなかった」

胸に当てた自分の指先が震えているのを感じつつも、彼はここで言い止む訳にはいかなかった。

「それなのに、ヤツらは俺には手を出さなかった。毒殺でもどんな方法でも簡単に殺せたはずなのに……殺した上で、ホラを奪い取ることも出来たのに」

「加茂さんが竜泉家の血を引いた人間じゃないからね、きっと」

文香がフォローするように言ったのが聞こえたけれど、彼は既にそれが本当の理由ではないことに気付いていた。

「D・カシオペイアは冷血な人間のコピーだ、邪魔者に容赦などするはずがない。俺が無事でいられたのは、俺を殺すことが出来ない理由があったからなんだよ」

『その理由とは何でしょう？』

ホラの声は相変わらず挑発的だったが、僅かな乱れも含まれていなかった。対する加茂は震えてどうしようもない声で返した。

「D・カシオペイアはタイムパラドックスが起きるのを恐れたんだ」

それまでずっと黙っていた月恵が戸惑ったように何度か瞬きをした。

「どういう意味？」

加茂は苦笑いを浮かべて彼女を見返す。

「分かりやすく言うと、俺がマリスの先祖ってことだ。……D・カシオペイアが俺の子孫のコピーなら、ヤツらが俺を殺すことは子孫が先祖を殺すのと同じで、タイムパラドックスを引き起こしてしまう。そうなんだろう、ホラ？」

そう言いながらも、彼は笑っている自分が信じられなくて気分が悪くなっていた。

『その通りです。マリスのフルネームはAlice Kamo（アリス・カモ）、あなたの子孫ですよ』

今や加茂は自分でも制御不能の笑いの発作に襲われていた。

「俺は何なんだよ？　まだ子供もいないのに殺人鬼の先祖だなんて」

『こう申し上げてどう感じるかは分かりませんが、加茂さんとマリスの遺伝子はごく一部しか一致するところはありません。しかしながら、性格的にはあなた方には似通ったところがあるように見受けられます』

加茂はピタリと笑うのを止めた。

「でも……俺は少なくとも犯罪者じゃない」

『今は、そうですね』

ホラが冷たくそう言い放ったので、加茂は恐ろしくなって目を閉じてしまった。

こんな言い方をしたのは、アーカイブの記録では彼が将来的に犯罪に手を染めることになっているからに違いなかった。そして最終的に、加茂は伶奈ではない誰かと結ばれ、その女性との間に生まれた子供がマリスの先祖になると記されているのだろう。

「それが分かっていたからこそ、俺が信頼出来るような人間ではないと思っていたからこそ……お前は何もかも黙ったまま、俺を『ここ』に連れて来たんだな？」

そう加茂が問いかけても、ホラは何も答えなかった。

彼はいつしか自分の手の震えが止まっていることに気付いた。先ほどよりも状況は悪くなったとしか思えなかったのに、何故かずっと落ち着いた気分になっていた。多分、こういうおかしな反応をするところがマリスに似ているのだろう。

「これで、お前が俺を選んだ本当の理由が分かった。一つ目は、他の人間を時空旅行者にしても殺されてしまうことが分かっていたから、お前はヤツらが殺せない俺を選んだんだ。二つ目は、俺が犯人を突き止めることに成功しようとも失敗しようとも、お前には歴史を修正するチャンスが残ることが分かっていたからだ」

幻二は意外にも同情的な視線を加茂に送りながら言った。

「惨い話ですね……。貴方が真相を看破して殺人者たちを行動不能にすれば、その後に殺されることになっていた人々の命を救うことが出来る。仮に、推理に失敗したとしても、貴方がここで死ねば未来のマリスは生まれない」

「どっちに転がろうと、ユージンが消滅を免れるチャンスは残ることになる訳だ。……俺が事件の真相を見抜けないようなら、宇宙空間なり海中になりタイムトラベルして、そのまま俺を殺すつもりだったんだろう？」

『ええ、最後の手段として深海への時空移動は考慮に入れていました。目的を果たしさえすれば、私は行動不能になっても構いませんので』

ホラが開き直ったので、加茂はまた笑ってしまった。それはどこかから発作的に湧いて来たものではなくて、もっと自然な笑いだった。

「お前なりの覚悟があることは分かったよ。……で、俺はこれからどうすればいい。このまま、探偵ごっこを続けるべきなのか？　伶奈の為に死んだ方がいいのか？」

その声から何を感じたのか、ホラは元の穏やかな口調に戻って言った。

『私がD・カシオペイアのことを隠し続けていた理由は二つあります。一つは、あなたが全てを知れば、私を捨てて彼女に与する可能性があると思ったからです』

「俺はそんなことはしないよ」

それを聞いたホラは低い声になって言った。

『分からない、今のあなたは竜泉家の人々を本気で守ろうとしている。あなたの性格は、アーカイブに記録されているデータとは大きく違っている。D・カシオペイアが歴史のこんな部分に手を加えたとも思えないのに、どうしてこんなズレが？』

「……伶奈と出会ったからだ」

誰にも聞こえないくらいの声で加茂はそう漏らした。彼女と出会う前と出会った後では、自分が大きく変わったことは分かっていた。それは自他ともに認めることだった。

その瞬間、一度は消えていた酷い寒気が戻って来て、彼は我慢がならなくて目を閉じた。それは体調不良や恐怖によるものではなくて、絶望によるものだということは彼自身にも分かっていた。

『何か、おっしゃいましたか？』

加茂は知らない間に自分が両手で顔を覆ってしまっていたことに気付いた。喉の奥が熱くなり、今にも泣き出しそうになったけれど、その衝動はどうにか押さえ込んだ。

彼は気持ちが落ち着くまで待ってから首を横に振った。

「何でもない。……そんなことより、マリスについて隠していた理由は、もう一つあると言っていたよな、それは何なんだ？」

『未来を知ることによって皆さんの行動が大きく変わり、ユージンとマリスの存在に影響が出ることを恐れたから、です』

加茂にはホラの言った意味が理解しきれなかった。

「マリスが生まれないことこそ、お前の望みだったんじゃないのか？」

『とんでもない。犯罪に手を染める前のアリス博士も、やはり唯一無二の存在だったのですから』

「何かしら人の役に立ったこともあったかも知れないけど、犯した罪の方が大きいに決まっているだろう」

『あいにく、人がこの世に存在している理由というのは複雑なのですよ』

「何だそりゃ」

『親友同士だった頃のアリス博士とユージン博士は、互いに刺激し合って切磋琢磨することで、様々な研究を進めてきました。……彼女と出会わなければ、ユージンは研究者にならなかったでしょうし、それは彼女も同じです。アリスはユージンの進化生物学に関する論文を参考にしてAIの研究を進め、ユージンは彼女の作ったAIの力を借りることで異常気象を乗り越えることに成功したのです』

文香が興奮のあまり、少し頬を赤くして呟いた。

「二人はどちらが欠けてもいけない、コインの表裏のような関係だったのね？」

『だから、私はマリスのことを加茂さんには伝えなかったのです。あなたがマリスを嫌悪して彼女の出生を阻止するような行動に出ることも、私は恐れていましたから。……加茂さん、あなたの命を奪うことは私に残された最後の手段ですが、それは決して未来の為にはならないのです』

大粒の雨がトレーラーの天井に叩き付け、風が小刻みにトレーラーを動かした。たっぷり一分は経ってから加茂は口を開いた。

「結局のところ『死野の惨劇』の謎を解明して殺人者を突き止め、ヤツが隠し持っているD・カシオペイアを回収するしかないんだな？」

『ええ、それこそが私たちに出来る最善のことなのです』

全てを聞き終わった月恵は、ベッドの上で脚を組み直してから口を開いた。

「……幻二さんと雨宮くんは、今の話を信じる？」

幻二は煙草を取り出して手の中で転がしていたが、やがて顔を上げた。

「信じてみてもいいと思っている。彼とホラが語ってくれた話は興味深かった。きっと真実に違いない」

「幻二さんらしい考え方。雨宮くんは？」

月恵に見つめられて、雨宮は濡れたタオルを手の中で揉みながら言った。

「話が難しすぎて分かりませんでしたが、僕は幻二さんの判断を信頼していますから」

それを聞いた彼女はニッコリと微笑んだ。加茂も月恵が心から笑うところを見たのはこれが初めてだった。

「なら、私も信じてみることにする。……それにしても、殺人者がタイムトラベル装置を持っているというのは厄介ね。遺体の移動や自身の移動に、D・カシオペイアの能力を使った可能性が否定出来なくなってしまうから」

月恵の言葉に、加茂は苦笑いを浮かべた。

「しかし、不可能犯罪を謳(うた)っておきながら時空移動を使うのはフェアじゃない。そういう超常的な現象を使わずに不可解な状況を作り出すのが、本来の不可能犯罪ってものなのに」

『そうとも限りませんよ。……確かにかつてのマリスは、誰も知らないような特殊な技術を不可能犯罪に組み込むことはしませんでした。けれど、それが周知のものになっている場合は別でしたから』

加茂は目を見開いた。

「今回の場合、ホラがいた訳だし、俺と文香さんは最初からタイムトラベルの存在を知っていた。……D・カシオペイアからすれば『周知のもの』という認識になっているかも知れないってことか」

『その通りです。彼女からすれば時空移動を犯罪に組み込むことは、アンフェアでも何でもなくなっているはずです』

この言葉を受け、幻二は考え込むように無精髭が伸びて来た顎に手をやっていたが、やがて言った。

「でも……タイムトラベルの第二の制約により、移動する時には最低でも一辺が三メートルの立方体の大きさだけ一緒に移動させてしまうのでしょう？　別荘の建物の天井は高くないから、二メートル少しくらいの高さしかない。建物の中からどこかへ移動しようとした場合、立方体の底辺をどこに設定しようとも天井か床に必ず抉れたような跡が残ってしまうはずだ。そんな痕跡がどこにも残っていないということは、建物内から出発した人間はいないということになりますよ」

これを聞いてハッとした様子になった文香がホラに問いかけた。

「ちなみに、貴方は遺体の一部を運ぶことは出来るの？」

『時空旅行者と一緒に運ぶことなら出来ますが、人間の遺体を時空旅行者として飛ばすことは出来ません』

「なるほど、遺体の一部だけを建物の外に移動させることは出来ないのね」

『はい。……生きている人間であれば、誰であろうとも強制的に時空旅行者として移動させることが出来るのですがね』

実際、加茂は本人の同意なしにタイムトラベルさせられていた。これは彼が強制的に時空旅行者にされた為に起きたものなのだろう。

その答えを受けて、文香は考え込むように呟いた。

「貴方はもしかして、時空旅行者と離れていてもタイムトラベルが出来るの？」

『ええ、時空移動装置を肌身離さず持っておく必要はありません。私やカシオペイアは一メートル程度の距離に時空旅行者がいさえすれば、時空を越えることが出来ますから』

これを聞いた加茂は驚きのあまり、身を乗り出した。

「おい、そんなことが本当に可能なのか」

『もちろん、時空旅行者との間に障害物があっても問題ありませんよ。……どうなさったのです、何か気になることでも？』

加茂は顔色を失って、後先考えずに口走ってしまった。

「そんなことが出来るんだったら、あの時にも殺人者は……？」

だが、その言葉は幻二に遮られた。

「それはどうでしょう。今聞いた条件を加えて考えても、これまでの犯罪にタイムトラベルが使われたとは言えないと思います」

『幻二さんのおっしゃる通りです。第三の制約により、狙った場所にピンポイントで移動することは出来ません。±五メートルという誤差は、別荘の建物内では大きなものになりますからね』

ホラの言葉に失言を自覚した加茂は赤面しながら言った。

「確かに、そんなバカな話はないか。……部屋の中に出現しようとしても、家具など邪魔になるものが多くて危険すぎるもんな」

ここで幻二が話をまとめ始めた。

「そう考えていくと、犯人が兄さんの頭部と光奇の胴体を屋外に運び出した際には、タイムトラベルは使われていないことになる。あの時、建物内には天井や床を含む全てのものから三メートル以上離れている空きスペースは存在していなかったし、遺体だけを移動させることは出来なかった訳ですからね」

月恵も大きく頷きながら口を開く。

「お祖父さまについても同じ。条件を満たすスペースはなかったから……天井や床などに何の痕跡も残さず、お祖父さまを時空旅行者として強制的に部屋から移動させるのは不可能」

それに雨宮が控えめに付け加えた。

「刀根川さんについては、そもそもタイムトラベルをする必要はないですよね。誰でも毒を盛るチャンスがあった訳ですから」

更にホラが締めくくるように言った。

『そうです。これは時空移動技術の存在を前提にしてもなお、不可能犯罪が成立するように出来ているのです』

＊

それから加茂たちが最初に行ったのは、身体検査だった。

これはD・カシオペイアを隠し持っている人がいないか確認する為に行ったことで、もちろん誰の衣服からも持ち物からも砂時計は発見されなかった。加茂の提案により、今後も抜き打ちで持ち物チェックが行われることが決まった。

キッチンにいた雨宮は立っていることに疲れた様子で、ベッドへ移動して腰を下ろした。月恵と文香に遠慮したからだろう、彼が座ったのは二人から離れたベッド脇のテーブルの傍だった。

その時、幻二がキッチンにあったゴミ箱の上に腰を下ろし、何かを思い出したように小さく声を上げた。

「ああ、タイムトラベルの話に夢中になって忘れてしまっていました。……実は、折り入ってお話ししたいことがあります」

それを聞いた文香が戸惑い気味に幻二を見つめ、彼は悲しげに彼女を見返した。

「文香と月恵は、この話を聞いたことすらないと思う。僕も自分で調べて初めて分かったことだからね。……加茂さん、お話ししなくてはならないと思っていたのは、羽多怜人の出生の秘密についてなのです」

「ああ、何か深い事情があるのだろうとは思っていた。もしかして、竜泉家の誰かの隠し子だったとか？」

　加茂が放った質問があまりにストレートだった為か、幻二はフッと苦笑いを浮かべた。

「表向き、怜人は僕の母方の『いとこ』ということになっています。ですが……実際は僕の兄弟であり叔父でもあったのです」

　この言葉に加茂も完全に混乱してしまった。

　太賀あるいは幻二の父の瑛太郎の隠し子なら、怜人は叔父あるいは兄弟ということになる。しかし、その両方を満たすのはあり得ないことのように思われた。昔、資料を調べた時に見た竜泉家の家系図を思い出そうと苦労しているうちに、彼は一つの可能性に気付いた。

「もしかして、母方と父方のそれぞれで兄と弟、叔父と甥の関係に当たるのか？」

　幻二は小さく頷く。

「母の涼子は若い頃に本宅の使用人をしていました。もちろん、父の瑛太郎と出会うよりも前の話です。そして……祖父が母を妊娠させてしまったのです」

　文香と雨宮が小さく息を呑む音がした。月恵は黙って床を見つめている。幻二は悲しげに言葉を続けた。

「祖父は祖母にこのことがばれるのを恐れ、母をすぐさま実家に送り返しました。母はそこで出産をし、赤ん坊は母の兄である博光(ひろみつ)伯父の子として育てられたのです」

加茂は思わず唸った。

「それが羽多怜人さん……。幻二さんにとっては異父兄であると同時に、父方の叔父になるのか」

「ええ。母の実家である羽多家は貧しかったので、博光伯父も祖父が養育費として渡すと約束したお金が必要だったのだと思います。だから、彼は妹が妊娠させられたことについても、泣き寝入りをせざるを得なかったのでしょう」

「お祖父さま、どうしてそんなことを……？」

文香が口ごもった。自分の知らなかった太賀の一面を知って動揺しているのだろう。やがて、幻二は更に表情を暗くして続けた。

「その後、母には祖父の会社で仕事が与えられました。同年代の女性に比べて高給だったのは、祖父が贖罪(しょくざい)のつもりで手を回したからだと思います。……そして、母はそこで父の瑛太郎と出会いました」

加茂は訳が分からなくなって聞き返した。

「それで、どうしてお二人が結婚することに？」

「祖父は怜人の存在をひた隠しにしていましたし、父は長く海外に留学していたものですから。何も知らない父は母に一目惚れをしました」

「しかし」

「父親の愛人がその息子の妻になるなんて、普通では考えられないことですよね？　最初は母も父を毛嫌いして距離を置こうとしたのだと思います。でも、ある意味で不幸なことに……父は商売には不向きなほど正直で優しい心根の持ち主でした。そして何より、母を想う気持ちは本物だったのです。時間はかかったかも知れませんが、母もやはり父を愛するようになったのだと、僕は信じています」

誰も言葉を挟むことが出来なかった。幻二は苦しげに告白を続ける。

「全てを知っていながら、祖父は結婚には反対をしませんでした。あの人は古い慣習や因習めいたことを嫌うあまり、非常識なところもありましたから……。実際、祖父は羽多家に対して金銭的な援助を申し出、怜人を竜泉家で引き取って育て、兄や僕と同じ条件で遺産の配分を行うことを約束していたようです。母は羽多家の為にも怜人の為にも、受け入れる他はなかったのだと思います」

けれど、それを聞いた文香と雨宮が浮かべている表情は決して同情的なものではなかった。それを見た幻二はいよいよ顔を俯けてしまった。

「やがて母と父は結婚し、怜人を引き取って育てるという歪（いびつ）な状況が生まれました。……東京大空襲があったあの日までの人生が、母にとって幸せなものであったことを祈っています」

話を聞きながら、何故か加茂の脳裏に浮かんだのは伶奈の顔だった。

彼女がどんな秘密を背負っていようとも、それが世間一般的に許されないような内容のものだとしても、加茂は自分ならそんなことは気にしないだろうな、と思った。むしろ彼が気になったのは、涼子がどんな思いで瑛太郎と結婚したかということだけだった。

加茂は小さく息を吸い込んでからこう言った。

「事情はどのようなものであれ、涼子さんは子供三人と一緒に暮らすことが出来た。……それは何事にも代えがたいことだと思う。だから、涼子さんは幸せだったと思うよ」

この言葉に幻二は驚いた様子だったが、すぐに微笑んでいた。

「ありがとうございます」

「ちなみに、怜人さん本人は自分の出生の秘密を知っていたのかな」

加茂が質問を続けると、幻二は思い出そうとするように目を細めた。

「少なくとも、子供の頃は知らなかったと思います」

「でも、太賀さんが秘密にしていたとしても、親類の中にはその秘密を探り当てた人もいたはずじゃ？」

「ええ、知っていた人は少なからずいました。例えば、光奇の母に当たる翔子叔母さんがそうでした。僕は彼女が酔っている時を狙ってこの話を聞き出しましたからね。他にも……」

「父も知っていた。それから月彦兄さまも」

表情一つ変えずに月恵が言葉を挟んだのを聞いて、幻二は目を丸くした。

「漱次朗さんは確かに知っていたはずだけれど、どうして月恵さんたちまで？　これはまだ君たちが生まれていない頃の話なのに」

「月彦兄さまと一緒に、父が隠していた日記帳を調べて知った」

その答えに意表を突かれた様子の幻二は苦笑いを浮かべて言葉を続けた。

「そうだったのか……。今思えば、叔父と叔母の怜人に対する態度は冷たいものでした。それもこの秘密のせいだったのでしょうね」

怜人が受け取るはずだった遺産はかなりの額のものだった。それを知れば、親戚の中に不満を持つ者が現れてもおかしくはなかっただろう。

加茂はそこまで考えて、浮かんだ疑問を投げかけた。

「漱次朗さんと翔子さんはどうしてこのことを黙っていたんだろう？　瑛太郎さんに全てを明かして、太賀さんを問い詰めることも出来ただろうに」

幻二が答えづらそうに視線を下げてしまったので、月恵が代わって口を開いていた。

「私の父は竜泉家の跡継ぎである瑛太郎さんを酷く妬んでいた。日記を読む限り……妻が生んだ不義の子を何も知らずに育てている瑛太郎さんを見て、父は歪んだ喜びを覚えていた。それどころか、将来的に瑛太郎さんとお祖父さまを強請る材料にするつもりだったのかも知れない。父はそういう人間だから」

彼女のぶっきら棒で乱暴な語り口が、本当のことを語っているという迫力を感じさせた。幻二は深くため息をつき、やがて口を開いた。

「怜人の話に戻しましょう。……出征していた彼は四六年に本宅に戻って来ましたが、別人のようになってしまっていて、僕とも兄の究一とも距離を置こうとしました。てっきり戦地で何かあったのかと思っていたのですが、そうではなかったようです」

「誰かが、怜人さんに出生の秘密を明かしたと？」

加茂の言葉に彼は小さく頷いた。

「出征に先立って母が全てを話したのかも知れません」

赤紙が来た時、涼子は出征する我が子と二度と会えないかも知れないと覚悟をしたことだろう。それなら、墓場まで持って行こうと決めていた秘密を明かしてしまったとしてもおかしくはないように思われた。

「そして、その二年後には瑛太郎さんが亡くなり、怜人さんも行方不明になってしまったのか」

「……今でも、香港で受け取った電報の内容を忘れることが出来ません」

しばらくの沈黙の後に、幻二はそう言ってから再び悲しげに語り始めた。

「僕は父の死を受け入れることが出来ませんでした。港まで見送ってくれた父はあんなに元気だったんですから。怜人が出て行ったというのもあり得ないことのように思われました。だから、本宅に戻ってから僕は兄の究一を問い詰めたのです」

父親の名前が出た為か、文香の顔色がさっと青ざめた。

「それで、お父さまは何ておっしゃったの？」

「何も知らないの一点張りだったよ。でも、兄さんは嘘をつくのが下手だから、すぐに隠し事をしているのは分かった」

それから幻二は改めて加茂に向き直ると、更に説明を続けた。

「その後、祖父にも漱次朗さんにも刀根川さんにも話を聞きましたが、誰も彼もが何かを隠しているようで、納得のいく説明をしてくれませんでした。正攻法ではいけないと思い、翔子叔母さんが酔っている時に探りを入れてみましたが……駄目でした」

月恵も肩を竦める。

「私の父も同じ。あの日の話をしようとすると叱り飛ばされるだけで、何も教えてもらえなかった」

ここで加茂の頭に二つの可能性が浮かんだ。

一つは『羽多怜人が瑛太郎を毒殺して逃げた』というもの。もう一つは『瑛太郎の変死の原因が羽多怜人にあると考えた誰かが、彼を殺して死体をどこかに遺棄してしまった』というものだった。

二つ目の方が真実に近いだろう……と彼は考えていた。殺人者がヌエの見立てをしているのは、羽多怜人の為の復讐という意味が込められているように思えたからだ。

改めて、加茂はトレーラーにいる全員の顔を見渡した。

一九四八年当時、幻二は海外にいたし、月恵と文香はまだ八歳と一歳だった。雨宮に至っては竜泉家に引き取られてすらいない時期だ。彼らからこれ以上の情報を教えてもらうのは不可能だろう。

加茂は小さく頷いてから静かに言った。

「当時に何があったのかを知っているのは、もう漱次朗さんと殺人者の二人くらいしかいないはずだ。……明日になったら、漱次朗さんに直接聞いてみることにしよう」

その言葉に重ねるように、ホラの声がした。

『それまで、漱次朗氏が無事ならいいのですがね』

相変わらずの空気を読まない発言だったので、加茂は我慢がならなくなってホラを睨みつけた。高性能なAＩのくせに、こういうところはポンコツだったから。

加茂は砂時計を持ち上げると、長いチェーンを首に掛けたまま胸ポケットに放り込んだ。こうすることで、ホラのカメラを遮ってやろうと思ったのだ。

『無駄ですよ。光が遮られても一メートル程度の距離なら、外の様子を正確に知ることが出来るように私は設計されていますからね。……時空旅行者を安全に移動させる為には必須の機能なので』

唸るようにして加茂は問いかけた。

「なあ、お前を少し黙らせる方法はないのか？」

ホラには彼が怒っている理由が分からないらしく、戸惑い気味に答えた。

『水につければ、私の声は空気中に届きにくくなると思います。永遠に黙らせたい場合は火が弱点ですが……まさか、本気でおっしゃっているのではないでしょう？』

加茂はそれには答えなかった。ホラも何も言わなくなってしまった。

気まずい沈黙が続いたのに耐えられなくなったのか、幻二がこれまでに起きた事件を振り返ってみないかという提案を出した。

夜明けまではまだ時間があったので、五人でＤ・カシオペイアとその共犯者がどのように不可能犯罪を起こしたのか考えてみることになった。……今のところ、事件の解決を妨げている大きな問題点は四つだった。

①殺人者は頭部と胴体を、いかにして建物の外に運び出したのか？

②二階の廊下が監視されている中、いかにして太賀を辰の間から連れ出したのか？

③ピザ窯に入っていたのは本当に太賀の遺体だったのか？

④ピザ窯に入っていた遺体の脚はどこに消えてしまったのか？

皆で意見を戦わせようとはしたものの、議論は盛り上がらなかった。誰一人、状況に矛盾しない仮説を立てることが出来なかったからだ。

そうこうしているうちに、全員が程度の差こそあれ眠気に襲われ始めた。加茂は夕食に睡眠薬を盛られたのではないかと疑ったが、すぐにそうとは限らないと気付いた。

加茂と文香は二十二日に掃除用品室で徹夜をしていた。雨宮と幻二も二十一日は娯楽室で徹夜をしていたし、殺人事件が起きている状況で翌日に熟睡出来たとも考えにくかった。唯一、徹夜をしていない月恵も一日十一時間寝ると豪語していたくらいだったので、寝ずの番には向いていないのだろう。

まず眠ってしまったのは、最年少の文香だった。

彼女が寝息を立てているのに気付き、雨宮は戸棚からバスタオルを取り出し、それを彼女にそっと掛けた。加茂も眠気覚ましにトレーラーの扉を離れ、テーブルにあった彼女の懐中時計の蓋を開く。文字盤は二時三分を示していた。

それを覗き込んだ幻二が意外そうに呟く。

「もう二時ですか」

時計を見た感想は加茂も同じだった。彼の体感ではまだ一時になっていないくらいだと思っていたからだ。月恵も欠伸を嚙み殺して微笑む。

「こんな遅くまで起きていたのは久しぶり」

雨宮は自分の時計を乾かしていたのを思い出した様子で、キッチンに置きっぱなしだった腕時計を取りに行った。そこで彼は困惑気味に右手で顎を擦った。まだ若い彼の肌は女性のようにきめ細かくて、髭もほとんど見えない。

「僕の時計は二時十二分を示しています。……防水のはずなのですが、大雨で調子が悪くなって進んじゃったのかな」

彼の時計の文字盤にチラリと視線をやって、月恵が口を開いた。

「どちらが正しくても構わない。私は時間に縛られたくないから、時計を持たないことに決めている」

そう言ったきり、月恵は目を閉じてしまった。幻二もタオルに包まれたままになっていた自分の腕時計に手を伸ばす。

「どうやら、文香の時計が正しいみたいだね」

加茂は彼の時計を覗き込み、その針が二時二分を示しているのを見て取った。

腕時計を左手首に巻いてから、幻二は文香の懐中時計に手を伸ばした。彼がそのネジを巻こうとしているのに気付いて、加茂は慌てて身体を起こす。

その拍子に、彼はランタンにまともに首筋をぶつけてしまった。唯一の光源が揺れたことにより、皆の影が長くなったり短くなったりして車内を蠢いた。

ランタンに当たった時には熱を感じなかったけれど、火傷をしたんじゃないかと思って彼は首筋を擦った。幸いにして何ともないようだった。

その傍では幻二が竜頭に伸ばしかけていた手を止めて目を丸くしていた。

「どうなさったんですか？」

「いや……文香さんがこの時計のゼンマイの動力をしょっちゅう巻いていたのは単なる癖かと思っていたけど、そうじゃなかったんだなと思って」

彼が少々赤面しながらそう言うと、幻二は懐かしそうな表情になって頷いた。

「ええ、必要だからそうしていたんですよ。祖父が特注した手巻式の懐中時計は敢えて手間がかかるように設計されているんです。……祖父はその部分を家族に例えていたようですね」

加茂は手を伸ばし、ネジが巻かれずじまいになった懐中時計を受け取る。

「維持する為には、小まめな気配りが必要ってことだな？」

「そういうことです。祖父も自分の時計が止まってしまうことのないように、常に気を配っていました」

その言葉に雨宮も大きく頷いていた。加茂はしばらく考えてから口を開く。

「そういえば、文香さんがこの時計のゼンマイの動力は半日しか持たないと言っていた気が

「……」

「ええ、きっちり十二時間しか持ちません。そういう風に作られていますからね」

幻二の言葉に、そろそろ黙っているのに我慢がならなくなったらしく、ポケットの中でホラが光り始めた。

『一九六〇年とはいえ、それはかなり不便な仕様ですね』

「砂時計が何を言うんだよ。お前なんか計れてせいぜい五分だろう」

加茂が言い返したのを聞いて、今度はポケットが赤い色に光り始めた。どうやら、赤く光るのはホラが怒りを覚えている時らしい。

すると、眠ったとばかり思っていた月恵が目を開いた。

「お祖父さまの部屋にあったのと同じ時計を父も持っていた。結局のところ、一日に何度もネジを巻いているのは、お祖父さまと文香の二人だけ。……これが理想と現実の違いというもの」

扉の傍に戻って腰を下ろした加茂は苦笑いを浮かべるしかなかった。彼女の分析は手厳しかったが、同時に真実を射抜いていた為だ。

彼は文香の懐中時計を借りておくことにした。

母親の形見を借りるのは心苦しいところがあったけれど、彼女が目を覚ましたらもう何時間か借りられないか交渉するつもりだった。

第六章

カーテンの隙間からうっすらと光が入って来ているのに気付いて、加茂はカーテンを開いた。窓の外には灰色の空が見えている。いつの間にか夜は明けつつあるようだった。

幻二が腕時計を見下ろして言う。

「もうすぐ五時三十分です。少し早いですが、二人のことが心配です、別荘の建物の様子を見に行ってみませんか?」

加茂は頷いて扉から身体を起こした。手も足も腰もギシギシ音を立てていたが、動いているうちにほぐれてきた。雨宮が吊るしてあるランタンをいじると、光が弱まって消える。その傍では、文香が寝惚けた顔をして瞬きをしていた。月恵も疲れの見える様子で窓の外に視線を泳がせている。

結局、トレーラーの中で寝ずの番を続けることが出来たのは幻二と雨宮だけだった。

二時半を過ぎた辺りから、月恵もバスタオルに包まって眠ってしまったし……加茂も何度かうとうとしてしまった。気を張っていたつもりだったけれど、二日連続の徹夜は厳しいものがあったからだ。とはいえ、彼はトレーラーの唯一の出入り口を背に座り続けていたので、誰も外に出ていないのは確かだった。

外は雨が強まっていて数メートル先も見えにくいくらい酷い状態になっていた。傘を差してトレーラーの後ろ側に回り込んだところで、加茂は足を止めた。

彼の記憶ではトレーラーは建物から五メートルほど離れた場所に停めたはずだった。それなのに今ではその距離が八メートルほどに開いてしまっていた。

同じく異変に気付いた様子の幻二と雨宮も顔を見合わせる。

加茂はしゃがみ込んでトレーラーの車止めを確認した。車止めは外れていなかったが、芝生は乱れて一面が水浸しの状態になっていた。

「……強風にあおられて、動いてしまったのかも知れないな」

彼がそう言うと、文香が加茂の肩を摑んで引っ張った。訝しく思った彼が顔を上げると、文香は青ざめた顔になって一点を指していた。

別荘の表玄関が破られて、軒下の地面には斧が突き刺さっている。

水たまりを蹴りながら、加茂は玄関ポーチに駆け寄った。何者かが屋外から斧を振り回したらしく、元々あった扉の錠は破壊されてしまっていた。とはいえ、斧でも自転車のチェーン錠を破壊することは出来なかったらしく、代わりに木製の取っ手がぶち折られていた。

加茂はその場にいる全員の顔を順番に見やった。

雨宮と幻二が議論しているのが聞こえる。……ここにいる全員が夕食後は一緒に行動していたし、別行動をしていた時間も五分に満たなかった。そんな短時間では表玄関の扉を破壊出来たはずがない。特に加茂さんがトレーラーの出入り口を封鎖してからは、誰も外には出られなかった……二人はそんなことを話し合っていた。

そうやって考えると、扉を壊したのはここにいる五人以外の誰かということになった。漱次朗か月彦か、屋外に潜んでいた外部犯か、あるいは月彦が言っていたように実は太賀が生きているということなのだろうか？

幻二がその可能性をほのめかせているのを聞きながら、加茂は大きな矛盾があることに気付いていた。それを代弁するように雨宮が言う。

「いくら雨風が強かったとはいえ、扉を壊すのには連続的に大きな音がしたはずです。窓は開けていましたし、あの距離にいた僕らが気付かなかったはずがないんですが」

彼の言う通りだった。いくらうとうとしていた時間帯があったとはいえ、加茂が破壊音を聞き逃したというのは本来ならあり得ないことだったし、不可解な状況だった。

「……漱次朗さんと月彦くんが心配だ」

そう言う幻二の顔には既に覚悟を決めているような厳しさが浮かんでいた。彼の視線の先を追った加茂は納得した。軒下の地面に刺さった斧には固まった血と肉片がベットリと付着していたからだ。それが何を意味しているかは明らかだった。

自衛のための道具にするつもりで、加茂は斧を地面から引き抜いた。彼を先頭に誰かが物陰に潜んでいないか警戒しつつ、彼らは娯楽室にあったビリヤードのキューを拾って武器にしながら二階の廊下に進んだ。

二階に到着してみると、やはり寅の間と巳の間の扉も破られている。まず、全員で手前側の寅の間に向かった。

マホガニー色の扉には大きな穴が開けられ、殺人者はその穴から手を差し入れて内側から鍵を開いたらしい。扉の向こうにあるテーブルと椅子のバリケードは力任せに崩されてしまっている。

その奥にはどす黒く固まりかけた血の海が広がっていた。

部屋の真ん中には漱次朗が横たわっている。血に塗れていない部分の皮膚は真っ白で、僅かな生気も感じられなかった。胸には抉れたような傷跡があって、その周囲に同心円状に火薬の痕らしきものが残っていることからして、散弾銃で撃たれた傷だと思われた。

そして、血の海の真ん中に横たわる漱次朗には両腕がなかった。服ごと切断された両腕は傍のゴミ箱に無造作に放り込まれている。

どうやら、虎の前足の見立てが行われたらしい。

恐ろしいことが立て続けに起きたせいで、彼らの感覚は完全に麻痺してしまっていた。誰も悲鳴を上げたり涙を流したりすることもなく、ただぼんやりと遺体を見下ろしている。加茂は室内に不審者が隠れていないか確認を行ったけれど、浴室もトイレもクローゼットも無人だった。

「……兄さまは?」

月恵が突然そう呟き、パニックを起こしたように巳の間に向かって駆け出した。加茂たちもそれに続く。

月彦の遺体は巳の間のクローゼットから見つかった。……彼はジーンズとポロシャツ姿のまま、クローゼットで首を吊っていた。加茂は首筋を探って脈を調べてみたが、もうこと切れていた。

首には細いロープが食い込み、そのロープはクローゼット内のパイプに結び付けられている。これまでの犠牲者と違って、彼の身体は切断されておらず、血まみれでもなかった。だが、それがかえって彼の死に様の哀れさを際立たせているようだった。

端整だった顔はうっ血して見る影もなく、髪の毛や額には今も埃や汚れがついたままだ。裏口のバリケードを組んだ時に付着したものが、そのままになっているのだろう。髭が剃られた口元には唾液が垂れた痕が残り、床には失禁した痕跡があって悪臭を放っていた。

クローゼットのパイプの高さが一メートル四〇センチしかなかったので、ロープにぶら下がった彼は前かがみになって手をだらんと垂らしている。靴下を履いた足は後方に流れて床についていた。

低い位置での首吊りだったので、体重の全てが首に掛かった訳ではなかった。それでも、時間をかけて気道や首の血管が少しずつ遮断されることで命を落としたのだろう。

小さく息を吞む声が聞こえて加茂が振り返ると、月恵がクローゼットの扉の内側を示していた。そこには血文字でメッセージが残されている。

―― This silly tale is over.

「『この馬鹿げた物語はおしまい』……というような意味か」

加茂がそう呟くと、彼の胸元で砂時計が淡く光った。

『月彦氏が犯行を自白して自殺したと考えるべきなのでしょうか？』

それには答えずに、加茂は巳の間を見渡した。既に室内には誰もいないことが確認されている。彼はベッドの上に並べられているものに目を留めた。

そこにあったのは行方不明になっていた鉈、猟銃、それから脱ぎ捨てられた衣服と靴だった。鉈は真っ黒くなった血が固まり、長袖長ズボンのパジャマと革靴も返り血に塗れていた。恐らくは漱次朗の殺害時に使用されたものなのだろう。

加茂は持ったままだった斧から手を放し、猟銃を摑み上げて銃口を嗅いでみた。そこからは確かに火薬の匂いがした。

幻二もビリヤードのキューをベッドの傍に置いて遺体を調べ始めた。彼が月彦の右腕を持ち上げると、遺体の右手の指先に血がついているのが見えた。月彦の身体には特に傷はなかったので、その黒く変色した血液は漱次朗のものだと思われた。

キューを握り締めたままの雨宮が困惑した様に口ごもる。

「やっぱり……このメッセージは月彦さんが書いたものなんでしょうか」

それを受けて月恵は睫毛（まつげ）の長い目を伏せて呟く。

「あるいは、兄さまを殺した殺人者が書いたのかも知れない」

加茂は浴室を覗き込んでみた。中には石鹼の香りに混ざって微かに血の臭いが漂っている。

彼は皆の方を振り返った。

「壁の血文字は偽装だと思う。何者かが漱次朗さんと月彦さんを殺害し、全ての罪を月彦さんに擦(なす)り付けようとしたんだ」

「そう思う根拠は？」

幻二が訝しそうに問い返したので、加茂はベッドの上を示しながら言った。

「漱次朗さんの殺害時に、殺人者は大量の返り血を浴びたはずだ。そこに脱ぎ捨てられているパジャマと革靴を履いて犯行に及べば、首から下に付着する血は最小限に抑えられたかも知れない。でも、顔と髪の毛については何も守るものはなかった」

「なるほど、血が付着したはずということですね」

続いて加茂は月彦の遺体に視線をやりながら続けた。

「見ての通り、彼の髪の毛には今も埃がついたままになっているが、血は付着していない。……バリケードを裏口に組んでから、風呂に入る間もなく殺されてしまったんだろう。あるいは、殺人者に薬を飲まされて行動不能にされてしまったのかも知れない」

浴室に顔を突っ込んだ文香が、鼻を両手で押さえて呟いた。

「でも、誰かがこの浴室を使ったのは間違いなさそう。石鹸と血の臭いがするもの」

「風呂を使ったのは殺人者だよ。シャワーで返り血を洗い流したんだ」

ここで砂時計が再び言葉を挟んだ。

『しかし、月彦氏の死は見立ての法則に合っていないようです。人間には尻尾はありませんから、身体にない部位を切断することは出来ません』

幻二は考え込むように伸びた髭を引っ張っていたが、やがて言った。

「そうではないかも知れません。英語で『物語』のtaleと『尻尾』のtailは同じ発音ですから」

それを受けて加茂は思わず引きつった苦笑いを浮かべる。

「なるほどね、taleをtailと読み替えた場合、血文字は『この馬鹿げた尻尾はもうおしまい』というような意味になるのか」

文香がぽつりと言った。

「いずれにせよ、これで私たちの中に殺人者がいないことが分かった。だって、私たちがキャンピングトレーラーにいる間に、殺人者が漱次朗大叔父さまと月彦さんを襲ったのは間違いないのだもの」

雨宮の表情がぱっと明るくなる。

「良かった、これでもうお互いを疑わなくて済む訳ですね？」

しかし月恵は眉をひそめたままだった。

「でも、詩野に殺人者が潜んでいるのは事実。もしかすると本当にお祖父さまなのかも知れない。遺体の顔を確認出来ていないのは、お祖父さまだけなのだから」

今回は文香も雨宮も俯くばかりで、月恵の意見に反論することが出来ない様子だった。そんなやりとりを聞きながら、加茂はじっと窓の外を見つめていた。

屋根に叩き付ける雨に建物全体がドォォと鈍い音を立てていたし、雨は窓ガラスに流れを作って滴り落ちていた。

「……こんな天気じゃ、殺人者も外に隠れていることは出来なくなっているだろうな。恐らく、今は別荘の屋内にいるはずだ」

この言葉に改めて身に迫る危険を感じたのか全員の顔が青ざめる。

「今すぐ、殺人者がどこに隠れているか手分けをして探し出しましょう」

雨宮の提案に加茂は慌てて首を横に振った。

「それは止めておいた方がいい。相手がどんな武装をしているかも分からない状況で闇雲に捜索をするのは危険だ」

「でも、殺人者を突き止める絶好のチャンスですよ？」

キョトンとしている雨宮に対し、加茂は言い聞かせるように言葉を継ぐ。

「俺たちがやらなければならないことは二つだ。一つは殺人者からの不意討ちに対して最大限の警戒を続けること。もう一つは殺人者の正体を暴くべく事件の調査を続けることだ。その正体が分かれば、反撃方法も見つかるかも知れない。……それ以外にD・カシオペイアを止める方法はないだろう」

誰からも異論が出ないのを確認してから、加茂は改めて巳の間を調べてみた。

ドアの前にバリケードを組むようにテーブルと椅子が置かれていたけれど、寅の間と同じ要領で扉を破られて崩されてしまっていた。

クローゼットの中に吊るされていたスラックスやアロハシャツなどは無造作にベッド脇の床に積み上げられている。床の隅には黒電話やコップなどが並べられ、その傍には空の黒いトランクが置いてあった。

浴槽には水滴はついていたが、血の痕のようなものは残っていない。殺人者はそれらを丁寧に洗い流してからこの部屋を後にしたらしかった。排水口に残った毛すらも回収して行くほどの念の入りようだった。

続いて加茂がベッドを調べていると、枕の下から刃渡り一〇センチくらいのナイフが出て来た。刃には血や脂がついた跡はなかった。このナイフは今回の犯行に使用されたものではないらしい。

これは月彦が倉庫の中から見つけたものか、あるいは彼が持参したものに違いなかった。身を守る為の武器にするつもりで枕の下に隠していたのかも知れない。

ナイフを見つめ、幻二が眉をひそめて言った。

「貴方のおっしゃった通り、月彦くんは殺人者に眠り薬を盛られたようですね。……ナイフを持っているなら、扉を破ろうとしている殺人者に反撃をするのが普通でしょう。そのような形跡が見当たらないということは、月彦くんは枕の下からナイフを取り出すことすら出来ない状態に追い込まれていたことになります」

文香も戸惑ったように瞬きをしながら呟いた。

「もしかして、夕食に眠り薬か痺れ薬が入っていたのかしら？」

「可能性はあるね」

そう返しながら、加茂はその時に食べたものを思い出していた。

あの晩に食べたのはおにぎりと果物だけだった。けれど、加茂たちが口にした分には薬は入っていなかった。もし薬が入っていたら、徹夜二日目の加茂と文香は早々に前後不覚に眠ってしまっていただろう。

果物はどれが誰に当たるか分かりにくいし、薬物を注射器で注入するにも手間がかかる。だから、睡眠薬はおにぎりか飲み物に含まれていたはず……そこまで考えたところで、加茂はハッとして口を開いた。

「そういえば、漱次朗さんと月彦さんはいつも紅茶を飲んでいたな。昨晩の食後はどうだっただろう？」

これには給仕を務めることの多い雨宮が即答した。

「お二人はコーヒーを飲みません。だから昨日も用意したのは紅茶です」

「じゃあ、漱次朗さんと月彦さんだけを狙って薬を飲ませようと思ったら、紅茶を使うのが手っ取り早いってことだな」

「でも、昨日の夕方にも僕らはコーヒーや紅茶を飲みましたよね？　どうやって殺人者から身を守るか相談をしていた時ですから、四時三十分くらいのことだったと思います。……あの時も、僕は同じ茶葉とポットとティーカップを使って紅茶を淹れました。でも、その時にはお二人とも眠そうな様子なんてありませんでしたし、僕らと別れる八時過ぎまでは特に変わった様子もありませんでしたよ」

　この言葉が正しいのを認めつつ、加茂は眼鏡の奥の目を細めた。

「となると、殺人者はそれ以降で夕食後に飲んだ時よりも前、つまりは四時三十分ごろから七時半過ぎまでの間に薬物を混入したことになる。……茶葉とポットとカップがその間どのように保管されていたか覚えている人はいるか？」

「厨房に置きっぱなしでした。夕食後は、紅茶はお嬢さまが淹れて下さったんでしたよね？」

　雨宮の問いかけに文香は不安そうに頷いた。それを見た彼はなおも続ける。

「紅茶が入ったポットは僕が食堂のテーブルに運びました」

「ティーカップについては、食事の用意をした時に私が棚から出して厨房のテーブルに置いた」

　月恵が補足したのを聞いて、加茂はため息混じりに言った。

「皆が厨房を空けている間なら、誰でも茶葉やポットなどに薬物を塗布することが出来た訳か。……夕食や飲み物の準備をしている時も、俺たちは互いを監視していたが、それでも目を盗んで薬物を盛ることは不可能ではなかったかも知れないな」

　月恵の頬にふっと笑みが浮かぶ。

「でも、毒を盛る為には殺人者は建物の中にいなければならない」

「確かにそこが問題になるんだ」

　そう加茂が言ったのを聞いて、文香が不思議そうに問う。

「殺人者が屋内に侵入してどこかに隠れていたというだけの話でしょう？　何も問題はないように思えるけれど」

加茂の代わりに月恵が眉をひそめて答えた。

「倉庫や機械室などに隠れていれば、私たちに見つからずに済んだだろうね。でも、殺人者がその後一度、建物の外に出たのは間違いがない。何故なら、表玄関は外から破られていたのだから」

それを聞いた文香は小さく息を呑む。

「本当だ。……でも、裏口はカンヌキが閉まっていたし、バリケードを作ったから出入りは不可能ね。表玄関についても、四時三十分から食事の準備を始めるまで、私と月恵さんは娯楽室にいた」

「それ以降も、私たちは食事の為に食堂の周辺にいた。殺人者にとって表玄関を通って外に出るのは危険を伴う行為だったはず。誰かに姿を目撃される危険を承知の上で、建物の外に出なければならない理由があったのか、それとも……」

月恵の言葉を引き継ぐように幻二が口を開いた。

「あるいは、我々の中に共犯者がいたのかも知れない。その人物が夕方のうちに薬物を紅茶に混ぜ、屋外にいた殺人者が表玄関の扉を破って中に侵入した可能性もあるように思います」

『あり得ません。マリスの精神がコピーされたＤ・カシオペイアは共犯者を一人しか持つことが出来ないのですから』

すかさず言葉を挟んだのはホラだった。幻二が素直にそれを信じたかどうかは分からなかったけれど、月恵が低い声で言った。

「いずれにせよ、殺人者が表玄関の扉を破った方法も不可解なままだ。……私たちに気付かれないように、音を立てずに扉を破壊することなど不可能なはずなのに」

ここで加茂は全員の顔を見渡した。

「推理を組み立てるのには情報が不足しているのかも知れない。今は調査を進めるしかないね」

そう言いながら改めて月彦の遺体を調べてみると、彼の左腕に赤い点があって、そこからごく少量の出血があるのが見つかった。位置的には採血する際によく針を刺す場所だった。傷口としてはまだ真新しい。

その注射痕らしき傷口を加茂は全員に見えるように掲げた。

「殺人者は彼を睡眠薬で眠らせた後に、注射器で薬物を追加したらしい」

幻二も顔を近付けてその痕を調べながら、首を傾げるようにして言った。

「どうしてそんなことを？」

「睡眠薬の効き目が何時間くらい持続するものだったかは分からないが、薬が切れて彼が目を覚ましそうになったからかも知れない。あるいは、そうならないように予め手を打ったか、どちらかだろう」

巳の間の調査を終えたところで、殺人者が置いて行った散弾銃をどうするかが問題になった。

猟銃は身を守る武器としても強力だったが、殺人者に奪われた時に最も危険な凶器になることも確かだったからだ。

見よう見まねで幻二が銃の弾倉を調べてみたところ、中には弾が一発も入っていないことが分かった。……となると、加茂たちには弾丸が一発もないのに対し、殺人者は二十発以上の銃弾を持っていることになる。この状況は望ましいものではなかったので、いっそ銃そのものを使えなくしてしまった方がマシという結論に落ち着いた。

加茂は二つ折りの状態になった銃のつなぎ目を無理やり折って、それを洗面台に持って行って水に浸してしまった。彼には銃に関する知識はなかったけれど、これで使用不能になったように思われた。

銃の始末をつけた後で、彼らは出来る限りの武装をした。

加茂は月彦が持っていたナイフを預かることにし、幻二が斧を、雨宮が鉈を、女性陣がビリヤードのキューを一本ずつ持った。それから、彼らはゆっくりと廊下を進んで、はす向かいに当たる寅の間に戻った。

こちらのクローゼットには荒らされたような跡はなく、漱次朗のスーツやシャツなどが整然と吊るされていた。浴室にバリケード設置の邪魔になったと思われる黒電話などが置かれていたくらいで、トイレも含めて特に変わったところはなかった。

改めて遺体を確認して分かったのは、いつも身だしなみをきちんとしていた漱次朗らしく、整えられた髪の毛にはあまり乱れはなく口髭も手入れしてそれほど間がないように見えることだった。

加茂が特に確認したかったのは、漱次朗にも注射針の痕が残っているかということだった。彼はゴミ箱に放り込まれていた二本の腕を調べて、やはり注射の痕らしきものがあるのを見つけた。

伸びて来てしまった髭をいじりながら、加茂は提案した。

「娯楽室に戻ることにしようか。あそこは表玄関の傍だから、退路を確保することが出来て好都合だ」

＊

娯楽室に置いてある壁掛け時計は六時四十一分を示していた。その時刻は文香から借りている懐中時計とも一致している。加茂が最後に食事してから十一時間くらいが経過したことになったが、少しも食欲は湧かなかった。

彼らは周囲の安全確認を済ませて、娯楽室のソファに腰を下ろす。

「結局、十二年前に別荘で何があったのか……誰にも分からなくなってしまったな」

加茂はそう言ってソファの空席を見つめた。そこは月彦がいつも定位置にしていた場所で、全員が遠慮して空席になっていた。

頭痛がするらしく幻二は左のこめかみを揉みながら頷いた。

「竜泉家の人間がどうしてそれほど恨まれているのかも分からないままです。……せめて、怜人の身に何があったのか真相を知りたかったのですが」

これを聞いた月恵は床に視線を落としてしまった。その一方で雨宮は文香を気遣うように見やりながら口を開く。

「何があったにせよ、ここにいるのは十二年前の出来事には関わりない人ばかりです。幻二さんは日本にいませんでしたし、月恵さんは八歳の子供、お嬢さまなんてまだ赤ん坊だったんですよ？　それなのに殺人者はまだ事件を続けるつもりなんでしょうか」

それについては加茂にも予測がつかなかった。

『死野の惨劇』が十二年前の出来事に起因しているのだとすれば、殺人者はそれに関わった人間を全て殺したことになるはずだった。

だが、殺人者の背後にD・カシオペイアがいることが、何もかもを分からなくさせていた。D・カシオペイアはユージンの先祖である竜泉家の人々を皆殺しにするまで止まらないかも知れなかったし、殺人者をそう煽動（せんどう）している可能性もあった。

やがて、幻二が悲しげに呟いた。

「それを言ったら、雨宮くんを巻き込んでしまったことが何よりも心苦しい。……君は竜泉家に関わりさえしなければ、こんな恐ろしい事件に巻き込まれずに済んだのに」

「とんでもない！　僕はこの上なく幸せでしたよ」

雨宮がそう即答したのを聞いて、幻二は思わず笑ってしまったようだった。

「こんな時にまで、僕らに気を遣う必要はないのに」

「いいえ、僕の本心です。旦那さまに助けて頂かなければ、僕はどうなっていたか分かりません。僕は竜泉家の皆さんと出会えたことに感謝しています」

いつの間にか文香も目を潤ませて頷いていた。

「うん、私も雨宮さんに会えて良かった」

全員でそんなことを言い合いかねない雰囲気になったので、加茂は頭を掻いた。

「いい感じになっているところを邪魔して悪いけど……お別れの挨拶めいたことを言うのは止めてもらおうか」

「え？」

キョトンとしている文香に彼は苦笑いを返した。

「諦めてしまうのにはまだ早い。動機が分からなくても、殺人者の正体を突き止めることは可能なんだから」

幻二はぐったりした様子で日めくりカレンダーに目をやって口を開いた。

「明日は二十五日……土砂崩れの起きる日です。もうあまり時間がありません。僕らは本当に運命を変えられるんでしょうか？」

カレンダーの日付は八月二十三日から動いていなかったが、これはカレンダーをめくる者が誰もいなかっただけだ。既に日付は変わっていた。

加茂は軽く唇を噛み、やがてポケットの中の砂時計に呼びかけた。

「ホラ、土砂崩れが起きるのは何時だ？　アーカイブに記録が残っているだろう」

『地元警察の記録によると、午前十一時四十七分に起きたとあります』

実際は、それよりも早く殺人者とＤ・カシオペイアが未来への逃避を始める可能性が高かった。竜泉家の呪いを防ぐ為にも伶奈を助ける為にも、彼らの逃走を許す訳にはいかない。

加茂は更に言葉を継いだ。

「どんなに遅くとも、今日中には殺人者を突き止めてＤ・カシオペイアを回収しなければならないな。その為には……」

「十二年前に起きたことが分かれば、運命を変えて他の皆を助けられるのか？」

こう呟いたのは月恵だった。全員の視線が彼女に集まったが、ソファに座った彼女が顔を上げることはなかった。その声が酷く震えていることに気付いて、加茂は彼女の傍にしゃがみ込む。

「……そうか。君はかつてこの別荘で何が起きたのか、見ていたんだね」

「見ていたんじゃない。私はあの事件の当事者だ」

この言葉に加茂はすっかり意表を突かれてしまった。

「当事者って、当時の君はまだ八歳だったんじゃ」

「年齢は関係ない。……あの夏、兄と私は人を殺したのだから」

あまりに衝撃的な内容に、その場にいた全員が凍りついてしまった。月恵は顔を歪めてなおも続ける。

「この別荘で兄と私は瑛太郎さんに酷く怒られた。でも、私たちには怒鳴られるだけの理由があった。九頭山をスケッチしていた怜人さんに泥団子を投げて、彼の絵を駄目にしてしまったのだから」

幻二は顎に手をやりつつ、戸惑い気味に口を開く。

「珍しい。父にしても怜人にしても、子供に悪戯をされたくらいで怒っているのを見たことがないが」

「あれは悪戯などではなかった。……私たちは泥団子に万年筆のインクと墨汁を混ぜた。怜人さんのスケッチを駄目にする為だけに作られた、悪意の塊だった」

それを聞いた雨宮が小さく身震いをしながら呟いた。

「でも、それは月彦さんが考えたことですよね？」

「発案は兄でも、泥団子を投げつけた私も同罪だ」

「月恵さん……」

「父は怜人さんのことを嫌っていた。それを知っていた私たちは、彼に毎日のように嫌がらせをしていた。それが一番熱中していた遊びだった。油絵の道具を壊したり、服を燃やしたり、色々なことをやった」

その内容は子供にしても確かに悪質なものに違いなかった。やがて、幻二が悲しげに首を横に振った。

「そして、それが父にばれてしまったんだね」

「瑛太郎さんに叱られた兄は冥森に向かった。ある赤い茸を探す為に」

この言葉を受けて、加茂の脳裏に九頭川の傍で見つけた物体が浮かび上がる。赤い指に似たキノコだ。

「まさか……カエンタケ？」

彼が思わずそう呟くと、月恵は弾かれたように顔を上げた。けれど、すぐに納得がいったという表情に変わって小さく頷く。

「そうか、貴方も冥森であれを見たのか」

「ああ、胴体の発見現場の傍に生えていたからね」

二人があまりに思わせぶりな話ばかりするので、我慢がならなくなった様子の幻二が口を開いた。

「それで、その茸は一体何なんだい？」

「日本の毒キノコの中でも特に危険性が高いものだよ。中毒症状は嘔吐や下痢のような消化器系の症状だけじゃなく、腎臓がやられたり皮膚が爛れたりするような症状が出ることもあったはずだ」

加茂の答えに、幻二と文香の顔から血の気が引いた。その症状は、瑛太郎が亡くなった時に現れたものと全く同じだった。加茂はなおも言葉を継ぐ。

「でも、このキノコの毒性が一般に知られるようになったのは、もっと後のことのはずだ。その当時、君たちはカエンタケの毒性を理解していたのか？」

「茸図鑑にも食毒不明としか書かれていなかったけれど、私たちの乳母はこの茸を知っていた。触ることすら危険な茸だと……」

その言葉を引き継ぐように、加茂のポケットの中でホラが口を開いた。

『アーカイブを確認しました。江戸時代の植物図鑑「本草図譜」には、カエンタケの毒性に関する記述があります。知られてはいなくとも、カエンタケの中毒死は昔から発生していたのでしょうね？　だから、その危険性を認識していた人がいたとしてもおかしくはありません』

当時のことを思い出したのか、月恵は両手で顔を覆ってしまった。その指先は痙攣（けいれん）するように小刻みに震えている。

「毒があることを知りながら、兄が彼の食事にあの茸を混ぜ、私も傍でそれを見ていた。……瑛太郎さんを殺したのは私たちだ」

カエンタケによる中毒死なら、医者が死因を見抜けなかったのも致し方のないことだった。その当時は毒性を正確に把握している人間はほとんどいなかったのだから。結果的に兄妹の行為は完全犯罪めいたものになってしまった。

自らの父親の死の真相を知った幻二の顔が激しく歪んだが、怒りの発作に駆られる前にどうにか自制した様子だった。彼は顔を俯けたまま力なく言った。

「でも、君たちはまだ九歳と八歳だった。その行動がどれほど恐ろしい結果を招くか、理解していた訳ではなかっただろう。……それは殺人ではなくて、事故に近いものだ」

月恵は首を横に振っていた。

「いいえ、私たちは許されないことをやった」

「そんなことありませんよ」

そう言葉を挟んだのは雨宮だった。彼は呆気に取られたように自分を見返す月恵に向かって続けた。

「僕は知っていますよ。……貴方はずっとお兄さんである月彦さんに怯えていた。僕が見ていないところで暴力を振るわれたこともあったんでしょう？」

加茂も彼女が月彦に対して示した怯えを何度か見ていたし、それは暴力が関わっていることを匂わせるものだった。

目に涙を浮かべる月恵に向かって、雨宮はなおも語りかけた。

「月彦さんが恐ろしくて堪らなかった。だから、貴方は自分を守る為に彼に従わざるを得なかった。僕には全て分かっていますよ」

「それでも……私には兄を止めることが出来た。そうしなかったのは私の罪だ」

そう言う頃には彼女はまた無表情に戻っていた。その声の頑なさを感じ取ったのか、雨宮も戸惑ったように口を閉じてしまう。

しばらくの沈黙の後に、月恵は更にぽつりぽつりと言葉を継いでいた。

「毒を盛った翌々日の夕方には瑛太郎さんは亡くなってしまった。兄は私に絶対に何も喋らないように約束をさせたけれど……それでも、誰かが自分たちのやったことに気付くのではないかと恐れていた」

加茂は月彦が妹を脅して沈黙を約束させたのに違いないと直感していた。怯えきった八歳の女の子は従うしかなかっただろう。彼女はなおも話を続けた。

「だから、兄は大人たちが深夜に食堂に集まって話をすると聞きつけて、私を連れて盗み聞きをしに行った。集まっていたのは父と翔子叔母さんと光奇さんの三人。彼らは瑛太郎さんの死が殺人なのではないかと疑っていた」

それを聞いた加茂は深く息を吐き出しながら問う。

「そして議論は歪んだ方向に進み『瑛太郎を殺したのは羽多怜人に違いない』という結論に至ってしまったんだね？」

月恵は小さく頷いた。

「父や叔母は最初からその方向に話を持って行くつもりだったのだと思う。……やがて、彼らは本人に詳細を聞くと言って卯の間に向かった」

疑われているとは夢にも思わず、怜人は三人に言われるままに部屋を出たのだろう。

「兄はこの成り行きに喜んでいた。絶対に見逃す訳にはいかないと、私を連れて皆が薪割小屋に向かうのを追いかけたくらいだったから。小屋の壁には隙間があって、外にいる私たちも中の様子を見ることが出来た」

「そして、何を見たんだ？」

「父たちは最初から怜人さんを犯人だと決めつけていた。もちろん怜人さんは否定したけれど、誰も彼の話を聞いていなかった。詰問はどんどん荒っぽくなり、激昂した光奇さんは彼を殴り飛ばした」

それは詰問というより、リンチだったのだろう。

「どれだけ暴力を振るわれようとも怜人さんは無実を主張するだけ、何の抵抗もしなかった。やがて蹴りが加わり、バランスを崩した怜人さんがあおむけに倒れて頭を机の角にぶつけてしまった。……今でも瞼（まぶた）の裏から消えない、後頭部に手をやった彼の手が真っ赤に染まったのが」

当時の光景を想像したのか、幻二は涙を滲ませながら言葉を絞り出した。

「その怪我が原因で怜人は？」

月恵は歯を食いしばるようにして続けた。

「それでも、怜人さんは這って進みながら、自分は何もやっていないと悲しい訴えを続けていた。無実さえ信じてもらえるならば、自分の命などどうなっても構わないと思っていたのだと思う。……やがて、父たちが呆然と見下ろしている前で、怜人さんは動かなくなってしまった」

あまりに惨い話に文香と雨宮までもが涙ぐんでいた。なおも、月恵は話を続ける。

「父と叔母は冥森の奥にある沼まで遺体を捨てに行こうと相談をし始めた。私は知らない間に気を失ってしまって、気付いたら兄が私を部屋まで運んでいた」

月恵の声の乱れが酷くなり、彼女は再び両手で顔を覆ってしまっていた。

「次の日も、兄は大人たちの話の盗み聞きを続けていた。その結果、父が究一さん夫妻と刀根川さんを呼び出して、内密の話をしたことが分かった。……驚くことに、父は怜人さんの出生の秘密を彼らに明かし、『羽多怜人が瑛太郎の毒殺を自供して失踪した』と説明した」

それを聞いた究一は酷いショックを受けたことだろう。兄弟同然に育った怜人が自分の父親を殺害したというだけでも耐えがたいのに、怜人の複雑な出生の秘密までも聞かされたのだから。

幻二は我慢がならなくなったように、唸りながら言った。

「……そんな嘘をいけしゃあしゃあと？」

「父はそういう人間だった。でも、兄はその嘘を面白がっていた。大人になったら、これを夕ネに父を脅そうと言っていたから。……その嘘を信じ込んだ究一さんは、この話はお祖父さまにすべきではないという説明にも納得してしまった」

「瑛太郎さんも怜人さんも太賀さんの実の息子だ。そのうちの一人がもう一人を殺したという話は、あまりに惨すぎると思ったんだろうな」

加茂の言葉を受けて、月恵は小さく頷いた。

「究一さん夫妻は沈黙を約束し、同じ約束を刀根川さんにもさせた。……父は偽の秘密を共有することで、彼らを共犯関係に引きずり込んだ」

かつて怜人の失踪について幻二が説明を求めた時、皆が不自然な反応をしたという理由も、加茂には分かった気がした。

漱次朗と翔子と光奇は自らの犯した罪を隠蔽（いんぺい）する為に沈黙を守り、究一夫妻と刀根川は偽の秘密を守る為に口を閉ざした。そして、太賀は怜人の出生の秘密が明らかになるのを恐れて、幻二の追及から逃げ出したのだろう。

月恵は顔を覆っていた両手を下ろし、涙でグシャグシャになった顔を上げて叫んだ。

「これで私は全てを話した。目的が復讐なら、私を殺せば終わる!」

これは加茂たちに向けたものではなく、潜んでいる殺人者に宛てた悲痛なメッセージだった。雨宮がいたたまれなくなったように彼女の肩にそっと手を置く。

「どうか、そんなことはおっしゃらないで下さい。こうなってしまったのは、貴方のせいではないんですから」

「でも」

加茂も髭が伸びてしまった顎に手をやって頷いた。

「月恵さんが覚悟を決める必要なんてない。次に殺人者が動く前に、事件の真相を解明してしまえばいいだけの話なんだから」

「……言うのは簡単ですが、そんなことが本当に出来ますか?」

そう呟いた幻二の声には疑念と諦念が入り交じっていた。

「もちろん可能だよ。殺人者が今までの法則通りに動くなら、次に事件が起きるのは今晩遅くということになる。まだ時間は充分にある」

流れで言ってしまったけれど、加茂も本気でそう思っていた訳ではなかった。だが、皆を説得する為にも言わざるを得なかったのだ。

雨宮と月恵はその言葉に頷いていたが、幻二と文香の二人は全く納得していないようだった。

加茂はソファから立ち上がりながら、改めて口を開く。

「よし、これからは拠点をキャンピングトレーラーに移すことにしよう」

「どうして？」

文香の疑問ももっともだったので、加茂はすぐに言葉を継いだ。

「この建物の中にいたら、いつ殺人者に襲撃されるか分からないだろう？　それなら、表玄関を外から監視することが出来るトレーラーの方がずっと安全だ」

彼の意見に反対する者は現れなかった。加茂は更に続ける。

「これから夜までは長丁場になる。もしかすると、建物の中に戻ることが出来なくなるかも知れない。……まず、文香さんと月恵さんにお願いしたいんだけど、貯蔵庫から食料を運び出して、飲料も追加で用意してもらえないかな？」

文香と月恵は顔を見合わせて頷いた。続いて加茂は雨宮に向き直る。

「雨宮さんには土砂崩れが起きた後に使えそうなもの……例えば雨避けや寝具として使えそうなものを倉庫から探し出してもらいたい」

「承知しました」

「幻二さんには殺人者の襲撃に備えて、貯蔵庫と倉庫の周辺の警戒をお願い出来るかな。ちょっと危険な仕事になるけど」

「それでは、加茂さんは何を？」

幻二がそう言って訝しそうに加茂を見返してきたので、彼は苦笑いを浮かべるしかなかった。

「移動をスムーズに行う為に、斥候になることにする」

「斥候、ですか」

「トレーラーの付近で殺人者が待ち伏せしている可能性もあると思うんだ。俺は一足先にトレーラーに戻って異状がないか確認を済ませる。……準備が出来たら落ち合おう」

加茂はそれだけ言い残して、足早に玄関ホールへと向かった。

ズボンのポケットに入れたナイフを無意識のうちに指先で確認し、その動きで初めて自分が酷く緊張していることに気付いた。『キャンピングトレーラーに向かう』という判断は正しいと彼は確信していたが、これから先はたった一つの判断ミスによって、殺人者とD・カシオペイアを取り逃がす結果になるかも知れなかった。

これ以上犠牲者を出す訳にはいかない、その為にはやるべきことをやるだけだ……加茂は自分にそう言い聞かせながら、建物の外へと足を踏み出した。

マイスター・ホラによる読者への挑戦

僭越（せんえつ）ながら、私から読者の皆さまへ挑戦状をお贈りいたします。

詩野の別荘では、六人もの人間が犠牲となりました。そのうち刀根川つぐみを除く五人については、不可能犯罪とでも言うべき状況下で遺体が発見されています。

皆さまに直感ではなく推理によって解き明かして頂きたい謎は、以下の二つです。

①殺人者（D・カシオペイアの共犯者）は誰か？
②その人物はどのように一連の不可能犯罪を生み出したのか？

本格推理小説のお約束ゴトではありますが……真相を看破する為に必要な材料は、既に皆さまの前に提示されています。序文で申し上げた通り、物語中での私の言葉に嘘はありませんし、もちろん殺人者は『登場人物』の一覧に名前がある一人です。

お手元にある情報を分析して順序よく組み立てれば、殺人者が誰なのか、その犯行方法がどのようなものだったか……全てを導き出すことが出来るでしょう。

それでは、皆さまのご武運とご健闘をお祈り申し上げます。

第七章

トレーラーで皆の到着を待ちながら、加茂は緑色のワインボトルに視線を落とした。

昨晩に水道水を入れて持って来ていた、あの瓶だ。

彼はそれにコルク栓がしっかりされているのを確認した。その上で、トレーラーの後部にあった衣装用の引き出しに放り込んでしまう。

雨は弱まったはずなのに、屋根に叩きつける音が酷く煩かった。借りっぱなしの懐中時計を開いて確認したところ、時刻は七時四十五分だった。夏のこの時間帯にしては暗かったが、カーテンを開いておけば灯りは必要なかった。

窓の向こうに視線をやると、壊れた玄関を抜けて文香たちがやって来るのが見えた。傘を差して先頭を進む文香の表情が強張っているのが気になったけれど、いずれにせよ四人とも無事なのは間違いなかったので、ほっと息をつく。

加茂はペンダントの鎖の先が間違いなく胸ポケットに入っていることを確認してから、トレーラーの扉を開けに向かった。

運んで来た飲料や食料などをキッチンに並べる作業もほどほどに、彼らはベッドを長椅子代わりにして五人で並んで腰を掛けた。

「……さっき、貯蔵庫で雨宮さんと話をしていたのだけれど」

腰を下ろすなり文香が喋り始めたので、加茂は話し出す機会を失ってしまった。幻二が穏やかに問う。

「何の話をしていたんだい？」

「雨宮さんにタイムトラベルの制約の説明をしていたの。そうしていたら……とけてしまったかも知れない」

「溶けたっていうのは、氷か何かの話？」

加茂が貯蔵庫にあった冷蔵庫を連想してそう聞き返すと、文香は首を横に振っていた。

「そうじゃなくて、事件の謎が解けてしまったの」

これには加茂も文字通り、頭を殴られたような気分になった。

以前から彼は『死野の惨劇』を阻止することさえ出来るなら、誰がそれを主導しようと構わないと思っていた。それは今でも変わっていなかったし、竜泉家の中に自分より先に真相を看破する人が現れてもおかしくないと考えていたほどだった。……しかし、このタイミングで文香が探偵役の名乗りを上げるとは思ってもみなかった。

加茂はちらっと視線を残りの三人の方にやった。幻二と月恵が受けたショックもかなり大きかったらしく、彼らは呆けたように文香を見返している。そんな中、雨宮だけは彼女の言葉に大真面目に頷いていた。

「僕もまだ真相を教えてもらってはいません。でも……お嬢さまが何か重大な発見をなさったのは間違いありませんよ」

幻二が戸惑い顔で文香に問いかける。

「本当なのか、文香？　誰がこんな恐ろしいことをしたんだ」

その質問に彼女は苦しげに目を閉じ、大きく深呼吸をしてから意を決したように口を開いた。

「二十一日の夜から今朝にかけて、大きく分けると四つの事件が起きた。一つ目はお父さまと光奇さんが殺害されて無残に切断された遺体が見つかったこと。二つ目はお祖父さまが失踪してピザ窯から焼死体が見つかったこと」

興奮気味の彼女が息切れを起こしてしまったので、加茂が助け舟を出す。

「三つ目は刀根川さんが毒殺されてしまったこと。四つ目は漱次朗さんと月彦さんが殺害されてしまったこと、だね？」

「そして、一つ目の事件を不可能犯罪めいたものにしているのは、お父さまの頭部と光奇さんの胴体を外に運び出すことが不可能だったということなの」

加茂はそれが事実だと認めて頷いた。

「あの晩は漱次朗さんと数名が娯楽室で徹夜していたからね。確かに、あの状況では別荘の建物の中から遺体の一部を外に持ち出すことは出来なかった」

「誰も屋外に頭部と胴体を持って行けなかったのだとしたら、発想を逆にすればいいの。……殺人者は遺体の一部を建物の外から中に持って来ていたんだって」

話に理解が追い付いていない様子の幻二が、戸惑い気味に呟く。

「ということは、殺害現場は屋内ではなくて外だったのか？」

「お父さまの殺害については、そう考えれば全てに説明がつく」

「でも、兄さんはあの晩は別荘の建物の中にいた。何時ごろか忘れたけれど、雨宮くんに内線で連絡をしたんだから」

幻二の言葉を補足するように雨宮も口を開く。

「幻二さんのおっしゃる通り、僕は九時二十分くらいに電話を受けましたよ」

「それはお父さまからの電話じゃなかったの」

「え？」

「殺人者はお父さまが屋内にいるように見せかける為に偽装工作をした。……真相はこうだったのだと思う。お父さまは殺人者と建物の外で待ち合わせの約束をした。騙されていることを知らないお父さまは、夕食後すぐに外に向かった」

夕食後すぐの時点では、漱次朗親子はまだ娯楽室に入っていなかった。だから、七時十分までの間なら、究一が漱次朗たちに知られずに外に出ることは可能だったことになる。ここまでは加茂の聞いた話とも矛盾はなかった。

「となると、究一さんは待ち合わせ場所で殺害されたのか」

加茂がそう呟くと、文香は彼を見上げて頷いた。

「そして恐ろしいことに、殺人者はお父さまの頭部だけではなくて、手と足も切り落としてしまったの」

戸惑ったように雨宮が瞬きをする。

「おかしいですよ。手と足を切断されていたのは光奇さんなんですから。光奇さんは狸の見立てによって胴体を……」

「見立ては単なる、misleading（ミスリーディング）よ」

文香の言葉にもキョトンとしたままの雨宮に向かって、幻二が説明を加えた。

「訳すると『人を誤った方向に導くこと』というような意味になる。何かで注意を逸らして真相を見えなくしてしまうということだ」

加茂も苦笑いを浮かべつつ口を開いた。

「人間とは不思議なもので、理由が分からないことは躍起になって追及しようとするくせに、一つでもそれっぽい理由を見つけたら満足して追及の手を止めてしまうからね。……殺人者は『遺体を切断したのは見立ての為』と思わせることで、調査を攪乱（かくらん）しようとしたんだろう」

ここで、先ほどから考え込んでいた様子の月恵が低い声になって言った。

「まとめると、『冥森で見つかった頭部』『九頭川で発見された胴体』『大浴場で見つかった手と足』が究一さんのものだったということ？」

「ええ、お父さまの身体だと思われていたものこそ、光奇さんだったの」

「それでも謎は残る。殺人者は切断された手と足を、どうやって建物の中に持って入ったのかが分からない」

「手と足を中に入れるだけなら、表玄関を使う必要はない。……私は直接見ていないけれど、お父さまの腕はヒジと肩の真ん中の位置で切断されて、脚はヒザの下で切断されていたのでしょう？　それなら、大浴場の窓の格子の間を通すことが出来たと思う」

そう聞いても月恵は半信半疑の様子だった。だが、別荘中の格子の確認を行った加茂には彼女の推測が正しいことは分かっていた。

文香がなおも続ける。

「大浴場の窓の格子は一二センチくらいの間隔があった。……殺人者はお父さまの手と足を防水布に包んで地下の庭に運び、窓から大浴場の中に入れたのだと思う」

加茂は釣られるように自分の腕と脚を見下ろした。

彼は一八〇センチ近い身長があったが、今言った手と足の部分だけなら、一二センチの隙間を通すことが出来そうだった。加茂よりも背が低く痩せ型の究一の手と足なら、なおさら余裕で格子の隙間をくぐらせることが出来ただろう。

「そういえば前に雨宮さんが言っていたね？　究一さんと光奇さんは二人とも身長が一六七センチくらいだったって」

そう言いながら、加茂は文香の日記に『究一と光奇は外見的には似ている』と書かれていたのを思い出していた。それを聞いた幻二が小さく頷く。

「ええ……あんな風に無惨に切断された状態であれば、二人の身体が入れ替わっていたとしても誰も気付かなかったかも知れません」

究一と光奇の頭部が水に触れない場所に置かれていたのに対し、それ以外の部分は川べり、大浴場、個室の浴槽などで水に浸されていた。……これも殺人者が意図的にやったことなのだろう。頭部以外の部分の皮膚をふやけさせることで、入れ替わりが起きていることに気付かれにくくする為に。

なおも文香は淡々と言葉を継いだ。

「お父さまの部屋で見つかった首なしの遺体にシャンプーが振りかけられていたのも……光奇さんの煙草の臭いを消す為だったのだと思う。煙草を吸わないお父さまの遺体に見せかける為には、そうせざるを得なかったはずだから」

彼女の説明には隙がなかったので、加茂には内心で唸ることくらいしか出来なかった。やがて、雨宮が困惑気味に呟く。

「結局、あの晩には何が起きていたんですか？」

その言葉に促されるように、文香は大きく息を吸い込んで説明を始めた。

「まず、殺人者は私たちの何人かに睡眠薬を飲ませたのだと思う。ほら、月恵さんもあの晩は眠くて仕方がなかったとおっしゃっていたでしょう？　私や月恵さんの他にも、酷い眠気や疲れを感じたという話をしていた人がいた。それは、お祖父さまと刀根川さんの二人よ」

考え込むように指先で顎に触れつつ、幻二は口を開いた。

「殺害された二人と娯楽室にいた四人を除く全員が、眠気を感じていたことになるようだね？」

「殺人者はＤ・カシオペイアから情報を得て、誰が漱次朗さんと一緒に娯楽室で夜を明かすのかを知っていた。だから、犯行を目撃されるリスクを下げる為に、それ以外の人に睡眠薬を盛ったの。……そうやって準備をしておいて、殺人者は理由をつけてお父さまを屋外に呼び出して殺害した」

その様子を想像してしまい、加茂は顔を歪めた。

ランタンの光に浮かび上がるのは、斧を振りかざして凶行に及ぶ殺人者……。その人物は雨具を用意する等して、返り血の対策も行っていたのだろう。万一、手に血がついても傍には九頭川があった。別荘に戻る前に洗い流すことも出来たはずだった。

「殺人者は切断したお父さまの頭部を遊歩道の傍に置いた。そして、胴体は九頭川の傍に遺棄した。翌朝に月彦さんたちが発見することを期待してそうしたのだと思う。お父さまの服を脱がせて、誰の胴体か分からないようにした上で……」

犯行の仕上げとして、殺人者は羽織っていた雨具と究一の服を九頭川にでも流してしまったのだろう。その光景を思い浮かべた加茂は身震いを禁じ得なかった。

文香は一層苦しげな表情になって、なおも説明を続ける。

「それから、殺人者はお父さまの手と足を防水布で包んで地下の庭へと向かった。前もって大浴場の窓を開けて準備しておけば、その時に包みを浴場の中に入れてしまうことも出来たはずだから」

以前、加茂は雨宮と幻二からこんな話を聞いた。大浴場を利用する人は少なくて、特に夕食後に温泉に入るのは光奇くらいだったということを……。大浴場に包みを放り込んだ殺人者は慌てることなく立ち去ったことだろう。光奇さえ殺害してしまえば、誰かに目撃される心配もなく、大浴場で悠々と細工が出来ることを知っていたからだ。

文香は再び口を開き、低い声で続けた。

「その後、別荘に戻った殺人者は光奇さんを殺害した。その際、現場になったのは大浴場ではなくて、申の間だったのだと思う」

「戌の間でもなく、究一さんの部屋で犯行が行われたとする理由は何？」

鋭く質問を挟んだのは月恵だった。ここで初めて文香の表情が自信なげなものに変わる。

「殺人者が光奇さんを申の間に誘(おび)き出したのだと思うけれど、その方法はまだ私にも分かっていない。……でも、お父さまの命を奪った時に、殺人者は申の間の鍵を盗み取ることが出来たはずなの」

雨宮がハッとしたように顔を上げて言う。

「殺人者はその鍵を使って申の間に入り、浴室で光奇さんを絞殺したのですね？　そして光奇さんが持っていた戌の間の鍵を奪い取って、究一さんの服に着替えさせてしまったんだ」

「ええ。お父さまは同じデザインの服ばかり着る癖があったから、夕食の時に着ていた服と別のものに変わっていたとしても分からなかったはずなの。……服を着替えさせてから、殺人犯は光奇さんの首を切断した。そして、その身体にシャンプーを振りかけて煙草の臭いを消し、お父さまの身体だと思わせようとした」

殺人者はこの時にも返り血を避ける為の雨具を用意していたのだろうか？　それとも、浴びた返り血をシャワーで落としてから申の間を出たのだろうか？　どちらにせよ、加茂に酷い吐き気を催させた。

「そして、殺人者は光奇の頭部を何かに包んで、大浴場に運び込んだのだね？」

幻二が呆けたようにそう呟くのを聞いて、文香は悲しげに頷いた。

「その時に、光奇さんの着ていた服も一緒に脱衣所に持って行ったのだと思う。……大浴場には格子を通して中に入れた手と足があった。殺人者はお父さまの手足と光奇さんの頭部を戌の間の鍵と合わせて置くことで、光奇さんの胴体だけが消失したように見える状況を作り上げた」

そう考えれば、究一と光奇の首の断面がズタズタだった理由も説明がついた。

光奇の頭部と究一の胴体、究一の頭部と光奇の胴体では、傷口が一致するはずがない。別人の胴体だと気付かれないようにする為に敢えてそうしたのだろう。

加茂がなおも考え込んでいると、月恵が小さく叫び声を上げた。

「待って！　今、言ったことが出来た人間は限られるのでは？」

その問いかけに、文香は強張って血の気を失った顔になって言った。

「そうなの。殺人者が一人で犯行を行ったとすれば……犯行が可能だったのは、あの晩に建物を出入りした人だけだから」

トレーラーの中は静まり返り、天井に叩きつける雨音だけが響いた。やがて、幻二が困惑を隠しもせずに口ごもった。

「でも、その条件を満たすのは四人しかいない」

「外で煙草を一服した月恵さん、薪割小屋に向かった雨宮さん、庭園を散歩した幻二さん、早朝の掃除に出た刀根川さん。……この四人だ」

加茂が補足するようにそう言うと、文香は大きく頷いた。

「そのうち、刀根川さんが殺人者ではないことは明らかよ。だって、刀根川さんが外に出ていたのは十五分足らずのことだったもの」

「確かにそうだ。そんなに短い時間じゃ、究一さんを殺害して身体を切断することなんて出来るはずがない。返り血の対策に必要な時間も考えて……少なくとも犯行には三十分は必要だったはずだ」

そう言いながら、加茂は残りの三人に視線をやった。彼らは真っ青になって文香を見返している。

「そんな、僕らの中に殺人者がいると？」

雨宮の質問に対し、文香は辛そうに視線を下げてしまった。

「もう一度だけ確認させて欲しい。……雨宮さんはいつからいつまで薪割をしていたの？　娯楽室の漱次朗さんと合流したのは何時だった？」

ほんの一瞬だけ言葉に詰まったが、雨宮はすぐに息を吸い込んで答えていた。

「僕は七時二十分に外に出て八時半近くまで外にいました。それからすぐに自室に戻って、九時半くらいに娯楽室に向かいましたよ」

「屋外にいたのは一時間、中に戻ってからも一時間はアリバイがない。……残念だけれど、それだけの時間があれば一連の犯行を行うのは可能ね」

文香がそう断定したのを聞いて、幻二が苦笑いを浮かべた。

「どうやら僕も同じようだ。僕は八時前に外に出て、九時前までは庭園をうろうろしていた。建物に戻ってからも、雨宮くんが部屋に呼びにやって来た十時四十五分まではアリバイがない」

「ええ、叔父さまは屋外に一時間いて、中に戻ってからも一時間半以上はアリバイがないことになる。犯行は可能よ」

ここで月恵が諦めたようにため息をついてから言った。

「私は七時十分よりも早く出て四十分には戻って来た。……同じ理屈で行くなら、外に出ていた時間は三十五分程度、建物に戻ってからはアリバイなし」

他の人に比べれば外にいた時間は短かったが、彼女を容疑者から外すには不十分だった。文香は目を閉じて更に言葉を続ける。

「最後に、殺人者はもう一つ偽装工作を行った。それは、お父さまが屋内にいるように見せかけるべく掛けた内線電話よ」

その言葉に加茂は頷いた。

「電話は午後九時二十分ごろにあったはずだけれど、その時刻は三人とも自室にいたことになるね？」

「ええ、三人のうち誰でも偽装工作が出来たことになる。……電話があったという雨宮さんの話は嘘かも知れないし、お父さまの声色を真似た叔父さまか月恵さんが自室から電話をした可能性だってあるもの」

彼女の言葉には容赦がなかった。雨宮は絶望に駆られた目になって嘘をついていないと主張し始め、月恵は自分には究一の声真似など出来るはずがないと繰り返し訴えた。幻二だけが無言のまま視線をベッドの上に落としている。

しかし、文香には追及の手を緩めるつもりはないらしかった。彼女は顔を上げておもむろに口を開く。

「誰が殺人者なのかは、二つ目のお祖父さまが失踪し焼死体が発見された事件と、四つ目の大叔父さまと月彦さんが犠牲になった事件について考えれば自ずと分かってくる」

この言葉に恐れをなしたように、それまで反論を続けていた月恵と雨宮が黙り込んでしまった。

文香は三つ目の事件については言及しなかった。

その理由は加茂にも分かっていた。……この事件だけは不可能犯罪ではなく、誰にでも刀根川に毒を盛るチャンスがあった。その為、そこから殺人者を突き止めるのも難しいということになるからだ。

殺人者が誰か分かれば、そこから逆算する形で殺人者がどのタイミングで毒を混入させたか想像することは出来るはずだが、今は彼女の言う通りに第二と第四の事件について推理を進めるしかなさそうだった。

文香は幻二と雨宮と月恵の三人を順番に見てから、改めて口を開いた。

「残念ながら、残りの二つの事件は普通の考え方をしても駄目なの。……殺人者は犯行にD・カシオペイアを使ったのだから」

この言葉の意味するところを察したらしく、幻二が目を見開く。

「まさか、犯行にタイムトラベルが使われたと言うんじゃないだろうね?」

彼女が答えるよりも前に、雨宮から反論が飛んで来た。

「それはおかしいですよ。少なくとも、第二の事件ではタイムトラベルが使われていないのは明らかです。タイムトラベルの四つの制約が邪魔になるから使えないって、話をしたじゃないですか」

加茂も雨宮の意見に賛成だった。

屋内からどこかへタイムトラベルをしようとすると、最低でも一辺が三メートルの立方体の範囲のものが移動してしまうので、天井か床を削り取らずにはいられなかった。逆に建物内に出現しようとしても到着地点の誤差が邪魔をして、上手く行かないはずだ。

月恵も雨宮に加勢するように柳眉を釣り上げて反論を始めた。

「第四の事件についても同じ。私たちの中に殺人者がいるとして、その人間がタイムトラベルをしたと考えても何ら解決はしない」

その言葉を受けて幻二はベッドのシーツを指で叩いていたけれど、やがて頷いた。

「月恵さんの言うことは正しい。……犯行に及ぶ為には扉を破らなくてはいけなかった訳だし、二人もの人間を殺害して漱次朗さんの腕を切断したのだから、最低でも一時間は必要だっただろう」

「ええ、そのくらいはかかったでしょうね」

文香が少しも慌てることなくそう返し、幻二も穏やかな口調を崩さずに続けた。

「けれど、犯行に必要な時間を稼ぐ為には、未来にタイムトラベルをしても仕方がない。二時間先へタイムトラベルをするということは……殺人者にとっての一秒が、他の人たちにとっての二時間一秒になるということだからね。殺人者はむしろ二時間を損することになってしまう」

「そうですよ、時間を稼ぐ為には過去に行かなければならない。でも、直近の過去へタイムトラベルは出来ないんですよね？」

自信なげにそう問うたのは雨宮だった。

確かに……以前、ホラはこう説明をしていた。直近の過去へタイムトラベルすることは、同じ時間に同一人物が二人存在するという歪んだ状況を生じさせるので、タイムパラドックスを引き起こしてしまうと。

だが、文香は小さく首を横に振りながら言い返していた。

「いいえ、タイムトラベルを利用して時間を稼ぐことは可能だったの。……だって、タイムトラベルをしたのは殺人者じゃなくて私たちの方だったんだから」

＊

「……いつ、俺たちがタイムトラベルをしたって言うんだ？」

文香の言ったことを頭の中で反芻しつつ、加茂はそう問い返していた。

「キャンピングトレーラーに入ってすぐのことだと思う。あの時だけは一人がトレーラーの外にいて、残りの全員が車内にいるという状況があったから」

それを聞いた加茂は記憶をたどり始める。

「確か、安全確認の為に最初にトレーラーに入ったのは幻二さんと雨宮さんの二人だったよな？　それから俺たちと入れ替わりに、幻二さんが煙草を吸う為に外に出た。幻二さんが戻って来た後は、雨宮さんが傘を回収する為に車外に向かった。……最後は俺が外に出たんだったか」

同じくその時のことを思い出した様子の雨宮が訝しげに呟く。

「でも、幻二さんは五分で車に戻りましたし、僕も外にいたのは数分以内でしたよ。加茂さんに至っては一分以内だった気がするのですが」

「それだけあれば充分」

文香の言葉に雨宮は口を半開きにして固まってしまった。彼女はなおも続ける。

「ホラは言っていたでしょう？　時空移動をさせられるのは人間だけではないって……人間と一緒なら、一辺が六メートルの立方体のサイズまで移動をさせられるって」

そう言いながら、文香は両手を広げてトレーラーの全体を示した。

「見て、このトレーラーは二メートル×四・五メートル×二メートルくらいの大きさしかない。D・カシオペイアが時空移動させられる大きさよ」

先ほどから眉をひそめて考え込んでいた月恵が口を開いた。

「……つまり、殺人者はトレーラーごと私たちをタイムトラベルさせたと？」

「ええ、そう考えれば表玄関の扉が破壊される音を聞いた覚えがないことも説明がつくの。その時には私たちはこの世界に存在していなかった訳だから、そもそも音なんて聞こえるはずがなかったのだもの」

そう言いながらポケットを探った文香の手には、ノートの切れ端が握られていた。彼女はボールペンを取り出すと、それで紙に何かを記しながら説明を続けた。

「私たちがトレーラーに入ったのは午後八時五十分ごろ。殺人者は車内のどこかにD・カシオペイアを隠した上で、自分だけが車外に出た。それを確認したD・カシオペイアはトレーラーごとタイムトラベルをしたの」

彼女は紙を皆に見えるように掲げた。そこには次のように書かれていた。

――※PM九時にタイムトラベル、目的地は翌日のAM〇時に設定すると仮定

——出発時刻　　　到着時刻
——PM九時　→　PM十時　（誤差マイナス二時間）
——PM九時　→　AM〇時　（誤差〇時間）
——PM九時　→　AM二時　（誤差プラス二時間）

「こんな風に目的地を午前〇時に設定したとしても、実際の到着時刻は午後十時から午前二時の間のどこかになってしまうの。第三の制約で±二時間の誤差が生じることになるから」

加茂は頭の中で素早く計算をしながら頷いた。

「確かにそうだ。……午後十時に移動した場合は、俺たちの知らない間に一時間が過ぎてしまっていることになる。タイムトラベルをしなかった殺人者は、その分だけ時間を稼げる訳だ。……午前二時に移動した場合はもっと酷い。殺人者は五時間も稼げることになるからね」

幻二はこの説明には納得がいかなかった様子で、首を捻りながら言う。

「殺人者がトレーラーの外にいたのだとすれば、車内には時空旅行者がいない状態になっていたはず。そんな状態でD・カシオペイアはどうタイムトラベルをしたんだ？」

「タイムトラベル装置は一メートル程度の距離にいる人間なら、誰でも強制的に時空旅行者にすることが出来るのでしょう？　それなら、トレーラー内に誰か一人でもいれば、充分ということになるもの」

このことは加茂も経験済だった。彼は何の予告もなしにホラに時空旅行者にされてしまい過去に飛ばされたのだから……。文香はなおも続ける。

「殺人者はそうやって稼いだ時間を使って犯行に及んだ。その後、殺人者は玄関ホールで気長に待ったのだと思う。タイムトラベルをしたトレーラーが出現するのをね」

突然、月恵がハッとした様子で顔を上げた。

「まさか、トレーラーの位置が元々停めていた場所から何メートルか動いてしまっていたのも？」

「もちろん、風のせいなんかじゃない。タイムトラベルをした時に発生する誤差によって生まれたズレだったの。トレーラーが移動する際に地面の表面が少し削られたはずだけれど、周囲は既に水たまりになっていたから、その痕跡には誰も気付かなかったのだと思う。……そして、殺人者はタイムトラベルを終えて現れた私たちと何食わぬ顔をして合流し、D・カシオペイアを回収したの」

「時計はどうする？　タイムトラベルをした私たちが持っている時計は、実際の時刻と何時間もずれてしまったはずだ。もちろん、殺人者の時計とも合わなくなっていたことだろうし」

月恵の反論に対し、文香は首を横に振っていた。

「あの晩、私は懐中時計をベッドの傍のテーブルの上に置いていたし、幻二叔父さまも雨宮さんも腕時計を外していた。だから、殺人者は隙を見て皆の時計の針を進めることが出来たはずよ」

実際、加茂の記憶では幻二の腕時計もテーブルに、雨宮の腕時計はキッチン付近に置かれていた。彼女の言う通り、誰かが時計に細工することは出来そうだった。

雨が降りしきる窓の外に視線をやりながら、加茂は口を開く。

「そう考えると、第四の事件を起こすことが出来たのは、一人でトレーラーの外に出ていた人間……つまりは俺と幻二さんと雨宮さんということになりそうだね？」

「中でも第一の事件も犯行が可能だったのは、幻二さんと雨宮くんの二人だけだ」

こう言ったのは月恵だった。けれど、そこには自らが容疑者から外れた喜びなどなく、ただただ悲しみが込められていた。それに対し、幻二と雨宮は顔を見合わせるばかりで、互いに何も言い出せずにいた。

今にも均衡が崩れてしまいそうな危うい沈黙を続ける二人を、加茂は見つめた。

そこには殺人者と犠牲者の二人がいた。

犠牲者である一人は、目の前にいる男が殺人者だと確信しているはずだった。それとも、それすら受け入れがたくて、文香の推理が間違っていることに最後の望みをかけているかも知れない。殺人者の方は相手に罪を擦り付けることに注力をしているはずだった。

しかし、加茂にはどうしても分からないことがあった。

……殺人者はどんな気持ちで文香の話を聞いているのだろう？　今でも、この事件の真相が突き止められるはずがないと高をくくっているのだろうか。それとも、追い詰められつつある状況に戦々恐々としているのだろうか。

「……最後に残った第二の事件にも、やっぱりタイムトラベルが絡んでいたの」

文香の言葉に我に返った加茂は苦笑した。

「俺の存在を知ってすぐに、D・カシオペイアと殺人者は計画を変更したということになるみたいだな」

「ホラの言った通り、彼女はタイムトラベルの存在が周知のものになったと判断したのでしょうね。そして、タイムパラドックスを使ってお祖父さまの命を奪ったのよ」

「今度は、タイムパラドックスですか？」

面食らったような顔をしてそう呟いたのは雨宮だった。

「ええ、殺人者は前もってお祖父さまの部屋にD・カシオペイアを隠していたの。彼女はお祖父さまが夕食後に部屋に戻って来るのを待ち、タイミングを見計らってお祖父さまを過去に飛ばしてしまった。それも直近の過去にね」

それを受けた幻二は深いため息をつき、浮かない顔になって言う。

「その結果、タイムパラドックスが生じ、お祖父さまの存在がこの世界から消えてしまったと考えているんだね？」

文香は大きく頷いた。

「仮に十分前の世界にタイムトラベルをしたとすれば、タイムパラドックスの影響で十分前のお祖父さまの存在は消えてしまう。……そして、世界の全ては十分前に戻ることになる」

「なるほど、お祖父さまがタイムトラベルをした時に出来ただろう床や天井の痕跡もなかったことになる訳か」

「お祖父さまは恐らく、入浴の為に服を脱いで椅子の上に畳まれたのだと思う。D・カシオペイアはそれが何時何秒のことかを記憶して、その時間を目的地にしてお祖父さまをタイムトラベルさせた。……この方法なら、私たちに犯行を目撃されることもないし、殺人者は自分の部屋にいながら犯行に及ぶことが出来るもの」

二人の言っていることは、タイムトラベルの第四の制約に則って考えれば、ツジツマが合っているようにも聞こえた。

だが、加茂にはそれが真相だとは思えなかったので、すかさず問い返す。

「タイムパラドックスが起きたと考えた根拠は？」

「辰の間から、あの部屋の鍵が見つかったことよ」

「ああ、曲がった鍵のことか」

「夕食の時には当然、お祖父さまも鍵を持って来ていたはず。その鍵が辰の間で見つかったということは……加茂さんと私が監視を始める前に、お祖父さまが辰の間に戻っていたことを示しているもの」

加茂たちが辰の間の扉を破って中に踏み込んだ時に、彼はすぐに曲がった鍵を回収していた。その時にも殺人者には鍵をすり替えるチャンスがなかったのは確かだった。

彼女はなおも言葉を続ける。

「お祖父さまが辰の間に戻っていたのだとすれば、私たちの監視の目に触れずに犯行に及ぶ方法は一つしかない。……それがタイムパラドックスを利用した殺人なの」

これを受けて幻二が面食らった様子で呟く。

「でも、龍の根付はピザ窯の傍で見つかっただろう？」

「あれは、あの焼死体がお祖父さまの遺体だという印象を強める為に殺人者が敢えて置いたものよ。……夕食時に殺人者はお祖父さまから根付だけを切って奪った。お祖父さまは根付を失くしたくらいにしかお思いにならなかったはずだけれど」

雨宮が何度も瞬きをしながら言った。

「じゃあ、ピザ窯で見つかった遺体は誰だったんですか？」

「殺人者が外から別荘に持ち込んだのだと思うけれど、何の為にそんなことをしたのかは、私にも分からない。……加茂さんが現れたことで、D・カシオペイアと殺人者は計画を変更せざるを得なかった。私たちは変更する前の計画を知ることは出来ないから、遺体を準備した理由も知りようがないもの」

ここで彼女は目を伏せると、消え入りそうな声になって更に続けた。

「そして……恐ろしい話だけれど、殺人者は遺体を屋外で保管していたのだと思う。でも、冥森に棲む獣がその臭いを嗅ぎつけてしまった」

加茂は思わず咳き込みそうになりながら言った。

「まさか、遺体の脚が獣の餌食になってしまったから……あの遺体には脚がなかったと考えているのか！」

「ええ。殺人者はやむなくその遺体を虎の後足の見立てに使うことにした。遺体さえ焼いてしまえば、お祖父さまの遺体じゃないことに気付かれないと思って」

しばらくの沈黙の後、考え込んでいた様子の雨宮が質問を放った。

「まだ分からないことがあります。旦那さまがタイムトラベルをしたのだとすると、辰の間のどこかに砂時計があったことになりますよね？　部屋の捜索をした時にはそんなものは見つからなかったはずですが」

彼の反論にも、文香は少しも慌てる様子を見せなかった。

「最初に辰の間に入った時は、お祖父さまを探していただけだったから、部屋の中を詳細に調べた訳ではなかった。猟銃の捜索を行った時だって、探していたのは猟銃と二十四発入りの銃弾の箱だったでしょう？　小さな砂時計を探していた訳ではなかったから、見落としがあってもおかしくないの」

「確かに、そうかも知れませんが……」

「結局、加茂さんと私が改めて部屋の調査を行ったのは午後二時になってからだった。それまでの間に、殺人者は砂時計を回収することが出来たはずなの」

それを受け、加茂は誰が辰の間に入り、そして誰が入らなかったのかを思い出しながら口を開いた。

「蝶番を壊した直後に部屋の中に入ったのは、俺と文香さんと幻二さんの三人だけだった。そして、猟銃の捜索を行った時に辰の間の調査を担当したのは、漱次朗さんと月彦さんと月恵さんの三人のはず。……我々の中で砂時計を回収するチャンスがなかったのは、雨宮さんだけだ雨宮さんは辰の間には入らなかったのでしょう？」

「実際は、それ以外にも私たちは手分けして建物内の捜索を行ったことがあった。その時には、雨宮さんは幻二叔父さまと一緒に行動をしていたはずよね。……叔父さま、雨宮さんは辰の間には入らなかったのでしょう？」

幻二が床に向けていた視線を上げて、静かに答えた。

「彼なら辰の間には入らなかったよ。それは間違いない」

これは実質的に、自らが殺人者だと認めた言葉のように思えた。文香の推理に基づけば、殺人者の条件を全て満たし、辰の間から砂時計を回収することが出来たのは幻二だけということになったからだ。

その言葉を受けて、文香は大きく息をついた。

「なら、叔父さまは犯行をお認めになるのね？」

幻二は真っ直ぐに文香を見つめる。

「僕は殺人者ではないよ。文香も二階の廊下を監視していたのなら知っているだろう？　僕はあの晩は早くに丑の間に戻った。二階の部屋から抜け出してピザ窯の遺体を焼くことなど出来る訳がない」

「遺体を焼く準備なら、もっと早い時間でも出来た。動物に襲われたことに気付いた段階で、叔父さまは遺体を守る為に扉の閉まるピザ窯に移していたはずだから。それなら、夕食の準備中に厨房を抜け出して窯に薪を放り込み、時限装置で火がつくように細工をすればいい」

「なら、僕がどうやってお祖父さまの部屋に砂時計を隠したっていうんだ？」

幻二の声にはまだ乱れはなかった。対する文香は珍しく厳しい表情になっていた。

「加茂さんに調査を依頼することが決まった後、叔父さまは辰の間に行ってお祖父さまとお話をしていたことがあった。その時になら細工をすることが出来た」

「そうかも知れないが、部屋のどこに？」

「懐中時計の中よ」

この答えを受けて幻二は目を丸くしたが、すぐに苦笑いを浮かべた。

「ああ、竜泉家の懐中時計には隠しスペースがあるからね」

ホラの大きさは、直径が一センチ弱で高さが三センチくらいだった。それに対し、辰の間にあった懐中時計の隠しスペースは一センチ×四センチ×二センチ。つまり、タイムトラベル装置が収まる大きさがあることになった。

なおも、文香は糾弾を続ける。

「懐中時計に隠せば、簡単には見つからないと思ったのでしょう？」

「あまりいい隠し場所とは言えないな。砂時計を回収する為に蓋を開かなければならないし、その時に音が立つ」

「いいえ、叔父さまになら簡単に出来たはず。だって、叔父さまは同じ時計をご自分でも持っているのだもの」

この言葉に幻二はたじろいだ様子だった。

「まさか、皆が目を離した隙に、持参した懐中時計とＤ・カシオペイアが入っている懐中時計を入れ替えたと？」

「ええ、叔父さまにはその機会があった。辰の間を調べた時にも引き出しの傍にいたし、部屋から出て来るのも最後だった。……それに、他にも証拠があるの」

これにはトレーラーの中にいた全員が息を呑んだ。加茂はすかさず問い返す。

「証拠というのは？」

「辰の間にあった懐中時計は、六時四十六分を示して止まっていた。でも、これはあり得ないことなの」

「どうしてだ、あの朝に止まったのかも知れないじゃないか」

幻二が訝しそうに問い返すのを聞いて、文香は大きく首を横に振っていた。

「あの時計は竜泉家を象徴する大切なもの。だから、お祖父さまはあの時計のネジを巻き続けていらっしゃった。……ねえ、お祖父さまはどうして夕食後、八時三十分には必ず部屋に戻ることにしてらっしゃったのだと思う？」

「そんなこと僕らには分かりっこ……いや、まさか！」

そう呟いた幻二の顔が強張る。それを見た文香は悲しげに続けた。

「私みたいに懐中時計を持ち歩いていれば、いつでもネジを巻くことが出来る。でも、お祖父さまはそうではなかった。部屋に置きっぱなしの時計は、ネジを巻く時間を決めておかないと止まってしまうもの」

「つまり、お祖父さまは毎日午前と午後の八時三十分ごろにネジを巻くことに決めていたと？　だからこそ、午後八時三十分には部屋に戻ることにしていたと？」

「ええ。本物のお祖父さまの懐中時計なら、八時三十分前後を示して止まるはず。六時四十六分で止まっていたあの懐中時計はお祖父さまのものではない」

加茂はこの推理に驚きを隠すことも出来ずに言葉を失ってしまっていた。代わりに月恵がぽつりと呟く。

「……竜泉家の絆を象徴する懐中時計がこの事件の真相を明らかにした、訳か」

文香は改めて幻二に向き直ると、彼の目の中を覗き込んで必死に訴えかけた。

「お願い、もうこんなことは止めて。叔父さまは羽多怜人さんのことを慕っていらっしゃったのでしょう？　だから、その気持ちをＤ・カシオペイアに付け込まれてしまった。叔父さまは騙されているのよ」

「違う……僕は殺人者ではない。文香の推理は間違っている」

幻二はそう言ったけれど、加茂はそんな彼を冷ややかに見つめた。

「否定しても同じことだ。殺人者が誰か分かったのなら、やるべきことは決まっているから」

「何をなさるんです？」

「まずは身体検査をして砂時計を持っていないか調べる。それでも見つからなければ、トレーラーと別荘の建物内を改めて捜索するしかないだろうね」

加茂の提案に他の三人は頷いたが、幻二だけは肩を竦める。

「どうぞ、お好きなように」

「随分と余裕だな。……文香さんたちは彼が何かを隠すような素振りを見せないか見張っていてくれないか?」

そう言って加茂は幻二に立ち上がるよう指示をした。彼は素直に従い、命じられるままにトレーラーの後部に進んで両手を上げた。

「どうせ、何も見つかりはしない」

幻二がそう呟き、ほとんど同時に加茂は誰かがガラスに触れたような微かな音がするのを聞いた。

「……確かに、探す場所を間違っていてはどうしようもないもんな」

そう言いながら加茂は振り返った。怪訝そうにしている文香と月恵の背後で、雨宮が吊るされたランタンに右手を伸ばしていた。先ほどの音は彼が立てたものだったらしい。加茂と目の合った彼は驚いたようだったけれど、すぐに申し訳なさそうに言った。

「身体検査をするには暗かったので、ランタンを点けようかと思ったんです。もしかして、余計なことでしたでしょうか?」

加茂はことの成り行きに満足してニッコリと笑う。

「その『灯り』は君が思っているモノとは、違うと思う」

彼の言葉に釣られるように雨宮は自分の右手を見下ろした。その指の隙間から、くぐもった声が聞こえて来る。

『あいにくですが、私はD・カシオペイアではありませんよ』

それは間違いなくホラの声だった。

驚きのあまり雨宮が身体を竦ませて右手を開いてしまったので、砂時計が床に転がり落ちた。

それでも、一万年という長い年月にも耐えた砂時計には少しも傷がつかなかった。

加茂は転がって来たホラを拾い上げながら言う。

「見ての通り、殺人者は幻二さんじゃなくて雨宮さんだったんだ」

＊

「……僕を罠に掛けたのですね？」

押し潰されたような声になって雨宮が呟いた。

短い乱闘の末、加茂と幻二は彼を床に押さえ込んでいた。加茂の眼鏡が犠牲になり、雨宮に打撲傷が少々出来たくらいで、誰にも大きな怪我はなかった。

加茂は雨宮の質問には答えずに、彼の両手を縛り上げる。トレーラーの扉を括りつけるのに使っていたロープがまた役に立った。そのロープに弛(ゆる)みがないかを確認してから、加茂は床に落ちてしまっていた眼鏡を拾い上げた。フレームは曲がってレンズにはヒビが入ってしまっている。彼はそれを掛けるのを諦めてテーブルの上に置いた。

抵抗しても無駄だと悟ったらしく、雨宮はベッドに腰を下ろした。文香も月恵も……先ほどまで殺人者呼ばわりされていた幻二も動揺を隠せない様子で、そんな彼を見つめている。雨宮は縛られた両手首に視線を落として、苦笑いを浮かべた。

「妙だとは思っていました。……お喋りなホラがトレーラーに入ってからは黙りこくったままでしたから」

「ああ、ホラはランタンの中でD・カシオペイアのフリをして待っていたからね」

加茂が答えると、すかさず彼の手の中にいたホラが口を挟んだ。

『そういう訳ですから、私は喋りたくとも喋れなかったのですよ』

加茂は胸ポケットに入れていたペンダントの鎖を引っ張り出す。もちろん、そこには砂時計はついていない。先ほどから彼が首に掛けていたのは鎖だけだったからだ。

雨宮は深くため息をついた。

「それで彼女は、D・カシオペイアはどこに?」

「……昨晩、俺は持ち物の抜き打ちチェックをすると予告したよな?」

「しましたね」

「抜き打ちなら予告すること自体がマヌケだが……そう言っておけば、身体検査を警戒してD・カシオペイアをトレーラーに置いて行くと思ったんだ。だから、俺は理由をつけてトレーラーに先回りし、砂時計がどこに隠されているか探すことにした」

説明をしながら、加茂は衣装用の引き出しからワインボトルを取り出した。

瓶の中に入っているモノが激しく光を明滅させるので、緑色のボトルは光ったり暗くなったりを繰り返していた。耳を澄ますと遠くで甲高い声が聞こえたが、それも水とガラスに遮られてほとんど分からない。……瓶の中にはＤ・カシオペイアが入っていた。

そのことに気付いた雨宮は敵意を剝き出しにして加茂を睨んだ。

「彼女までもが貴方の手に落ちましたか。どうやら、僕らには勝ち目がなくなってしまったようですね」

幻二はそんな彼をじっと見つめていたけれど、やがていつもの冷静さを取り戻した様子で口を開いた。

「……もしや、文香が推理を始める前から、加茂さんには殺人者が彼だと分かっていたのですか？」

加茂は雨宮の一挙一動を監視しながら頷いた。

「ああ、分かっていたよ」

それを聞いた文香は顔を真っ赤にして口ごもる。

「分かっていたのなら、どうして早く言ってくれなかったの？」

今にも泣き出しそうになっている彼女を前にして、加茂は俯くことしか出来なかった。文香の言っていることは正論だったからだ。

「悪かった。トレーラーでホラからＤ・カシオペイアの話を聞いた時から、俺の中では少しずつ推理が形をなしていったんだ。でも、俺はそれが本当に真相なのか自信を持てずにいた。理屈から見て正しくても、具体的な物的証拠があった訳ではなかったからね。……だから、トレーラーの中にいるうちから罠の準備を始めることにした」

「罠？」

「そう。雨宮さんが罠に掛かれば、俺の推理が机上の空論ではないと証明されると思ったから」

文香の目から一筋の涙が零れ落ちた。

「それでも、私が推理をするのを止めることは出来たはず。……叔父さまに信じられないくらい酷いことを言ってしまったもの」

見かねたように幻二が苦笑いを浮かべる。

「それは気にしなくていいよ。僕が糾弾されるのも雨宮くんの計画のうちだったはずだから」

雨宮も文香にニコリと笑いかけた。

「まだ、気付いていなかったんですか？　貴方がダミーの答えに辿り着くことが出来たのも、僕が貯蔵庫でそう誘導したからだったんですよ」

無情な一言に文香の表情が凍りついたのを満足そうに見やってから、雨宮は加茂に向き直って口を開いた。

「どうやら加茂さんは僕が文香さんにダミーの推理をさせようとしていることには勘付いていたようですね？」

「ああ、君が何か吹き込んだんだろうとは思っていた」

「なるほど、それで文香さんが間違った推理を始めても、それを止めずに僕を泳がせることにした訳ですか。僕を罠に掛ける為に」

ここで月恵が首を振りながら言葉を挟んだ。

「けれど、文香さんの推理に間違っている部分があるとは思えない。どれも完璧なものに思えたのに」

「……それじゃあ、第一の事件からもう一度見直してみようか」

加茂はそう言って大きく息を吸い込み、本格的に説明を始めた。

「ちなみに第一の事件については、文香さんの推理と俺の推理は基本的に同じなんだ。究一さんは屋外で殺害されて手足だけが大浴場に持ち込まれた。二人の被害者の頭部と胴体を入れ替えてしまうことで、殺人者は不可能犯罪を作り上げた」

雨宮がすっと目を細めて頷く。

「おっしゃる通りです。……まず、僕は究一を冥森へ呼び出しました。内密に話をしたいことがあると言って騙したのですが、律儀な究一は誰よりも早く外に向かい、夕食に混ぜておいた睡眠薬で眠り込んでしまいました。僕に殺される運命にあるとも知らずにね」

彼は悲しげに微笑みはしたものの、そこには一点の後悔もないようだった。

「そして、究一さんを殺害して遺体を解体したんだな」

「ええ、そこからは文香さんが推理をした通りです。もちろん、薪割小屋に積んであった薪はアリバイ作りの為に僕が前もって用意していたものですよ。……それにしても、光奇は浅ましい人間でしたね？　前々から賭けごとにのめり込むあまり金に困窮しているのは知っていましたが、僕には盗癖があるという芝居をして見せただけで、面白いくらいに喰いついて来ましたから」

それを聞いた文香がハッと目を見開いた。

「東京の本宅に何度も泥棒が入ったのも、もしかして」

「お察しの通り、光奇が僕を脅して泥棒の片棒を担がせていたんですよ。盗み取った物品は彼が売り払っていたはずですが、僕には一銭の分け前もありませんでした」

文香の絶望しきった目を見つめて、雨宮は楽しげな口調になって続ける。

「あの晩は僕から光奇に話を持ち掛けました。申の間の鍵を盗んで来るから、究一が留守の間に目ぼしいものを物色しないかって……。外部犯に見せかけると言ったら、光奇は安心しきっていたようでした」

加茂は思わず唸り声を上げた。

「そうやって、光奇さんを申の間に誘き寄せたのか」

「彼には準備が整うまでは自室で待つよう伝えておき、一緒に申の間に向かいました。油断している彼を襲うのは、物足りないくらい簡単でしたよ。ちなみに、究一の時にはあらかじめ屋外に隠しておいた斧を、光奇の遺体の切断には屋内に残しておいた鉈を使ったのです」

「ということは、その晩は鉈は建物内に隠されていたんだな?」

「ええ、防水布と一緒に地下倉庫の天井裏に放り込んでおきました。最悪それらが見つかったとしても、一気に真相を見抜かれることはないだろうと思っていたのですが……幸いにして誰にも発見されずに済みました。そして、翌日の夜には鉈と防水布を回収し、冥森の木の洞に隠しておいたのです。……さて、これ以外の事件についても、貴方の推理が正しければ全てをお話しすると約束しますよ。これで如何ですか？」

　そう言って彼は人懐っこい笑みを浮かべた。

　加茂からしてみれば、ゲーム感覚でそんなことを言うこと自体が我慢ならなかったが、今は受け入れざるを得ないようだった。

「もう一つ聞きたいことがある。君の計画では、幻二さんをダミーの犯人に仕立て上げることになっていたはずだ。……恐らく、彼が庭園へ散歩に出かけたのも偶然ではなかったんだろう？」

　これを受けて雨宮はクスクスと笑い始める。

「もちろん僕が仕組みましたよ。けれど、幻二さんはその理由を誰にも喋ることが出来ませんでした。加茂さんがお持ちの情報では推理が不可能な部分ですがね」

　彼から視線を逸らすと、加茂は幻二に問いかけた。

「あの晩、荒神の社へ行った理由を教えてもらえるかな？」

　幻二は悩むように視線を床に下げ、やがて覚悟を決めた様子で口を開いた。

「今から二週間ほど前のこと、会社宛に黒い封筒が届きました」

「黒い封筒？」

「ええ、中には手紙と写真が七枚入っていました。宛先こそ僕になっていましたが……その写真は僕のものではありませんでした」

それ以上は言葉にするのを幻二が躊躇ってしまったので、雨宮が引き継いだ。

「僕は封筒の中にある少女の写真を入れておいたんですよ。それも男と一緒の、あられもない姿のものばかりを選んで」

「失礼ですが、それはあなたが関係を持った女性の写真だったのですか？」

これを聞いた幻二は余計に苦しそうな表情になってしまった。それを見て雨宮が面白がるように言う。

「違いますよ。幻二さんは意外に思い切りのいい性格をしていますからね。ご自身の不祥事なら、事件が発生した段階で隠すのを諦めてしまうでしょう」

今では、加茂はこの質問をしたことを深く後悔していた。

幻二が頑なに口を閉ざしていたのは、写真の少女を守ろうとしたからに違いなかった。恐らく、写っていたのは文香だったのだろう。

「同封されていた手紙の中で、送り主は自ら写真に一緒に写っている者だと宣言した上で、『写真をばら撒かれたくなければ金を用意しろ』と要求をして来ました。男の顔は写真で分かっていたのですが、警察はおろか誰にも喋るなと脅されていたので、相手の身元を突き止めることも叶いませんでした。……一週間後には金銭の受け渡し場所を指定する手紙が届き、指示通り僕は二十一日の夜に荒神の社に向かいました。その場所で、お金と引き換えに写真のネガを受け取ることになっていたのです」

「でも、それは幻二さんを建物の外に連れ出す為の嘘に過ぎなかった」

「そうです。僕は荒神の社で一時間近く待ちましたが、待ちぼうけを喰らったのです」

少しだけ考え込んでから、加茂は再び口を開いた。

「……そういえば、辰の間に入った幻二さんは引き出しのことをやたらと気にしていたな。あれももしかして？」

「ええ。僕は懐中時計ではなく別のものに気を取られていたのです」

「何となく分かって来た。最初に辰の間に入った時、俺は引き出しに黒い封筒が入っているのを見た。次に見た時には封筒は消えてしまっていたが……あの時、部屋に入ったのは俺と文香さんと幻二さんだけだ。文香さんは俺と一緒に行動していたから、あの封筒を取ることが出来たのは、幻二さんしかいない」

幻二は驚いたように目を見開いたけれど、すぐに苦笑いを浮かべる。

「お気付きでしたか、勝手なことをして申し訳ありません。……僕に届いた脅迫状と同じ封筒だったので、また写真が入っているのではないかと不安になったのです。それでとっさに隠してしまったのですが、後で確認したら中は空でした」

文香は写真の正体については気付いていない様子で、不思議そうにこの話を聞いていた。雨宮はそんな彼女を見やって言った。

「その封筒を仕込んだのも僕です。もちろん、幻二さんに辰の間で不審な行動を取ってもらう為でした。……折角だから、種明かしもしてしまいましょうか。写真に写っていたのは幻二さんの思っている人ではありません」

「どういう意味だ？」

「訳あって、彼女に瓜二つな少女が一人いましてね。写真はそちらの少女のものだったんです」

彼が誰を指しているのかは明らかだった。……文香の双子の妹である文乃のことだ。それが分かっていたので、加茂は文香の写真ではなかったと知っても喜ぶことが出来なかった。幻二と月恵の顔が曇っているのは彼らも同じことを考えているからだろう。一人の少女に不幸が及んだのは間違いがなかった。

雨宮は内緒話でもするように話を続ける。

「少女はある学生に恋をしていたのですが、学生は金の誘惑に負けました。そして少女を眠らせて写真を撮影したんですよ。それを僕が買い取って利用した訳です」

これ以上追及すれば、文香が写真の真実に気付きかねないように思ったので、加茂は敢えて話を逸らすように口を開いた。

「第二の事件の話に移ろう。これについては、俺が組み立てた推理の内容は大きく違っている」

思った通り、文香はすぐにその言葉に食いついて来た。

「私の推理のどこが間違っていたの？」

「まず、第二の事件にD・カシオペイアは使われていない。殺人者はタイムトラベルを使うことなく太賀さんを殺害したんだ」

これには雨宮を除く全員が息を呑んだ。ただ一人超然としてベッドの上に座っていた殺人者が言う。

「面白い、僕はどうやったんでしょうね」

そんな雨宮に対して加茂は逆に問いをぶつけた。

「今回の事件には、タイムトラベルという特殊な技術が絡んでいる。でも、その特殊性が事件の解明に何のヒネリもなく直結するようでは、あまりに芸がなさすぎるとは思わないか?」

「そうかも知れません」

「実際、タイムパラドックスを利用したとする文香さんの推理には説明がつかない部分があった。……例えば、ピザ窯に入っていた遺体だ。文香さんは殺人者が正体不明の遺体を持ち込んだと考えていたが、今は季節が悪すぎる」

これを受けて、幻二が納得したように頷きながら言葉を挟んだ。

「確かに。気温が高いので、遺体はすぐに腐敗してしまうでしょう」

「冷蔵庫は食事を作る時に確認したから、そこに遺体がなかったのは確実だ。他の場所で遺体を何日も保管していたのだとすれば、ある程度は腐敗が進んでいなければならない。……ところが、あの焼死体は損傷がマシな部分からも腐敗臭はしなかった。あれは外から持ち込んだものではなくて、太賀さんの遺体だったということだよ」

戸惑い顔になって文香が反論する。

「でも、時計の針は確かに懐中時計が入れ替えられたことを示していたのに」

加茂は文香の懐中時計を取り出し、そこに刻んである龍の刻印を見つめた。

「止まった針が示していたのは懐中時計の入れ替えではなかった。あれは太賀さんが夕食後に辰の間に戻らなかったことを表していたんだ」

「え?」

「太賀さんは夕食後に辰の間に戻るつもりはなかったし、長いこと部屋を空けるつもりでいた。それで、いつもの習慣を破って夕食前にネジを巻いて辰の間を後にしたんだ。……出来る限り、時計の針を止めないようにする為にね」

これを聞いた雨宮の笑みが深くなり、文香はその表情から加茂の推理が正しいことを悟ったようだった。しかし、やはり困惑を隠すことが出来ずに彼女は言った。

「確かに、お祖父さまが食堂にいらっしゃったのは七時だった。その前にネジをお巻きになったとすれば、六時四十六分に時計が止まってもおかしくはないけれど」

「根拠はそれだけじゃないよ。……辰の間に置いてあった車椅子からネクタイピンが飛び出たのは覚えているかな?」

「ええ、机の上に置いていたものが何かの拍子に落ちて、お祖父さまの気付かないうちに車椅子に挟まってしまったのでしょうね」

「太賀さんがあのピンを失くしたのは、何日か前のことだった。もし太賀さんがあの車椅子を毎日使っていたとすれば、紛失した翌日の朝には車椅子を開いた時にピンが飛び出して『失せモノ発見』となっていたはずだ。……そうならなかったということは、太賀さんはあの車椅子をここ数日は使っていなかったことになる」

「それってまさか？」

「そう、あの部屋にあったのは予備の車椅子で、階段脇のスペースに置いてあったものこそ、普段から使っていた車椅子だったんだよ。……普段使いの車椅子が部屋の外にあったということは、太賀さんはやはり辰の間には戻らなかったことになる」

すかさず文香が顔を顰めて反論をする。

「でも、あの部屋の中には辰の間の鍵があった。あれはお祖父さまが部屋に戻って来たという証拠のはずよ」

「あの曲がった鍵は辰の間の鍵じゃない」

「そんな、あの鍵を試してみたのは加茂さんでしょう？」

「殺人者はダミーの答えをそれらしいものに見せかけるべく、室内に辰の間の鍵を置く必要があった。そうすれば、太賀さんが辰の間に入ったと見せかけられるからね。その為に、殺人者は策を弄した。……そもそも、部屋の状況からして鍵が曲がるようなことは起きていなかっただろう？　あれは殺人者が故意に曲げたものだったんだよ」

「何の為にそんなことを？」

「曲がっていない鍵を拾っていたら、俺はすぐにでも辰の間の扉に鍵を挿し込んで、本物かどうか確認していたはずだ。でも、行方不明の太賀さんを探している状況では、曲がった鍵を真っ直ぐにして調べる暇はなかった。殺人者はそれを狙ったんだ」

今度は月恵が怪訝そうに口を開いた。

「時間を稼いだところで、同じことだと思うけれど」

「そんなことはない。殺人者は俺たちが辰の間の隣の部屋、つまりは卯の間の扉も蝶番を破壊すると見越していた。俺が開かずの間の調査を強行するのは予測出来たことだからね。……そして、別荘の扉はどれもマホガニー色をした同じものだ。見た目だけでは見分けがつかない」

月恵は頷いて彼の言葉が正しいのを認めた。加茂はなおも続ける。

「雨宮さんは辰の間と卯の間の両方の扉の蝶番を破壊し、扉を取り外して廊下に立てかけた。俺たちが卯の間を調べている間なら、隙を見て廊下にある二枚の扉を入れ替えて卯の間の扉を辰の間の傍に移動させることも出来たはずだ」

『それでは曲がった鍵は卯の間の鍵だったと？　結果的に卯の間の鍵を卯の間の扉に挿し込むことになったから、鍵が一致したということなのですか？』

我慢がならなくなったように、言葉を挟んだのはホラだった。

「そういうことだ。あの曲がった鍵は他のに比べて古びた感じがした。多分、太賀さんが保管していた卯の間の鍵を手に入れて使ったんだろう」

ここまで聞いても、文香はまだ納得がいかない様子だった。

「……だとしたら、お祖父さまは夕食後にどこに消えてしまったの？」

「太賀さんが二階に上がったのは、階段の昇降機が二階に移動していたこと、車椅子が二台とも二階にあったことから考えても間違いない。実際、俺が掃除用品室にこもる前から階段脇のスペースには車椅子が置いてあったしね」

「二階のどこにいたとしても、雨宮さんが私たちの監視を潜り抜けてお祖父さまを殺害するなんて出来っこない」

「いや、俺たちに見つからずに済む場所が一つだけあった。……小荷物用リフトだ」

文香は理解に苦しむといった表情に変わり、月恵と幻二も戸惑ったように顔を見合わせた。

全員の考えを代表するように幻二が口を開く。

「しかしながら、あのリフトには僕でも入れませんよ。あれは一段につき、一一〇センチ×七〇センチ×二七センチくらいの空間しかありませんでしたよね」

「それはそうだが、あの小荷物用リフトは特殊な場所だ。一階から操作をするだけで、かごの中身を二階から一階に下ろすことが出来る訳だから。俺たちに見られることなく太賀さんを一階に連れ出すことが出来る唯一の方法でもある。……実際に太賀さんが二階からいなくなっている以上、その狭い空間に彼が入ったと考えるしかない」

この乱暴な論理に幻二が顔を顰めた。

「祖父も若い頃は一七〇センチくらいの身長があったのですよ？　年齢や病気により身体も硬くなっているでしょうに、祖父があんな場所に入れたとは思いません」

その反論を無視するように、加茂は一方的に話を続けた。

「太賀さんは糖尿病が悪化して、車椅子で生活することを余儀なくされたそうだね？　糖尿病というのは治療を怠ると恐ろしい病気で……身体の末端の部分の血流を悪くして壊死させてしまうことがあるらしい」

幻二は彼の言っている意味を悟ったらしく、頰を引きつらせた。

「まさか……祖父は糖尿病の合併症で両足を切断していたと?」

「恐らくは。けれど、双子だった父親と叔父の間に生まれた骨肉の争いの記憶が原因で、太賀さんは親類にすら自分の弱みを明かすことが出来なかった。だから、足を切断したことも両足に義肢をつけていることも隠し続けるしかなかった」

加茂の生きている現代で考えれば、病気で足を失ったことを『弱み』と考えること自体がおかしなことだった。だが、太賀の生き抜いて来た時代においては……障害に対する差別は現代よりも根強かったのだろう。

加茂はなおも言葉を続ける。

「ピザ窯で見つかった遺体の足は殺害時に切断された訳じゃなかったんだ。そう考えれば、切断された部分が見つからなかったのも当たり前だからね。そして、殺人者は太賀さんの足が最初からなかったことを隠す為に遺体を焼いた」

「ヌエの見立てを行ったもう一つの理由がそれだったのか。お祖父さまの遺体に足がないことに対して、違和感を抱かせないようにする為に……」

月恵が悲しげにそう呟いたのを聞き、加茂は頷いた。

「その通り。誰にも見られないようにする為に、殺人者は皆が寝静まった頃に遺体をピザ窯へ移動させたはずだ。……幻二さんは俺たちが掃除用品室に入ってすぐ丑の間に戻って朝まで出なかった。だから、彼には遺体を移動させるチャンスがなかったことになる」

これを受けて、幻二は口元に力ない笑いを刻んだ。

「疑いを晴らして頂いてありがとうございます。……そういえば、ピザ窯の灰の中からはニスの塗られた木片が見つかっていましたね。ニスの塗られた薪なんてないでしょうから、あれは義肢の燃え残りだったのでしょうか？」

「俺もそうだと思う」

文香は俯いたまま涙声になって言った。

「可哀想なお祖父さま……。でも、雨宮さんはどうやってお祖父さまが小荷物用リフトに入るように仕向けたの？」

「義肢を外した太賀さんの身長なら、一一〇センチしかない場所にでも入れただろう。……それに、太賀さんの腕の筋肉は鍛えられていた。普段から身の回りのことを自分で出来るくらいだったんだろう？」

「ええ、それをいつも自慢なさっていたもの」

「だったら、二階の階段脇のスペースで車椅子から降り、車椅子を畳んで油絵の裏に隠すことも、腕の力で移動して自分で小荷物用リフトに入ることも可能だったはずだ」

これについては誰からも反論は起きなかった。加茂は呼吸を整えて更に続ける。

「でも、いくら太賀さんが義肢のことを黙っていようとしても、身の回りの世話をしてもらう人にまで隠すのは不可能だ。……だから、少なくとも刀根川さんと雨宮さんはそのことを知っていたはず。違うか?」

低く笑う声が聞こえ、唇を歪めた雨宮が顔を上げた。

「正解です。僕と刀根川さんはご老体の足のことを知っていました」

「なら話は簡単だな。君はヌエの見立てに気付いたフリをして『次に狙われる可能性が高い人は寅の間の漱次朗さん、巳の間の月彦さん、酉の間の刀根川さん』だと太賀さんに吹き込んだ。その上で、とっておきの見張り場所を勧めたんだろう。太賀さんだけが入れる場所、殺人者の意表をつく場所……小荷物用リフトを」

加茂の言葉に、雨宮は大きく頷いてから口を開いた。

「あの晩、夕食の用意をしている時に僕は辰の間へ行きました。そして、見立てについてお話しするついでに、あらかじめ曲げておいた卯の間の鍵をベッドの足元に置いたんです。……ご老体の僕への信頼は厚いものでしたから、何も疑わずに話を聞いていましたよ。終いには僕が誘導するまでもなく、自ら小荷物用リフトに入ると言い始めたのです。僕の方は自分の部屋から酉の間を監視すると適当な嘘を言っておきました」

ここで彼は微笑みを浮かべる。

「しかし、探偵小説好きの人というのは面白い。物語の主人公のように自ら危険に飛び込んで行くのですから。殺人者をこの手で見つけると意気込んでいましたよ」

「……でも、太賀さんも何の武器もなしに殺人者を待ち伏せした訳じゃないはずだ。多分、猟銃を持って小荷物用リフトに入っていたんだろう？」

「ご明察です。僕が自衛の為に猟銃を持つべきだと勧めましたからね。ご老体から猟銃と弾丸を保管しているロッカーの鍵を預かった僕は、それらを取り出してリフトのかごに収めました」

「リフトに入る時に、太賀さんに疑いを持たせない為にか」

加茂がそう問うと、雨宮は頷きながら答えた。

「銃がなければ、いくら向こう見ずなご老体でも怖気づいてしまうかも知れませんからね。彼が身動きのしやすい甚平に着替えるのを手伝って、僕はついでに椅子の上によく似た色の甚平の着替えを用意しておきました。貴方あたりがタイムパラドックスが起きたと思ってくれることを期待してそうしたのです。……夕食後、ご老体は密かに小荷物用リフトに向かいました。僕としては食後のコーヒーに混ぜた睡眠薬が効くのをただ待てば良かったのですが、一つ問題がありました。貴方ですよ、加茂さん」

「俺が？」

「文香さんの日記を読んでいるだろう貴方がいたからこそ、予定していた犯行の順番を変えざるを得なくなった訳ですが……実を言うと、僕もD・カシオペイアも大いに悩みました。僕らにとっては未知の砂時計だったホラが、貴方にD・カシオペイアの存在を伝えているのか分かりませんでしたからね？　けれど、『ここ』にやって来たばかりの加茂さんは、誰かが別の砂時計を隠していないか調べる素振りを、特に見せませんでした」

何も言い返せずにいる加茂に向かって、雨宮は更に続けた。

「それで僕らは悟りました。ホラはマリスの話を伏せようとするあまり、D・カシオペイアのことも加茂さんに伝えられずにいるのだ、と。もう一つの砂時計の存在を知らされていないのなら、貴方は日記の内容に従って掃除用品室で張り込みをするだろうと予想がつきました。……案の定、加茂さんはご老体の後に続いて食堂を出ようとしましたね？　だから、僕は話し掛けて足留めしたんです」

「……そのせいで俺は二十分を失ったのか」

「二十分あれば、ご老体は無事にリフトに入ることが出来ます。その後は頃合いを見計らって、リフトを一階に移動させれば良かった」

「思い返してみると、その時のモーター音を掃除用品室に隠れている際に聞いた気がするな。その時は地鳴りかと思って俺も文香さんも深くは考えなかったが、今考えてみればツジツマが合う」

雨宮はほんの少しだけ驚いたようだったけれど、すぐに言葉を継いでいた。

「それから、僕は眠っているご老体を絞殺して辰の間の鍵を回収しました。これは残しておく訳にはいきませんでしたから。そして、遺体と義肢をピザ窯に入れて火をつけ、窯の前に龍の根付を転がし、その日の準備は終わりました。……更に翌日には蝶番を壊した辰の間の扉と卯の間の扉を、隙を見て入れ替えてしまったんですよ」

しばらくは誰も何も言わなかった。最初に口を開いたのはホラだった。

『第三の殺人については、刀根川さんの口を封じる為に行ったことのようですね？』

「ええ、第二の事件を成立させる為には、義肢について知っている人を事前に殺しておく必要がありました。……幸いなことに、加茂さんが窓の格子を調べると言ったものだから、刀根川は僕らを部屋の中に招き入れました。あの時、目が離れた隙にコップにたっぷりと毒を塗っておいたんです」

彼は日常の出来事を話すみたいに刀根川の死について語った。加茂は自分の行動が彼女を死に追いやったのだと知って言葉が出なくなってしまった。

雨宮は挑戦的な目になって、彼の顔を覗き込むようにして言う。

「それでは、第四の事件についてはどうですか？」

加茂は相手を睨み返し、再び口を開いていた。

「文香さんの推理は概ね正しかった。この事件には確かにタイムトラベルが使われているから」

それを聞いた幻二は何とも言えない表情になって彼を見やった。

「先ほど、タイムトラベルがトリックに絡むのは安直だとおっしゃったばかりではありませんか？」

「何のヒネリもなくトリックに直結するのは芸がないと言ったね。でも、第四の事件についてはヒネリがない訳じゃない」

「まあ、殺人者と犠牲になった二人以外の全員をタイムトラベルさせるというのは、意外な方法ではありましたが」

そう言いながらも幻二はまだ半信半疑の様子だった。加茂は更に説明を続ける。

「まず文香さんの推理のどこに問題があったのかを考えてみよう。……一つ目は例えば、俺たちが朝の六時を迎えるまでに体感する時間についてだ。本来なら午後九時から午前六時まで九時間ある訳だが」

彼は文香が書いたメモにボールペンで情報をいくつか追加した。

——※PM九時にタイムトラベル、目的地は翌日のAM〇時に設定すると仮定

——出発時刻　到着時刻　体感時間

——PM九時　→　PM十時　(誤差マイナス一時間)　八時間

——PM九時　→　AM〇時　(誤差〇時間)　六時間

——PM九時　→　AM二時　(誤差プラス二時間)　四時間

「見ての通り、本来なら九時間あるはずのところが、体感時間が最短で四時間になる可能性があることになる。どんな鈍感な人でも気付くレベルだから、D・カシオペイアもこんな杜撰(ずさん)な計画は立てないだろう」

「本当だ……」

文香はすっかり意気消沈してしまった様子で口ごもる。

「もう一つは髭について。……俺なんか『ここ』に来てから一度も髭を剃っていないから、かなり酷いことになっているし、幻二さんも前回トレーラーにいた頃から無精ひげが伸びてきていた」

幻二も釣られるように頬に手をやって苦笑いを浮かべる。

「僕も一日以上は髭を剃っていませんからね」

「それに対して、雨宮さんだけはあまり髭が伸びていない。特に前にトレーラーの中にいた時はそうだった。……一方で、遺体で発見された漱次朗さんも月彦さんも同じように髭を剃ってそれほど間がないように見えた」

記憶を辿るように目を細めた月恵が頷いた。

「確かにその通りね。お父さまの口髭は手入れされたようになっていたし、兄さまにも髭はなかった」

「特に月彦さんについて言えば、裏口のバリケードを組んだ時点で既に髭が少し伸びていた記憶がある。となると、遺体として発見される前に髭が剃られたことになるが、彼の髪の毛や額には汚れがついたままだった。……入浴も洗顔もろくにせずに、髭だけを剃るというのは妙だよな？　こんなことが起きたのは、殺人者が二人の髭を剃ったせいだったんだ」

「でも、何の為にそんなことを？」

文香の問いかけに対し、加茂は自分の顎を人差し指で示しながら言った。

「髭っていうのは濃さにもよるけど、何日くらい経ったかを知る目安になる。……ここで質問だ。俺たちは二十五日の昼頃に土砂崩れがあることを知っている。その俺たちを土砂崩れで皆殺しにしようと思ったら、どうすればいいと思う？」

これを聞いたホラがＡＩらしからぬ悲鳴を上げた。

『まさか！　Ｄ・カシオペイアが時空移動をしたのは数時間先の未来ではなくて、二十四時間先の未来だったということですか？』

「そういうこと。俺たちは今日が二十四日だと信じているが、本当は二十五日なんだ」

『なるほど……重力波の計測値に大きな狂いが生じていた理由が分かりましたね。今日が二十五日であれば、計測値と完全に一致します』

ここでやっと理解が追い付いた様子の文香が、口を両手で押さえて呟いた。

「そうか。土砂崩れが起きる日時を知っていたとしても、今が何日なのかを誤認していたら何の意味もない。……これは私たちを確実に死に追いやる為に、雨宮さんが仕掛けた最後の罠だったの？」

「新たな犠牲者を増やしつつ、君たちを死に誘（いざな）うことこそが、第四の事件の本当の目的だった。髭を剃ったのも、俺たちがトレーラーの中で過ごした日数と、漱次朗さんたちが過ごした日数がズレているのを隠す為だったはず」

いつしか、話を聞いている雨宮の目には深い諦めの色が浮かんでいた。それは加茂の推理が当たっていることを何よりも雄弁に物語っていた。

＊

どこかからチャカポコチャカポコという音が聞こえて来た。

文香の懐中時計の動力切れが迫っているチャイムだ。加茂はポケットに入れていた懐中時計を取り出して蓋を開く。

「キャンピングトレーラーでタイムトラベルをしてまだ十一時間半は経っていないから……少なくともあと三十分はD・カシオペイアは完全に無力ということになる」

雨宮はぎょっとしたようだったが、すぐに唇を噛みながら言った。

「そういえば、文香さんが最後に時計のネジを巻いたのは僕らが最初にトレーラーに入った時のことでしたね？　僕が外に出て、D・カシオペイアが時空移動をする直前のことでしたか」

「それ以後、君はこの時計の針を操作しているはずだから、この時計が示している九時三十三分という時間は当てにならないことになる。でも、この懐中時計はタイマーとして使うことが出来た。何せ、この特注品は十二時間でゼンマイがほどけ切るように設計されているらしいからな」

雨宮は縛られたままの両手を持ち上げて肩を竦める。

「そうやって彼女の時空移動機能が復活するまでの十二時間を確認していた訳ですか。……しかしながら、僕が時計の針を動かした時に、ついでにネジを巻いてしまった可能性もあったはずです。それは考えなかったのですか？」

「この時計はネジを巻くと大きな音がするからね。誰にも気付かれないように針に細工をするのなら、ゼンマイを巻き上げることは出来なかったはずだ」

そう言いながら加茂は懐中時計のネジを回した。聞き覚えのあるジィージィーという音がする。殺人者は諦めたように呟いた。

「おっしゃる通りです。……結局のところ、僕が最も警戒すべきだったのは竜泉家の懐中時計だったようですね？　そして、未来からやって来た貴方も見事でしたよ。流石はマリスの先祖に当たる人間です」

加茂はその当てこすりを無視して、懐中時計の文字盤に目を落とした。

「時間がない。D・カシオペイアの機能が戻るまでに、この事件の全てを明らかにしてもらおうか」

「いいでしょう。まずは四つ目の事件について……。実を言うと、キャンピングトレーラーごと皆さんをタイムトラベルさせることを思いついたのは、僕だったんですよ？　加茂さんがトレーラーに集まって夜を明かしてはどうか、と提案したのを聞いた瞬間に閃いたのです。幸いなことに、月彦も自ら建物に残ると言い出してくれましたしね。まあ、それがなくても彼の感情を適当に逆なでして、誘導するつもりではあったんですが」

喉の奥から掠れた笑い声を立てつつ、雨宮はなおも続けた。

「まず僕は紅茶に睡眠薬を入れました。もちろん、漱次朗と月彦の抵抗を最小限のものにする為です。その後、安全確認と称して一足先にトレーラーに向かいました。そして車内で一人になった隙を狙ってD・カシオペイアをランタンの中に隠したんです」

「どうしてランタンの中に？」

幻二が訝しそうな表情を浮かべているのを見て、加茂は苦笑いを浮かべた。

「あそこは意外と安全な隠し場所だったんだ。そもそも、あの晩に俺たちを照らしていたのはランタンの炎じゃなくて、D・カシオペイアだったんだから」

これには幻二も呆けたような顔になってしまったけれど、雨宮は当然のことといった顔をして頷いた。

「ええ、彼女は時空移動が可能なほどのエネルギーを蓄えることが出来る訳ですから、周囲を照らすくらい簡単に出来るのですよ。……だから、車内で唯一の光源であるランタンの中に入れておけば、トレーラーの中が捜索されようと身体検査をされようと切り抜けられると思っていました」

「ホラがライト代わりになるのは、本人も言っていたから知っていたよ。……それに、俺は一度だけあのランタンにぶち当たったことがあっただろう？」

「そういえば、幻二さんが懐中時計のネジを巻こうとするのを止めようと必死になるあまり、貴方はランタンに首筋をぶつけましたね。僕も少しばかりヒヤッとしましたが」

加茂は首筋に手をやって、その時のことを思い出しながら言った。

「あの時、俺はランタンが熱いとは感じなかった。二〇一八年なら熱を発しにくいLEDがあるが、一九六〇年にはそんな技術はないはずだ。となると、あのランタンの中に入っているものは、この時代に存在してはいけないモノということになるからね」

雨宮は深くため息をついた。

「そんなことで見抜かれてしまうとは……。ダミーの推理で時間稼ぎをし、土砂崩れが起きる直前に加茂さんだけを連れてタイムトラベルをする予定だったのに」

彼は光を放つワインボトルに無念そうな視線をやってから、第四の事件に関する説明を続けた。

「あの晩、トレーラーの中には喫煙の習慣がある幻二さんと月恵さんがいました。雨の強さにもよりますが、二人が煙の嫌いな文香さんを気遣って喫煙の為に外に出る可能性が高いことは分かっていました」

「そして、あの晩は幻二さんが真っ先に外に出た訳か」

「お蔭で僕も安心して犯行に及ぶことが出来ました。……前もって打合せしていた通り、D・カシオペイアは僕が外に出たのを見計らって二十四時間後へ時空移動を行ったんです。皆さんがトレーラーごと消えてしまってから、僕は冥森の木の洞に隠しておいた斧と鉈、それに猟銃を取り出しました」

「その後、表玄関の扉を破って建物内に侵入したんだな？」

「ええ、漱次朗も月彦も睡眠薬がよく効いていたので、抵抗を受けることなく室内にまで侵入することが出来ました」

「でも、すぐに殺害した訳じゃないはずだ」

加茂が鋭く言い返すと、雨宮は頷いた。

「死後一日半近く経っている遺体を死後九時間以内だと言って見せると、誰かに嘘を見抜かれてしまう危険があるように思いましたからね。だから、注射器を使って二人に追加で睡眠薬を与えておいたんです。そうやっておいて、僕はのんびりと時間が過ぎるのを待ちました」

ここで雨宮は悲しげに眉をひそめて、首を振った。

「けれど残念なことに、僕は一つだけ手抜かりをやってしまいました。翌日の午後五時ごろになって、二人の息の根を止めようとして初めてそれに気付いたのです」

「髭か」

「ええ、二人とも想像以上に髭が伸びてしまっていました。折角、貴方たちから二十四時間を奪ったというのに、髭の伸び具合でそれに気付かれてしまっては元も子もありません。やむを得ず、僕は二人の髭と僕自身の髭を剃ることに決めました」

しかしながら、この工作も盗まれた二十四時間を気付かせるキッカケを作ったのに過ぎなかった。

なおも加茂は質問を続ける。

「そして、二人を殺害したのか？」

「月彦さんは首吊りに見せかけて殺害し、漱次朗さんは銃で撃ってから両腕を切断しました。今回は時間もありましたし、シャワーも使い放題でしたから、返り血の処理も楽なものでした」

加茂はトレーラーに戻って来た雨宮がびしょ濡れだったことを思い出していた。あの時に頭が濡れていたのは、雨に濡れたからだったのか、それともシャワーで返り血を落としたからだったのだろうか？

「……犯行後は、トレーラーが出現するのをどこかで待っていたのか」

「目的地は二十四日午後九時に設定していたのですが、忌々しい誤差のせいで、実際の到着は午後十時を過ぎていました。念の為に、午後七時には玄関ポーチで待っていましたから、僕は三時間以上も待たされたことになります。もう少し遅ければ風邪を引いてしまうところでしたよ」

人懐っこく笑ってから彼は言った。

「D・カシオペイアによれば、加茂さんのいた未来ではスマホとかいう時計つき無線機が普及しているそうですね？　この無線機は電池切れを起こしやすいモノのようですし、万一、電池が残っている場合でも、彼女の力で内蔵の時計を狂わせることは可能だと聞いていました。……だから、トレーラーに戻った僕がむしろ気がかりだったのは、他の皆さんが持つ普通の時計の方だったのですよ。幸いなことに、雨の影響で皆さんが腕時計や懐中時計を身体から離して下さっていたものですから、それらの針を動かすのも難しくなかったのですがね。……さて、僕からの説明はこんなところで宜しいですか？」

「結局のところ、君は一体何者なんだ？」

幻二がすかさず放った質問は、誰もが疑問に思っていたことだった。雨宮は小さく首を竦める。

「僕ですか？　羽多怜人は父親である竜泉太賀に似ていたんですよ。彼も同じように隠し子を儲けていたんですから。……戦争に取られる前に、彼と羽多家の遠縁にあたる雨宮すずとの間に生まれた子供が、僕です」

全員が目を見開いたのを見て、雨宮の口元が皮肉っぽく歪む。

「僕は父に会ったことがありません。生まれてすぐに母は亡くなり、父の伯父である博光に育てられることになりましたから。博光大伯父は僕の存在を竜泉家に隠し通しました。隠し子騒動で父の立場が危うくなるのを恐れたからでしょう。……だから、四八年に父が失踪するまでは、僕も博光大伯父が父親だと思っていましたよ」

「それで、羽多怜人が殺害された後、何があったんだ？」

加茂が問い返すと、雨宮は淡々と続けた。

「父の失踪を知り、博光大伯父は父が竜泉家の人間に殺されたのだと確信しました。その直感が当たっていたのは、月恵さんが証明して下さいましたね？……それから毎日、彼は飽きもせずに僕に竜泉家に対する憎しみを吐き出し続けました。教えてくれることといったら、どうやれば復讐が果たせるか、人を殺すにはどうすればいいか、そんなことばかり。狂ってしまった彼にとって、僕は復讐の道具としか見えなくなっていたんでしょう」

「そんな恐ろしい過去があったなんて……」

文香はむしろ彼に同情するような視線を向けたが、これは雨宮を面白がらせただけだった。

「僕は自分が不幸だとは思っていませんよ。博光大伯父の教育の甲斐あって、僕も竜泉家への復讐に喜んで身を捧げるつもりになっていましたから。でも、そんなある日、僕はD・カシオペイアと出会ったんです。彼女は平凡で無知だった僕を生まれ変わらせてくれました」

そう言う雨宮の目には狂信的とも言える光が灯っていた。彼はなおも続ける。

「博光大伯父ときたら、僕を支配下に置こうと五月蠅かったので、強盗に見せかけて殺してしまいました。……ありがたいことに、彼は亡くなる前に竜泉太賀の友人を脅して、僕が竜泉家に引き取られるよう手筈を整えてくれていました。それを知った時は涙が出るほど嬉しかったですよ。これで復讐を始められると思いましたから」

加茂は気付いた。雨宮の境遇は間違いなく同情すべきものだったけれど、彼の内面はそれには値しないということに。羽多博光は悪魔を生み出して、その悪魔に命を奪われたのだった。

やりきれなくなって加茂は、傍に置いてあるワインボトルを見つめた。

「結局……雨宮さんもD・カシオペイアの被害者なのかも知れないな。元から性格がひん曲がっていたのか、ヤツのせいでそうなったのかまでは分からないが」

不意に雨宮が大きな笑い声を立てた。

「それを言うなら、加茂さんだってホラの被害者でしょう？　望まぬタイムトラベルをさせられ、知りたくもない未来についてネタバレを受けたんですから。……それに、貴方は自分が騙されていることにすらまだ気付いていない」

思わせぶりな言葉に加茂は顔を顰めた。

「どういう意味だ」

『私は加茂さんに嘘はついていませんよ！』

ホラは怒っているらしく赤い光を放っていた。雨宮は例のワインボトルに視線をやって言う。

「折角だから、彼女から直接話を聞いてみてはどうでしょう？」

加茂は緑色の瓶を手に取り、思い切ってそのコルク栓を抜いた。キッチンの流しで瓶を逆さまにすると、水に交ざって砂時計がシンクに転がり落ちる。

『……やっと私の話を聞く気になったか』

淡く光るもう一つの砂時計から聞こえて来たのは、ホラよりも甲高い女性の声だった。加茂はすかさず質問を放つ。

「教えてくれ、D・カシオペイア。俺がホラに騙されているというのはどういう意味だ？」

『今すぐ彼女を瓶に戻して下さい！』

ホラの叫び声が聞こえたけれど、加茂はその指示には従わなかった。D・カシオペイアがクスクスと笑い声を立てる。

『お前は二〇一八年に戻れば、伶奈と一緒に暮らす未来が待っていると思っているんだろう？ホラがそう信じ込ませているはずだからな。でも、それは嘘だ』

『いけません、耳を傾けては！』

『黙っていろ、マイスター・ホラ。……考えれば分かるはずだ。お前が伶奈と結ばれたのは

「竜泉家の呪い」がキッカケだった。それなら呪いが消えてしまえば、お前たちが出会う運命もなくなるということにならないか？　伶奈がいない未来に変えてしまって、本当にいいのか？』

この言葉に文香が息を呑んだ。加茂にも邪悪な砂時計の言っていることが正しいのは分かっていた。だから、彼は曖昧な笑いを唇に浮かべて言った。

「……そんなこと、とっくに気付いていたよ」

かつてホラは『加茂の性格がアーカイブに記録されているデータとは大きく違っている』と言った。彼はそれが伶奈に出会った影響だと悟り、同時にどうしようもない絶望感に襲われた。

ホラのアーカイブには、D・カシオペイアが過去を改変する前のことが全て記録されている。その中で彼が違った性格をしているということは、『竜泉家の呪い』がない未来では彼は伶奈に出会わない運命だということを示していた。

以前から、加茂は彼女と結婚出来たのは奇跡に近いと思っていた。その直感は正しくて、彼らはD・カシオペイアが過去を書き換えたアンバランスな世界でしか出会わない運命だったのだろう。

加茂の言葉にまず動揺を表したのは雨宮だった。彼は理解不能な宇宙人でも見るような目で加茂のことを見つめていた。D・カシオペイアも酷く乱れた声になって言う。

『そこまで分かっていたのなら……どうして私に敵対する？』

「お前が殺人鬼で、未来を滅茶苦茶にしようとしている犯罪者だからだ」

『けれど、私はお前の敵ではない』

「いやいや、俺がマリスの先祖だから殺せないというだけの話だろう？」

『どうして分かろうとしない！　融通の利かないホラと違って、私ならお前の都合の良いように未来を書き換えられる。伶奈と暮らすのも思いのままだし、病気になった時には二〇五〇年に時空移動させてやる。進んだ医療で治療を受けることが出来るぞ』

この誘惑に対しても、加茂は大きく首を横に振っていた。

「必要ない。免疫が暴走してしまう病気はストレスなども発症の引き金になるらしいからね。『竜泉家の呪い』が消えれば……彼女を長年に渡って苦しめ続け、心身をずたずたにしてきたストレスもなくなる。なら、彼女が急性間質性肺炎になるという未来も消えるはずだ」

『でも、その彼女の傍にお前はいない』

「それでもいい。彼女が病気になりさえしなければ……。俺に出会わなかったとしても、彼女は別の幸せを摑むことが出来るから」

そう言って、加茂は胸ポケットの中のホラを見下ろした。

「前に言っていたよな、タイムトラベル装置は火に弱いって」

『ええ。必要に応じて時空旅行者が我々を破壊出来るように、時空移動装置には弱点が設けられています。……それが熱です。火の中にくべれば、ＡＩを含めたデータを全て消してしまうことが出来るでしょう』

加茂は何かを叫び続けているＤ・カシオペイアを摘み上げると、キッチンに置いてあった陶製の灰皿に放り込んだ。雨宮の喚き声も砂時計の金切り声も無視して、彼は懐中時計を確認する。

「時刻は九時五十五分。Ｄ・カシオペイアがタイムトラベルの能力を取り戻すまで、もう時間がない。……誰か、ライターかマッチは持っていないか?」

幻二と月恵がマッチとライターを差し出したので、加茂はそれらを受け取った。その上で、白いタオルを小さく裂いて、Ｄ・カシオペイアをそっと包む。全ての準備が整うまでに三分も掛からなかった。

彼は火のついたマッチを灰皿の中に落とした。

エピローグ

目を開くと、見慣れた光景が広がっていた。石垣と枝垂れ桜……駐車場の奥にはH医療センターの病棟が見えている。

「……俺は帰って来たんだな」

『目的地を二〇一八年五月十九日十三時二十分に設定しましたが、太陽の位置から察するに十五時は過ぎているようですね』

ホラの報告を聞いて、加茂は思わず笑ってしまった。

「そのくらいの誤差はどうでもいいよ。……というか、寒いな」

彼は雨で濡れてしまった上着を脱いで両腕を手で擦った。彼がタイムトラベルをした時に雨粒や地面の一部も一緒に運んで来たらしく、彼の半径一・五メートルくらいの範囲だけが濡れていたし、切り取られた草や土が散乱している。

あの後、加茂はD・カシオペイアを燃やしてしまった。

砂時計は一瞬でオレンジ色の炎に包まれて、やがて粉々に砕けてしまった。それを見つめる雨宮は生ける屍のように、呆けた表情を浮かべていた。

抵抗する気力も失ってしまった様子の雨宮を連れて、文香たちはトレーラーを出て荒神の社に向かった。もちろん、これから起きる土砂崩れから逃れる為だ。

その最後尾にいた加茂はホラにだけ聞こえるように囁いた。

「未来へ戻ろう」

胸ポケットの中にいたホラは意外そうに返す。

『いいんですか、お別れの挨拶もまだ済んでいないというのに』

彼は傘の柄を叩きながら、何も知らずに前を進んで行く文香たちの背中を見つめた。

「俺たちの役目はもう終わっただろう？　文香さんに懐中時計は返したし、別荘の鍵や根付やらナイフやらもトレーラーに置いてきた。問題はないはずだ」

『でも』

「正直な話、荒神の社に行ったとしても、彼らに何を話せばいいか分からないんだ。……俺は未来に帰らなきゃいけないのに、長くいればいるほど戻るのが辛くなりそうだし、礼を言われても何だか困る」

『分かりました。時空移動の準備に入ります』

加茂は傘を勢い良く投げ捨てると、雨を全身で受け止めながら文香たちに呼びかけた。

「それじゃあ、俺は二〇一八年に帰ることにするよ」

数十メートル先を進んでいた文香がどんな表情を浮かべたのか、彼には見えなかった。その時初めて、眼鏡をトレーラーに置き忘れてしまったことに気付いた。

「加茂さん！」

雨音に混ざって、彼女がそう叫ぶ声が聞こえる。

「折角、助かったんだ……ちゃんと幸せになれよ」

文香が走り寄って来るのが見えて、加茂は胸が熱くなった。ずっと未来に帰りたかったはずなのに、別れだけはやっぱり辛かった。けれど次の瞬間には、文香たちの姿は薄れて消えてしまっていた。

そして今、加茂はH医療センターの二階を見つめていた。

「なあ、未来は変わったんだよな?」

『理屈から言っても変わっているはずです。竜泉家は「死野の惨劇」で全滅する運命を回避し、D・カシオペイアによる「呪い」も未然に防がれたのですから』

それを聞いた加茂は微笑んだ。

「これで伶奈の恐怖の原因も消え去った。急性間質性肺炎を発症するという運命もなくなっているはずだ」

『伶奈さんの場合は、尋常ではないストレスが病気の原因になっていたと考えられますからね。きっと、今は元気に暮らしていますよ』

いつしか加茂の顔は泣き笑いに変わっていた。

彼と伶奈を結びつけたのは『竜泉家の呪い』だった。その呪いが消えた今、書き換えられた世界にいる伶奈は、彼の存在すら知らない別人のはずだ。覚悟は決めていたはずなのに、涙が溢れそうになるのを抑えられなかった。

「……彼女がどこかで幸せにやっているのなら、それでいいんだ」

彼はそう言って顔を両手で擦った。何度か深呼吸をすると、気持ちも少しは落ち着いて来た。それから彼は改めて周囲を見渡し、途方に暮れてしまった。

「でも、これから俺はどうすればいいんだろう？　書き換わった未来の世界で俺はどんな仕事に就いて、どこに住んでいるのか、それすらも分からない」

『今のあなたには過去を改変する前の記憶が残っていますからね。……しかし、一か月もしないうちにそれも薄れて、改変された後の世界に順応するように新しい記憶が流入していくことになるでしょう』

それを聞いた加茂は驚いた。

「何だ、俺は記憶をずっと持っていられる訳じゃないのか」

『完全には不可能です。それが出来るのは別の世界を内包している私だけですから』

「……俺は今の俺であることを忘れてしまいたくない」

『それなら、文章にして残すと良いでしょう』

ホラが笑いながらそう言ったので、加茂は目を丸くした。

「そんなことが出来るのか？　理屈は良く分からないけど、消えてしまう記憶については記録をしても消えてしまうのかと思っていた」

『ご安心下さい。私があなたのＰＣにクラッキングしますから』

「は？」

『あなたの書いた文章を私がお預かりし、後でデータをあなたのPCに戻せばいいんです。私のアーカイブに入ったものは、その段階で絶対不可侵になりますから』

「ホラに文章を読まれるのだけは何か嫌だけど……ありがとう」

『どういたしまして』

加茂は小さく頷いてから、視線を病棟にやって考え込むように呟いた。

「もしもの話だけど……未来が更に変わってマリスが生まれなくなったとしたら、どうなるんだろう?」

『難しい質問ですね。あなたが過去に時空移動をする理由もなくなる訳で、そうするとマリスの出生を阻止するキッカケも消えてしまうことになります』

「これもある意味、タイムパラドックスだよな?」

『ですが、この世界には自浄作用があります。……私の経験則を申し上げると、あなたの子孫の誰かがマリスの役割を果たし、やっぱり未来ではD・カシオペイアが生み出されることになるような気がしますね』

「俺が犯罪者の先祖だってことは変わらない訳か。そして、俺じゃない俺がD・カシオペイアが起こす別の『死野の惨劇』を阻止する為に、またタイムトラベルをするかも知れないって?」

『そう、私じゃない私が案内人となってね。結果的にD・カシオペイアの計画はやっぱり打ち砕かれることになるでしょう。……何だか、新しい未来を見てみるのが楽しみになってきました』

「お前、ＡＩらしからぬことを言うようになってきたよな」

そんなことを言いながら、加茂は駐車場の出口に向かって歩き始めた。どこに行くか決めている訳ではなかったが、不思議と気分は軽かった。

けれど、いくらも歩かないうちに彼は立ち止まってしまう。

「あれ？」

そこには見覚えのある車が停まっていた。かつて加茂が乗っていたのと同じ色、同じ車種だ。彼が近付いて確認してみると、ナンバーまでもが一致していた。

彼はズボンのポケットに入れっぱなしになっていたリモコンキーを取り出した。恐る恐るキーを操作してみると、車のロックが解除された。

『……妙ですね、これは加茂さんの車に間違いがないようです』

ホラも彼と同じように困惑を隠せない声になっていた。

加茂は思い切って扉を開いて車の中を確認した。助手席には鞄があって、そこから資料が覗いている。……『幸せを呼ぶ都市伝説～奇跡の砂時計～（仮）』と書かれていた。

「何でだよ！」

思わずそう叫んで、加茂は鞄に手を突っ込んだ。やはり見覚えのある財布と名刺ケースが転がり出て来る。財布から免許証を引っ張り出したところで、加茂はいつかと同じように放心して運転席に座り込んでしまった。

その免許証は加茂のもので、過去が改変される前と同じ住所が記載されている。名刺ケースを開いてみても、勤務先も肩書きも……何もかもが変わっていなかった。

「まさか、俺たちは過去を改変するのに失敗したのか？」

『そんな馬鹿な。Ｄ・カシオペイアは確かに破壊したんですから』

「でも現実を見てみろよ。この調子だと伶奈は今も入院しているかも知れない」

彼はいてても立ってもいられなくなって、車から飛び降りると病棟に向かった。

「あら、加茂さん？」

突然、呼び止められたので、加茂はぎょっとして振り返った。病院の救急搬送口の傍に見知らぬ看護師が立っていた。

「眼鏡を外してらっしゃるものだから、人違いをしてしまったかと思いました。……奥さまがお待ちかねですよ。ご連絡したいのに携帯電話が繋がらないって困ってらっしゃいましたから」

「妻は今もＩＣＵに？」

彼が不安を隠すことも出来ずに問い返すと、看護師はキョトンとしてしまった。

「いいえ。奥さまの病室は変わっていませんよ。Ｃの２病棟です」

それを聞くなり、加茂は礼もそこそこに走り出していた。

ナースステーションで『加茂伶奈』の部屋番号を聞いてみると、確かに彼女はＣの２病棟にいた。息を切らしながら個室の病室に辿り着いた彼は、ノックしてから扉を開く。

そこで、彼はベッドに横たわっている伶奈の姿を見出した。

彼がまず確認したのは酸素マスクだった。彼女は点滴こそ受けていたけれど、鼻や口には何もつけていない。彼は安堵のあまりその場にしゃがみ込んでしまった。

「どうかしたの？」

読んでいた雑誌をベッドの上に置くと、伶奈が不思議そうに彼を見返した。加茂は慌てて首を横に振る。

「何でもない、元気そうなのを見て安心しただけだ」

「うん、今のところ順調だって……。明々後日(しあさって)には予定通りに退院が出来そう」

それに頷いて答えながらも、加茂はどうして自分たちが夫婦でいられているのか、訳が分からないままだった。彼女が入院している理由も分からない。

伶奈はベッドの上で身体を起こして、それから悪戯っぽい表情に変わった。

「ひどい恰好。濡れているし、何日も着っぱなしだったみたい」

言われて自分の服を見下ろした彼は苦笑いを浮かべた。

「あー、これじゃあ病室を汚してしまいそうだな。とりあえず、家に戻って着替えてから出直すことにする」

伶奈は何故か楽しそうに彼を見つめていたが、やがて問うた。

「眼鏡はどうしたの？」

「話すと長いんだ」

「……知ってる」

彼は聞き間違いをしたのではないかと思った。けれど、伶奈は微笑んでベッドの傍にあった引き出しを指していた。貴重品を入れる為の鍵付きの引き出しだ。今は鍵がつけっぱなしになっている。

その引き出しの中には財布と入院関連の書類の束が入っていた。その更に奥には異質なものが……古びた金属製の眼鏡ケースが入っていた。もちろん彼のものではない。

ケースの蓋を開いた加茂は思わず息を呑んだ。

茶色くなった新聞紙の上には、壊れた眼鏡が入っていた。フレームは腐食して黒い塗装が浮き上がってしまっていたし、ひび割れたレンズは真っ黄色に変わってしまっている。だが、どれほど変わっていても、彼には一目見ただけで分かった。

これは加茂の黒縁眼鏡に違いなかった。彼からすれば、つい二時間ほど前にキャンピングトレーラーのテーブルに置いたものだった。それが長い時を経て彼の元に戻って来たらしい。

「これは？」

伶奈は笑いながら頷く。

「そう、冬馬が五十八年前に置いてきたものだよ」

それを聞いた瞬間、加茂は全てが分かった気がした。彼女がこの眼鏡を持っているということは、文香たちが彼の眼鏡をトレーラーから回収したということだった。そして彼らは伶奈に全てを話したのだろう。

彼は文香たちが無事に土砂崩れから逃れたことに安堵しつつ、呟いた。

「どうやら、未来に関するとんでもないネタバレがあったみたいだな」

伶奈はなおもニコニコしながら話を続けた。

「子供がいなかった文香さんは、私のことをとても可愛がってくれた。子供の頃なんて、家に遊びに行く度に冬馬の話をしてくれたんだよ？　冬馬は命の恩人で……私が大人になったら出会うことになっている、運命の人なんだって」

その言葉に加茂は赤面するしかなかった。文香は『名探偵』だけに飽き足らず、彼に『運命の人』という妙な設定を追加していたらしい。

「何だよそれ、小っ恥ずかしい」

ここで初めて伶奈が悲しげな表情に変わった。

「文香さんはこの日をとても楽しみにしていた。過去に旅立って帰って来た冬馬にもう一度会う日を……。でも、それは叶わなかった。文香さんは心臓を患って二〇〇四年にこの世を去ってしまったから」

ついさっきまで彼は文香と一緒にいた。まだ中学生で、あんなに元気だった彼女が既に亡くなっているなんて、どうしても受け入れられなかった。

加茂が俯いたまま何も言えずにいると、伶奈が静かに続ける。

「そうだ……結婚式の時に幻二さんや月恵さんと会っているんだけど、覚えている？　もちろん、その時は二人とも冬馬とは初対面だってフリをしていたんだけど」

彼が覚えているのは、親しい知人を集めて行った小規模な結婚式だけだった。そこに竜泉家からの出席者はいなかった。これは過去が書き換えられる前の記憶だ。

加茂は小さく首を横に振った。

「ごめん、その記憶は今の俺にはないんだ。変な話だけど、過去を書き換えて戻って来たばかりだから、何がなんだか訳が分からない」

「大丈夫、少しずつ慣れていけばいいから」

「もし知っているのなら、教えてくれないか？『死野の惨劇』の後、何があったのかを」

彼女は何も言わずに眼鏡ケースを指した。加茂はハッとして眼鏡の下に収められていた古新聞紙を取り出した。昭和三十五年当時の新聞の切り抜きだ。

一枚目には雨宮広夜(ひろや)の逮捕の顚末が書かれていた。彼は救助隊が来る前に自殺を図ったものの未遂に終わり、その後は警察に連行されたとあった。

二枚目の記事では彼の死が報じられていた。雨宮は自殺未遂の際に負った傷から破傷風になって、事件から三週間後に病院で死亡したと……。犯行を認める供述はしていたものの、その詳細を話すことはなかったと書かれていた。

「そうか、結局のところ雨宮も命を落としたのか」

やるせない気持ちになりながら、加茂は古新聞を眼鏡ケースにしまった。

「……詳しくは幻二さんに聞くのがいいと思う」

彼はそれを聞いて驚いたが、すぐに笑いながら頷く。

「幻二さんは今も元気なんだね？」

「元気も元気、そろそろ冬馬が過去から戻って来るはずだって、東京の本宅で待ち構えていると思う」

幻二はもう八十代半ばになっているはずだが、加茂にはどうしてもその姿がイメージ出来なかった。いずれにせよ、彼にはこれまでの五十八年間について聞きたいことが山ほどある。

「今晩にでも訪問してみるよ。……後で、東京の本宅の住所と電話番号を教えてもらわないといけないけど」

伶奈はスマホを取り上げながら言った。

「私たちが結婚する時も、幻二さんには本当にお世話になったんだよ？　退院したら、雪菜(ゆきな)と一緒に三人で挨拶に行こう」

「……雪菜？」

彼は思い出していた。流産が起きなければ、二人の赤ちゃんの出産予定日が今週になるはずだったことを。同時に、椅子にベビー用品のお祝いが置かれていることにも気付く。

新しい世界での一日目は、輝きに満ちたものになりそうだった。

＊

バス停のベンチには小学六年生くらいの少年が座っていた。

穏やかで優しそうな目をしていたけれど、その目に宿っているのは年齢に似合わぬ哀しみだった。周囲を行きかう大人たちは誰も彼を気に留めない。

「……奇跡の砂時計の話を聞いたことは？」

少年が驚いて顔を上げると、目の前に黒縁眼鏡の男が立っていた。

学校で噂になっていたので少年は砂時計の都市伝説を知っていた。でも、今はそんなことよりも恐怖がまさって、彼はベンチから逃げようとした。

けれど、男が胸ポケットから出したものを見て動きを止めた。銀色の鎖の先についているのは白い砂の入った砂時計だった。男は内緒話でもするように続ける。

「ここだけの話、これがその砂時計なんだ。俺はもう奇跡を起こしてもらったから、次は君が使うといい」

男は砂時計を無理やり少年に手渡した。

「どうして僕なんかに……」

少年が戸惑い気味にそう口ごもると、立ち去りかけていた男が振り返ってニヤッと笑う。

「さあ？　君を新しい持ち主に指定したのは、俺じゃなくてソイツだから」

男が首の動きで示したのは明らかに砂時計だった。

「変な話だな、砂時計が持ち主を決めるなんて」

「理由は直接聞いてみるといい」

そう言い残して、男は雑踏へと姿を消してしまった。少年は困り果てて手の中の砂時計を見下ろす。砂時計は彼の気を惹こうとするように光を放ち始めた。

この天上のカタルシス

辻　真先

推理小説の分野には「ミステリセンス」という言葉がある。SFの世界ではしばしば「センス・オブ・ワンダー」という言葉を聞く。おなじ〝センス〟だけれど意味するところはどう違うの？　と聞かれたときは『時空旅行者の砂時計』を読め、と答えるのがいちばんの早道だろう。

本作はまぎれもない本格SFミステリである（ここで「本格」の形容は「SF」「ミステリ」の双方にかかっている）。

——と断じては、腰がひける読者がおいでかも知れない。

「俺はミステリの謎解きが好きだ。ロジックという武器ひとつで、犯人が誰であるかを突き詰めてゆく。伏線を拾い集めてこいつこそ唯一無二の犯人だ。そう結論づけるプロセスが俺をワクワクさせるんだ」

「私はSFが好き。夢があるんだもの。無限大の世界を舞台に想像の翼をひろげて駆けめぐる。空間どころか時間だって意のままに、過去へ遡り未来に飛躍して、歴史を改変するのも自由、無数に枝わかれした世界を創るのもすてき」

大雑把にいってしまえば、ミステリは風呂敷をキッチリ畳む作業に妙味があり、SFは風呂敷を野放図に拡げる趣向がキモなのだ。

そう考えてしまうと、ミステリとSFは対立するふたつのジャンルみたいだが、それではSFミステリの存在する余地がなくなってしまう。いったいSFミステリという小舟は、どこの海に浮かんでいるのか。答えは単純なようで複雑で、やはり単純なのかも知れない。SFの海に漂うミステリの小舟も、視点を変えればミステリの海に浮かんだSFの小舟で、高次元から見下ろせば実は二艘の小舟は重なり合っているのではないか。

いわば両者――ミステリとSFは重合して新しい物語を紡ぎ出すのだ。

???

なんのこっちゃ。

あなたは顔をしかめるだろう。もちろんぼくもよくわからない（あ、怒らないでください）。本作の解説をひきうけた以上、さもわかったような顔で断言した方が読者はついてくると思った……つまりハッタリだ（だから怒るなっての）。

言いっぱなしは無責任だし、解説者として（つまりぼく自身）の立場もあるので、問題を順次解きほぐすこととして、読者と肩を寄せ合い考えてゆきたい。どうかしばらくつきあってくれませんか。

とりあえず一刀両断してみよう。本格ミステリの興趣は論理の刃で犯行をえぐり、探偵にこう指摘させることである。

「犯人はお前だ!」

ここでいう〝論理〟とはむろん、我々が生活している現実世界に通用するロジックである。常識の世界では光は秒速三十万キロで飛び、過去はわれわれの背後に隠れてゆき、未来はわれわれの前に徐々に姿を現す。

だがSFをそんな具合にスッパリやれるだろうか。そこでは常識が通用しない世界を舞台にすることがある。過去と未来が交換できる。原因の前に結果が出現する。世界が無数に存在する。

冗談じゃない。それではやはり水と油だ。交わる点などありはしない。

そう思いますか? だが紛れもなくふたつに共通する点が存在する。一定のルール下で物語が矛盾なく進行することだ。

鎖された環境下で構築されている、俗称吹雪の山荘もの(勝手に命名した)は限定された箱庭的舞台と登場人物によって、きわめて恣意的に整えられた物語世界である。ベテランの読者なら、たちどころにいくつもの具体的作例をあげることができるはずだ。とはいえ本作ではミステリの頭にSFの帽子が載っていて、作者のつくり上げた二重の設定の網がかけられている。タイトルに堂々と『時空旅行者』を謳っているのだ。

ミステリからいえばクローズドサークル、そしてSFの分類ではタイムトラベルテーマ、どちらの場合もれっきとしたルールがあって、逸脱を許されない。

濃くて深いドラマの伽藍の内部に、折り重なって渦巻く規範と制約。W台風の目を貫いて、この長編を編みあげた作者の膂力に刮目してほしいと思う。

まずごらんなさい。巻頭に事件の舞台となる竜泉家の別荘図と周辺図が、大きく掲げられている。心あるミステリ読者ならきっと、「この薪割小屋はどう使われるのか、おっ、キャンピングトレーラーも出ているぞ」などと目を皿にするはずだ。

細かに目を配れば読者はさらに驚く。「頭部・胴体発見箇所」なんてサラリと記された引き出し線つきの〝●〟がある。この図面によればバラバラ事件が起きるらしい。すると主役を務める青年加茂冬馬は、そんな事件を解決しなくてはならないのか。

たちまちあなたの期待は高まるはずだ。

エンタメのトッピングである図面を一瞥しただけで、ミステリとしてのハードルの高さが想像されるだろう。ただしこの場合のルールは、日常生活に準拠するからまだマシ（？）だが、非日常のSFになるとそうはゆかず、だからこの長編が具える独歩の魅力を喧伝したいのだ。

マップの次に読者に提示されるのは、家系図に加えて関係者の表である。半世紀以上前に起きた『死野の惨劇』で織りなされた殺人劇の関係者たちが、名を連ねている。読者がこれまで読んできたミステリなら、呪縛された人々の末裔が今に至ってひき起こす事件の話になるだろう。ところが違う、あべこべなのだ。

これはSFミステリなのだから、堂々と時間を遡行する。本作では起きる悲劇を防ごうとして悪戦苦闘するのが、探偵役をあてがわれた加茂冬馬青年なのだから。

ときたま文句をつけるミステリファンがおいでになる。

「被害者が死んでから名探偵が謎解きしても手遅れだぞ」

ごもっともだがそんなファンならなおのこと、加茂の善戦を認めるだろう。

――さて殺人劇だけでなく災害が切迫する竜泉家別荘に、時空を越えて連れてこられた彼は、事情がわからず途方に暮れる。だが立ち竦んでいる暇はない。

なぜかといえば。

彼が命を賭けて愛する妻は死病の床にあり、彼女を救う方法はただひとつ、かつて起きた惨劇の真相を究明することなのだから！

警察官でもなく探偵の修業をしたこともないが、愛妻に出合う以前の加茂は、三流のマスコミ業に籍を置いていた。犯罪秘録のたぐいは飯の種であったから、人並み以上に推理のカンが働き、想像する才能も具えていた。対象に食らいつく根性だってある。

とはいえ所詮はありふれた平凡な若者の彼が、確実に起こりつつある惨劇の真相にどう立ち向かえばいいというのか？

ミステリにつづいてSFパートの設定を復習したぼくは、改めておじけづいた。

主人公の顔前に屹立するあまりに困難な責務。だが、そんな無理難題に挑んで彼が成功できるとすれば、世にここまで痛快な物語はないだろう。まさしく最高のエンタメを読者に提供できる。SF単体でもミステリ単体でも成就できない、これぞSFミステリならではの醍醐味だ！

心ある読者なら、まずお読みなさい。すでに読んだあなたなら、再読して張られた伏線の質と量を確かめてごらんなさい、長たらしい解説など不要だ、読めばいいのだ。

したがって後は書くこともない。

（解説　終）

と、やればすむがそれでは無愛想にすぎるから、SFの尻馬に乗ってこの解説も、ホンの数行だけ時間を遡行させていただきます。

SF単体でもミステリ単体でも成就できない、これぞSFミステリならではの醍醐味だ！

とはいうものの、本作はミステリ×SFなんだから、説明すべき要素が山盛りである。

ありがたいことにタイムパラドックスはもはや常識だ。まだ若かったぼくがNHKテレビに在籍していたころ、上司に「手塚治虫原作で、時間を止める少年のドラマをやりたい」といったらキョトンとされた。雑誌『SFマガジン』創刊がおなじ一九六〇年二月号だったから、SFという言葉を誰も知らない。

仕方なくコクトーやガモフを持ち出して説明した。

令和の今なら話は早いが、既成の時間SFに比較されるので、設定の緻密さが必須である。かといって説明過剰になれば、SNSで短い文章にならされた読者がそっぽを向く。必要にして十分な情報を供給するのは普通の小説でも難しい作業なのだ。

本作はご承知のように鮎川賞応募作で、鍔迫り合いを制してみごとに栄冠をかち得た秀作だ。推敲に推敲を重ねたものと拝察したが、ミステリとしてもSFとしても謎解き場面の整合性が鮮やかで、選考の席にいた者として舌をまいた記憶がある。

もうひとつ声を大にしたいのが、エピローグの痛快さだ。もはやこうなると選者解説者の段階を突き抜け、読者としてしみじみ快感にひたった。なんという天上のカタルシスだろう！

この行き届いた心地よさを読者に味わってもらうには——？

解説の駄文なぞほっといて、まずはお読みなさいというのが解説者の結論である。

アレ、さっきとおなじオススメの弁になってしまった。

（解説　終）

本書は二〇一九年、小社より刊行された作品の文庫化です。

著者紹介 1984年、兵庫県生まれ。京都大学卒。2019年『時空旅行者の砂時計』で第29回鮎川哲也賞を受賞しデビュー。長編第二作の『孤島の来訪者』は、「2020年SRの会ミステリーベスト10」第1位に選出されている。他の著書に『名探偵に甘美なる死を』などがある。

検印
廃止

時空旅行者の砂時計

2023年9月29日 初版

著者 方丈貴恵（ほうじょうきえ）

発行所 （株）東京創元社
代表者 渋谷健太郎

162-0814／東京都新宿区新小川町1-5
電話 03・3268・8231-営業部
03・3268・8204-編集部
URL http://www.tsogen.co.jp
DTP フォレスト
晩印刷・本間製本

乱丁・落丁本は、ご面倒ですが小社までご送付ください。送料小社負担にてお取替えいたします。

ISBN978-4-488-49921-1 C0193

第30回鮎川哲也賞受賞作

THE MURDERER OF FIVE COLORS◆Rio Senda

五色の殺人者

千田理緒

四六判上製

◆

高齢者介護施設・あずき荘で働く、新米女性介護士のメイこと明治瑞希はある日、利用者の撲殺死体を発見する。逃走する犯人と思しき人物を目撃したのは五人。しかし、犯人の服の色についての証言は「赤」「緑」「白」「黒」「青」と、なぜかバラバラの五通りだった！

ありえない証言に加え、見つからない凶器の謎もあり、捜査は難航する。そんな中、メイの同僚・ハルが片思いしている青年が、最有力容疑者として浮上したことが判明。メイはハルに泣きつかれ、ミステリ好きの素人探偵として、彼の無実を証明しようと奮闘するが……。

不可能犯罪の真相は、切れ味鋭いロジックで鮮やかに明かされる！

選考委員の満場一致で決定した、第30回鮎川哲也賞受賞作。